东麓夜话

宗时风

—————

主编

黄河出版传媒集团

阳光出版社

图书在版编目（CIP）数据

东麓夜话 / 宗时风主编. -- 银川：阳光出版社，
2023.12

ISBN 978-7-5525-7184-4

Ⅰ.①东… Ⅱ.①宗… Ⅲ.①中国文学－当代文学－
作品综合集 Ⅳ.①I217.1

中国国家版本馆CIP数据核字(2024)第012187号

东麓夜话　　　　　　　　　　　　　宗时风 主编

特约编辑　张　强　姜　美　王　瑞　张慈丽
责任编辑　周立军　赵维娟
封面设计　晨　皓
责任印制　岳建宁

黄河出版传媒集团
阳 光 出 版 社　出版发行

出 版 人　薛文斌
地　　址　宁夏银川市北京东路139号出版大厦（750001）
网　　址　http：//www.ygchbs.com
网上书店　http：//shop129132959.taobao.com
电子信箱　yangguangchubanshe@163.com
邮购电话　0951-5047283
经　　销　全国新华书店
印刷装订　宁夏凤鸣彩印广告有限公司
印刷委托书号　（宁）0028361

开　　本　710 mm×1000 mm　1/16
印　　张　23.25
字　　数　240千字
版　　次　2023年12月第1版
印　　次　2023年12月第1次印刷
书　　号　ISBN 978-7-5525-7184-4
定　　价　68.00元

序一

红花绿叶　尽情采撷

张　强

草色遥看，枝繁叶茂；文朋诗友，笔耕不辍。"六盘山文艺"官方微信订阅号的诞生，是件值得记录的美好事。

我们向时代致敬。以优质的事业尽心竭力服务于公众、奉献于社会，展示理当遵守和弘扬的社会主义核心价值观，满足人民精神文化的需求。

我们向责任致敬。数十年来，宁夏日报文艺副刊，从塑造精神到传扬美好，从创新品格到公益感召，从彰显情怀到聚集温暖，我们皆用心呵护，精雕细琢，持续呈献。

我们向阵地致敬。"六盘山文艺"是我们共同的家园。我们懂得团结信任，也深知相互激励。我们海纳百川，让每一位作者在这里展示写作成果，让每一位作者在这里找到热爱和奋进的踪迹。

一路有你，一路有我。在汹涌的互联网和全媒体潮流中，让我们携起手来，尽情采撷红花绿叶！

（宁夏日报文艺副刊公众号"六盘山文艺"上线发刊词）

序二

西北的夜，万籁俱寂，万物如诗

宗时风

读完辛波斯卡诗选《万物静默如谜》，产生了一种奇异的想象：没有人类的足迹和高谈阔论，只有她，注视着万物披着黑蓝，静谧如谜。

在西北，天地大美而不言，沉默的土地孕育出一些安静的诗歌，抑或诗一般的文字——

青海撒拉族诗人撒马尔罕：谁在恐慌，谁在吞噬，谁在沉默／谁在年轻男子的歌谣里刻满皱纹。

甘肃诗人古马：那热血蹿动的豹子犹疑不前／一棵孤单的松树／在它身后／在它身后／投落雪地的树影。

宁夏诗人梦也：我返身向后，在某一处山口迎住它们。小小的风，像忧伤的火焰舔着我。

甘肃诗人阿信：三面雪山，整整一座天空的星星／全倒在湖里／它，盈而不溢。阿信诗中的达宗湖在甘南，玛曲也在那里。

"能把落日 / 驯养成 / 一头狮子的 / 唯有这片处于暮色中的安静的湖泊。"宁夏诗人杨森君在组诗《玛曲小记》中写到的湖泊，不是达宗湖，却与达宗湖一样宁静。

我们可以做一个大胆的猜想——梦也、阿信、杨森君、古马写下这四首诗的时间，是同一个月光熹盛的夜晚：

云雾散尽的无名雪山，如潮起伏的松涛深处，巨大的岩石与月光相映，一头黑豹立于山口，风吹过时，狮子跌进湖中，豹子背上的毛散发寒光，落日被深夜紧紧攥在手心。此刻，让世界是世界，我心是我茧。

视角再回到辛波斯卡，她亦有相当一部分描述，把目光投向大自然中的普通事物，如岩石、树枝、沙子、泥巴路上一只死掉的昆虫。她，他们，感知到了世间平凡万物的诗意盎然。

这点在黑格尔的美学思维中得到体现。他认为美是存于事物本身的，因为事物具备了美的"意蕴"同时被感知，所以美。

文字是何其丰富的艺术。读它时产生的所有猜想和想象，就是文字送给读者的"童话"，这些童话的内容各不相同。

目 录

第三章　梦中的德令哈

第四章　远山的回声

第五章　人间烟火气

第六章　时光深处的绵延

第一章　怀念风

一块英纳格手表

漠　月

1978 年的秋天来到了，也就是我十六岁那年秋天。

我作为应届毕业生，参加了恢复高考后的第一次全国统考，并且幸运地走进大学校门，成为我们那个牧业大队有史以来第一个考出去的大学生（不包括被推荐上学的工农兵大学生）。尽管是一所北方的普通大学，却也是相当地不容易啊！毫不夸张地讲，这是我家的一件大事，按说庆贺一下也合情合理。但是，父亲却不喜形于色，很淡定，很低调，就跟没事儿似的，该干啥干啥。临走的前几天，父亲才将我叫到面前，递给我一块手表，以示奖励。

令我大吃一惊的是，这是一款瑞士产的英纳格手表，标价

漠月，中国作家协会会员，宁夏作家协会原副主席，《朔方》原主编。出版小说集《锁阳》《放羊的女人》《遍地香草》《父亲与驼》《风过无痕》，散文集《随意的溪流》等。作品近百次入选各种选刊和选本，部分作品被译介国外。获宁夏文学艺术奖、《小说选刊》奖、《十月》文学奖等。

二百六十元。这在当时价格不菲，堪称金贵。

我很清楚，这笔钱是我们全家一年四季的全部劳动所得扣除穿衣吃饭费用之后的结余，却被父亲一次性地消费了，用来奖励我考上了大学。我尽管很清楚，也于心不忍，却不能拒绝。我说过的，父亲是一个有主见的人，做事很果断。

父亲将手表递给我后，说了至今都让我铭记在心的一席话："能够考上大学，是你自己的本事。一定要好好学习，学问是自己的，白天不怕人来借，晚上不怕人来偷。家里的事情你就别操心了，也轮不到你操心。往后的路还得你自己走，你走吧，能走多远走多远。"如此近距离地看着渐渐老迈的父亲，我竟然无言以对、手足无措。我背过身去，沉默地走出屋子，顺着屋后用草泥砌的土台阶，慢慢地爬上屋顶。

坐在屋顶上向远方眺望，是我从小就养成的一个习惯。家里人后来对我的这个习惯也习惯了，见怪不怪。在他们眼里，坐在屋顶上的我大概和一只栖息的鸟雀差不多。据此，我还写过一篇五千字的散文，题目就叫《屋顶上的渴望》。当然，这已经是我大学毕业、工作多年以后的事情了。在这篇散文里，我写了这样一段话：

正午的时候，我喜欢坐在屋顶上。这时候，太阳当顶，四周一片寂静，连一只鸟雀都很难看见。灼白的阳光下，甚至没有一粒飘浮的尘埃，空气洁净无比。洁净使得大地被幽玄和神秘笼罩着。那时候尚不知道什么是肃然，可我是真切地肃然着，也隐忍着，生怕一不小心会惊动了什么，然后深嗅着阳光渗入草地后那种被挤榨出来的香气，那是一种醇酒般的芬芳。当然，我指的是夏天或者秋天，冬天是另一种情形。这样的芬芳不能闻得太久，否则会被醉倒。后来，我也才终于明白了，坐在屋顶上的我，其实是有渴望的。人毕竟不是鸟雀。正如帕斯卡所说的那样，人是有思想的芦苇。

我在屋顶上坐了很久，周围真的是寂静无声，仿佛空气都凝固了。蓝天白云之下，草滩、湖道、戈壁、沙漠，它们相拥着，交织着，层层叠叠，铺展而去，去向辽远的天边。大漠苍苍，原野茫茫。我向东南方向望去，那里横亘着南北走向的贺兰山。我即将求学读书的那所大学，就在贺兰山的东边，九曲十八弯的黄河从那里缓缓经过，自流灌溉着万顷良田，自古就有塞上江南的美誉，"稻花香里说丰年，听取蛙声一片"。

这时，父亲也走出了屋子，像往常那样向着屋后的水井而去。真是岁月不饶人啊，看着父亲摇摇晃晃的背影，我再也忍不住地流泪了。事后，我才知道，这块手表是父亲委托在城里工作的二姐买的，据说还走了商店的后门。父亲事先没有告诉我，大概也是想给我一个惊喜。毕竟，他最小的儿子终于考上了大学。

那年，官方公布的数字是，参加高考的考生是六百万，高考录取比例百分之四。想一想，这是一支多么庞大和壮观的队伍，用千军万马过独木小桥来形容，一点都不为过，能够顺利通过的人是极少数，绝大多数人都掉进了水里，被呛得一把鼻涕一把泪。金榜题名的，被誉为天之骄子；名落孙山的，被戏称为大学漏儿。

入学之后，我才知道，全班四十三名同学中，我竟然是年龄最小的，年龄最大的同学叫王玉华，三十四岁，比我大了整整十八岁，说句不中听的话，都可以当我父亲了。该同学来自农村，吃粉笔灰的民办教师一个，人很朴实，因为传统观念作祟，非要一个肚脐眼儿以下带把的儿子不可，否则将来连个接收户口簿的人都没有，岂不是断子绝孙？就公然违反计划生育的基本国策，心甘情愿接受惩罚，连着生了四个女儿之后，终于如愿以偿。因此，他上大学的时候，已经是四女一男五个孩子的父亲了，能够考上大学，也算是"老骥伏枥，志在千里"。

就有同学调侃说世上无难事，只要肯登攀，他应该再接再厉，咬紧牙关再生一个女儿。五朵金花，多喜庆啊，尽善尽美。那时候，包括《五朵金花》在内的一批老电影被解禁，观众看得如痴如醉，电影院里场场人满为患，甚至一票难求。也许是他的家庭负担太重，人便格外显老，胡子拉碴，不修边幅，穿着又邋遢，走路常常倒背着手，身子前倾，像个五十岁的老头子。

不久，同学们几乎人人都有了属于自己的绰号。王玉华同学的绰号是"老机器"。还有一个同学，因为说话声音很粗，并且伴随着一种胸腔共鸣般的嗡嗡声，就被毫不吝啬地赠送了一个具有音乐特点的绰号——大提琴。无论"老机器",还是"大提琴",都既形象,又贴切,几乎没有什么可挑剔的。用现在的话说,简直是太有才了。我始终不清楚这些个近乎完美的绰号到底是谁琢磨出来的,也许是集体智慧的结晶。三个臭皮匠顶个诸葛亮,更何况是一帮经历了过五关斩六将般的高考,被严格筛选出来的所谓天之骄子,起个绰号什么的,还不是小菜一碟。

更有趣的是,每逢上课,坐在一个教室里的同学们老的老,小的小,显得不成体统,很滑稽的样子,实在不像高等院校传道释疑解惑的大雅之堂,倒像是农村的村民们在开会。这种情形,连讲课的老师都忍不住要笑场,有时候正讲着课,看着眼前这帮所谓的弟子们竟然是如此的参差不齐,有的老气横秋,有的乳臭未干,这样同窗四载,"恰同学少年"是大大的不恰当。老师就暂时停下讲课,笑了起来,笑罢了,再接着往下讲。当然,课堂上的气氛还是很好的,老师和学生都心知肚明,台上台下,异口同声,因为感同身受,也就一团和气了。那时候,有一个同样很时髦的词:理解万岁。无论怎样,理解就好。

如今,父母早已经成了亡故之人。三年前,因为父母所在的那个坟场要开发成建筑石材工业园,我们不得不让父母离开他们沉睡了二十多年的地方。我们将父母的骨殖重新入殓,然后把两具崭新的柏木棺椁抬上一辆皮卡,沿着新铺的柏油公路行驶一百多公里,埋进小镇南边的红山公墓。我们兄弟们分摊出资,花了一大笔钱,青砖、白瓷、红瓦,为父母修建了一座还算不错的新墓园，占地将近两百平方米。如果真的有什么天堂，什么灵魂，我相信父母就在天堂里，而不是在墓园里。阴阳两隔，只是我们无法得见罢了。"桃花源里可耕田"，我担心天堂里没有草原和羊群，没有耕地和庄稼。因为父母既是农民，又是牧民，他们是永远闲不住的人。一旦闲下来，他们会感到寂寞。

自从20世纪90年代初有了寻呼机开始，我就不再戴手表了。父亲当年送我的那块英纳格手表，被我用一块红布包裹起来，置于书柜上方一个隐秘的角落。伏案写作之余，有时候心血来潮，把手表拿出来上几圈发条。原本沉睡的手表突然被激活，立刻响起那种铮铮作响的钢音，声音丝毫不弱于三十多年前。于是，我有些凝滞的记忆也被激活了，开始回忆许多往事，一次次地感慨，乃至唏嘘不已……

策马凉山留影踪

牛红旗

　　以前我常和一位朋友出去钓鱼，他是那种一不大声宣讲就喃喃自语的人。他坐在我旁边，嘴巴老是在动，我却听不清他在嘀咕什么。

　　像他这样的人挺多的，不知道别人遇见过没有。

　　我觉得这样的人有一个共同特点，那就是他心里有一个与自己独处的空间。这个空间看似空无一物，实际上里面塞满了东西。

　　我觉得这样的人挺好的原因，是因为他们自言自语时绝不会对自己撒谎。

　　这类人往往私密性较强，有点像《大淖记事》中的小锡匠，倔强、隐忍、直率，能把悲痛和幸福装进同一副挑子，挑在肩上

　　牛红旗，原名牛宏岐，自由摄影、撰稿人。中国作家协会会员、中国摄影家协会会员，宁夏摄影家协会副主席、固原市摄影家协会主席。

呼哧呼哧往前走。

不瞒你说，我就属于这类人。我看上去直言快语，实际上心里也有一块自留地，没事也爱自言自语。

有一次，我和几个朋友一起吃饭，吃着吃着想起有件紧要事忘了办，一拍脑门就咂着嘴埋怨起自己。一起吃饭的朋友不知怎么了，全停下筷子望着我。旁边一位往我碗里瞅了半天，还以为我吃出了虫子。

说这话的意思是，估计后面说的大抵都是些絮叨话，算不上大田里产的庄稼。不过呢，我又觉得能翻看这本书的人都是我的朋友，索性让思绪在脑子里跑马，想起啥就絮叨些啥，也不怕别人笑话。

从小，我脑子里就跑进了一匹马。

这匹马个头不高不低，偏瘦，岁数还小。在过去的几十年里，这匹马总在我脑子里转悠，我想靠近它，又有点惧怕它，想撵走它，又有点不舍得、不忍心。

不忍心赶走它的原因并不是它始终没长大。

我很小的时候，大概三岁吧，有一天父亲牵着我的手上街，刚走出街口，父亲忽然停下来指着迎面走来的马车说，左边那匹拉套的小儿马以前是咱家的，它那么小，还不到出大力的岁数，人咋就把它当大牲口使唤起来呢！

我懵懵懂懂望着父亲，和母亲一道看着那挂马车走上远去的马路，走得只剩一抹尘土。

那一刻，我感到父亲很像那匹小马，耷拉着一只暖帽护耳，茫然又无助。

六岁前后，我背上粪篓去南河滩车马店前拾马粪时，又见到了那匹一只耳朵耷拉的儿马。我有点兴奋，想上前与它亲热亲热，可就在我向它走近的那一刻，它尥起后蹄向我踢来，致使我昏迷了近一个小时。

好在它的蹄子只是从我耳边滑过去，只擦伤了一块头皮。

我醒过来后，父亲不问三七二十一训斥了我一顿，让我以后别看见马粪就往上冲，应该先看看马屁股朝向哪儿。

上了小学，我学习不怎么用心。有一天，算数老师碰见我父亲，他对他说，你家这孩子学习有点问题，上课精力不够集中。父亲点点头，指着我说，这小子脑子可能让马踢坏了。后来语文老师到我家家访，说我生字写得工整，汉语拼音还不错，父亲听后很惊异，望着我说，你小子的脑子原来还没被马踢坏呀！

上小学那几年，我脑子里总是在跑马，父亲老是拿马踢过我来判定我的行为。我做错了什么，父亲会说我脑子被马踢了，做对了什么，父亲就说我好像还有半个脑瓜儿能用。

上了初中，班上的同学大都贴出了大字报，我也写了。我贴出去后同学们在那儿看，语文老师上课前也瞄了一眼。老师姓马，是早年从河北来的支边青年。他走上讲台郑重其事地表扬了我，说我毛笔字写得不错，尤其那个"马"字，有点像成年人写的。

那天，我高兴得不得了，一下课就站到远处偷偷瞄着我写的大字报，自豪地嘀咕道，看谁还说我的头叫马踢了。

马是多元性动物。马和龙一样，也算得上是一部行动的史书。

在我看来，马是上天派来给人做伴的，马有其他动物没有的牵引力，能驮上人驰入古代，又能不紧不慢地把人送回现实。

马驰骋于远方与诗情之间，行走在南来北往的通途上。将军跨马赴战场，脚夫打马走天涯，农夫牵马扒光阴。

马听得懂人话，可以助人开疆拓域，思想上的，心理上的，地理上的。

只要是马，称呼它马总没错。

马能纠错。只要是你的马，你迷了路，它准能把你驮回家。假如不当心落了马，它也能在不失前蹄的情况下，纠正你看待事物的视角。

十多年前，我专门去一所大学的图书馆查找过有关马的资料，我想摸清马的来龙去脉，或许是因为查找方法不对，最后只找到了一部分似马非马的书籍。

对马的理解，因马而诱发的思索，我就不再絮叨了。我这方面知识还很缺乏，以后会继续在这方面探索学习。

真正相关马的文献，我相信应该是有的。我觉得适当地用马鞭鞭策一下自己，比用拍马屁的办法抬高自己，比戴上一副马的面具站在人群里，要真实些，健康些。

关于《凉山策》，前后已断断续续煮了近十年，我觉得再不出锅，这锅粥恐怕就馊了。我本想让它再煮一煮，却又怕煮了稀饭泄了蒸锅里的气。人的精力毕竟有限，我手头已积攒了好些材料，积压了不少同样重要的活儿，不得已只好拣这远点的、重点的活儿先去完成。

照常理，本不该把西海固这块自留地里的活儿撂下，去忙活千里之外大凉山的事儿，可又一想，文学无界域，摄影也没远亲近邻之别。

再说了，都快六十岁的人了，文字不等人，硬盘里的照片不等人，记忆力、思辨力、创作激情也不等人。干一点，少一点，轻松一点。

就摄影而言，相关大凉山的作品，之前已屡见不鲜，且现在还有不少人依然在拍。自己若再去拍的话，必然有许多难为自己的地方，既要立题新颖，还得走出一条蹊径。这很难的。

何况凉山州的自然环境复杂，生活状态纷繁，与我惯常采用的"一清二静"诗意化的呈现方式相悖，需要尽力适应才是。

然而，既然决定硬着头皮接上多年前留下的活茬儿干这事，再难也难不到哪儿去。

因为我脑子里那匹马依然庄严地站着。

我去过几趟大凉山后，觉得不够深入，就又去了几次。一次去待上十天半月嫌短，便会再多待一段时间。好在每次去都有新感悟，都能得到意外的收获。

在一次次奔波探求中，我反倒觉得自在又享受，仿佛又一次从身后看见了自己，仿佛与脑海中那匹马会了面，结了缘，一同走进了草原。

想想看，还真是这样的。

从西北来到西南，肯定会有好些方面不适应。气候上、环境上、生活习惯上等，都可能遇到障碍。

不说别的，就道路来说，从西北的平坦宽阔到大凉山的山高路窄，每时每刻都觉得是在冒险。还有饮食上的不适应，语言交流上的尴尬。好在我提前思想上已有所准备。

每次到凉山州，经过谷克德时我都要把车开进停车场，蹲在小吃摊上吃两颗烤土豆。妻子也是。那土豆烤得不完全熟，肉肉的，拿刀子从中间豁开，往里面撒上掺有盐末和鱼腥草的辣椒面，吸溜溜吃着，舌尖发麻，鼻梁冒汗，有种说不上来的爽快。

这是凉山州民间普遍爱吃的食物，经过体验，我感到那滋味与大小凉山的山野很匹配，与当地人的气息很投合。

谷克德在昭觉县境内，是一片四面环山用木栅栏围护着的山洼草地，是一片牧场，一个天然广场。听卖烤土豆的大嫂讲，每年过火把节时谷克德都会举行盛大的集会，赛马呀，斗鸡呀，篝火晚会呀，彝族人全穿着民族服装，外地游客更是纷纷参与其中，人山人海能乐翻天。

没想到彝族人把土豆也叫洋芋。单就这一点，我马上就与他们拉近了距离，有了共同语言。之后，我每走进一个村庄，就会与迎面走来的人打招呼，向他问好，说大凉山怎么耐人寻味，烤洋芋怎么好吃。然后用从电视上学来的碰肘礼，去亲热地顶一顶他的肘子。

我还会跟着他们笑，学他们皱眉头。这蛮奇妙，蛮有意思的。

当然，我不会因此消减我对所见所闻的好奇，更不会降低我对他们的敬重。

不论别人怎么想，说到语言与文化，我还是坚持自己的观点。在凉山州，如果你把自己当作一个文化体的话，你所接触的人乃至从你身旁走过的一匹马，自然也都是文化体。

他们，或它们，每个体格上都承载着一种性格，附着了一些特定的文化元素。

他们说着他们擅长表达情感的语言，汉语、彝语、东巴语或别的方言；它们打着它们的响鼻，迈着它们各自的四蹄，给地上丢下一串串不同的蹄迹。

这些有别于其他地方的语言，不同于蒙古马或非洲斑马的步态，好比成熟作家或摄影师使用的语言，有着独特的节奏和个性化的情愫。

语言是窗口，是通道，还是一种载体。我认为，推开这扇窗，打通了这条道，就有了深入内部的可能，就有希望触碰到情感的脉搏、文化的脉象与历史的脉络，就找到了思想情感的载体。

尤其对纪实摄影人来说，从拍摄对象言谈举止中能先捕捉到表象信息，然后再不失时机地去获取连拍摄对象本人都未能觉察的文化图景，是最重要的，也是必须要这么做的。

否则从何而谈艺术，因何而说是纪实？

我赞同陈小波老师评判好照片的三个基本标准："写满历史痕迹、诗性、情感力量。"她这句话说出了摄影的奥义，拒绝了对摄影的狭义理解。我朝这方面努力的过程，觉得第三个基本标准尤为重要，以真情实意获取的照片，自然就有了历史的印记，有了诗意。

说来可能有人不信，我拍摄时一旦有了真情实感，一幅幅优美的图景便会像马群一样奔驰而来。

我脑海中总有个怪念头：真心实意即天意。我觉得，无论我干什么事，顺风顺水也好，艰涩难行也罢，冥冥之中总有一股无形的力量支持着我。

比如在美姑大风顶被大雪堵在黑竹沟那次。一开始是无奈地等待，盼望着路早点开通，后来便决定，索性堵住了，哪怕等个天昏地暗也要等下去。最终，奇遇出现了。

傍晚时分，四都札童意外地走到了我的车前，与我紧紧地拥抱在了一起。九年前，这小家伙跟着他舅舅在固原山里拉马驮活，挺能吃苦的，没料想他现在在成都开了家建筑材料公司，当上了大老板。

若不是堵车，恐怕走遍天涯也难再能遇见他。

拍摄俄亚村雨季那次，出发前给村里的小王打电话，问他三江口的摆渡船是否在运行，他专门帮我打听了一下，说近期大雨连绵，摆渡停运了好多天。他劝我为了保险起见，还是上理塘绕一绕。可是，或许我是想着应该去德昌看望一下朱天庆老人，或者是想着当年那个裹背中的小阿牛应该再去美姑县找找，脑子一分神，到了成都竟忘了拐入川藏线。

后来，我将错就错去德昌看望了朱天庆老人，又沿途找到了好几个阿牛，最后抱着侥幸心理经盐源，来到了泸沽湖。在泸沽湖，我本打算加完油多绕六百公里的山路从丽江去俄亚村，谁知泸沽湖加油站临时断供没油。无奈之下，我只能上泸沽湖后面的永宁镇去加油。

预想不到的是，在永宁镇加油站意外地碰见了一位刚从三江口坐摆渡过来的年轻喇嘛。他从厕所里出来，告诉我，摆渡正好早晨开始运营。那一刻，我觉得这个年轻喇嘛好像是老天专门派来给我指路的，不然，他那泡尿咋会憋了一百多公里。

多次往来于凉山，像这类仙人指路的际遇不胜枚举，但每当遇到这类出乎预料的事情，我都会不由自主地仰望天空，默默地致以谢意。

这不是我的心理作用，也不是我经常这么好运气。我觉得，只要任何人不受利益驱使，能真心诚意地去干件有意义的事，天意总能不失时机地帮携他。

每次从凉山州返回固原，我都会在床上静静地躺那么一两天。

倒不是因为疲惫，我就是想这么做，想躺在那儿什么都不想，又什么都在想。躺着，信马由缰地想着，想对自己说话了，就喃喃自语一阵。

这时候，我自由又快乐，沉静而活跃，也不觉得孤独。那些在凉山州的见闻从脑海中捞上来，像海带一样一溜一溜泛着盐白，马儿随时都会幻觉似的奔到眼前，把这一溜溜有滋有味的东西驮走。

朱天庆老人八十多岁了，斯斯文文的，看上去像江浙一带古镇上蹲守了一辈子的老艺人。他内敛，却又开朗、大度。那种教养和开明简直是他那个年龄中人的另类。他身上有股子年轻人才有的朝气和霸气。

我和他第一回谈了整整一个上午，第二次去看望他，他一看见我忽然从床上坐了起来，病一下子没了。他洗了手，心情愉悦地下厨房做起了饭。做好饭，我们边吃边谈，又谈了一个下午。

他做菜很精细，葱、姜、芹菜是儿子朱志刚洗的，他却不让他切。他走到案板前嘴里絮叨着，先把每根菜拿起来看看，再摆到案上用刀背轻轻拍拍，才一丝不苟地切了起来。

他说年轻人不懂菜的心性和纹理，干事也不怎么讲究条理。吃饭时，他从柜子里拿出珍藏多年的五粮液让我喝，我不喝，他就让朱志刚打开来喝。他说，好酒是留着给好朋友喝的，儿子也是好朋友。

聊天过程，他拉我去院里看他养的一盆铁树，比人还高，说这树也是好朋友。

他说朱志刚和媳妇廖庆芬外出拉马的时候，家里没人，他就端一杯茶和铁树面对面坐着，不说话，也不操心儿子和儿媳走了多远，多么苦、多么累。他说，铁树看似硬生生的，实质上是柔在内里，刚柔相济。

他告诉我，铁树不仅能给人长精神，还可以活血化瘀，他开药方时最善于用它。他说，这些都是他看了《本草纲目》和《药性考》，从中悟到的。

聊天中间，不时有人来敲诊所的门找他看病，也有以前他看过病的人听说他病了来看望他。

他是性情中人，从不隐瞒小时候逃学瞎胡闹的事情，也不避讳因偷吃偷喝被抓去劳改的事情。他认为人是带着原罪到这世上来的，只有省事以后才知道什么是错误。他说，如果他年轻时不犯错误的话，就不会彻底反省人生，就不可能一心一意学医，就有可能糊里糊涂只为了钱财折腾一辈子。

他从抽屉里拿出一沓感谢信让我看，大多是草纸写的，少部分是从学生作业本上撕下来的，还有一封是用彝文写的。他说这些东西说没意思也有意思。后来人们送的锦旗牌匾，他全部谢绝了，他认为那些东西太形式化，太夸张了。他之所以把这些原始的感谢信留着，是想将来两个孙女大学毕业后送给她们，让她们留作纪念。

朱天庆老人读过《复活》和《卡拉马佐夫兄弟》，说《第六病室》

和《万尼亚舅舅》是契诃夫作品中最值得一读的作品，尤其《万尼亚舅舅》，不仅是哀号，更是在给沉迷的世人敲警钟。

他说，良药需要药引子，能给人治病的药一定是好几种药配在一起熬出来的。他建议我抽空读读丰子恺的东西，看看他的书法与漫画。说摄影人肯定能从他的墨白间感受到毫芒的宏阔，能从他的漫画中找到中西结合的妙趣。他说他之所以后来又学了西医再返回去钻研中医，正是受了丰子恺漫画的启发。

太享受了！朱天庆老人给我讲说丰子恺的那一刻，我就像服了一剂通窍药，蓦然打开了气血的通道。

之后，我尽可能阅读了丰子恺的东西，尤其漫画。

漫画据说起源于意大利文艺复兴时期的画家达·芬奇，和英国产业革命时期的画家威廉·贺加斯。这门艺术，走过近千年历程，其性质从初期的"指桑骂槐"、引人发笑，已发展到了启智和抒情。丰子恺先生的漫画，正是以这种西洋创作形式为基础，结合中国传统绘画的精髓，注入了时代脉络、市民生活与个人情感，创作出来的佳作。看了他的作品，我恍然明白，只有采集多方面知识，融会多种表现思想，才可能创作出好的作品。

不过，也不晚。有了丰子恺这样的楷模，触类旁通，把他对西方艺术的理解和中国传统文化结合起来的经验，学来注入摄影，肯定会有新的突破，能摸索出一条适合自己创作的路子。受丰子恺的启迪，回过头来再读《理想国》，就发现了一件事，原来柏拉图通过他老师苏格拉底与人的对话，早就把诗人逐出了理想国。

有了这一发现，便又获得了一个信息：西方文化思想的渊源是以理性与物象来支撑的。从而，便知道西方为什么后来又出现了宗教革命、笛卡儿理性主义，以及尼采"上帝死了"的虚无主义思潮。

回过头来看，中国文化思想从先秦时期的儒、道、法、墨等百家争鸣，到王阳明的心学思想，再到当下的中国特色社会主义，走的是一条由感性思想到感性思想与理性思想相结合的自我批判、自我修复的漫长道路。

通过中西方思想比较，我脑海里跑出了两匹马，一匹是只喜欢吃饲料的西洋马，一匹是既吃饲料又喝水的中国马。西洋马驮的主要是金钱物质，中国马一边驮着过去，一边驮着未来。我感觉到丰子恺漫画作品透露出来的正是这些珍贵信息，他的确是吸收了西方的艺术表现形式，表现了他所忠于的生活。

如果放在过去，我会拿起笔来给朱天庆老人写封信，写几句短的抒情话。

在纸上写东西，比在键盘上敲东西更适合表情达意。我更不喜欢在手机上戳字，有些话一旦戳在手机上，真话看上去也像假话。我没见朱天庆老人使用手机，没想起加他的微信，我只想把那匹从他脑子里跑到我脑子里的马，凭感觉描摹在纸上，寄给他。

对于摄影，我觉得无论西方早期的画意摄影，还是后来布列松的"决定性瞬间"、卡帕的"如果你拍得不够好，是因为你离得不够近"，都有值得思考学习的一面，但也有需要警惕陷入其中的另一面。因为这些近似理论的说法，只是一些经验之道和行事之说。尤其讲究模仿绘画的画意摄影，无论前期苛求"高艺术"的鲁滨逊，还是后期强调"自然主义"的爱默生，其摄影都局限于方法论和形式美，却疏忽了作者的意志输入。

也就是说，陈小波老师谈到的"诗性"，与欧洲早期的画意摄影是两码事。"诗性"可以是抒情的，可以是纪录的，还可以是抒情加纪录的，它不仅在于影像作品的形式美、表象美，更在乎作品的意志美。

之前，我向陈小波老师讨教过这方面的认识，已在《疼水·我的西海固》中有过简要刊登，其中所谈的大意是，能把外在美和意志美结合起来，通过影像表现出来，作品自然就有了"谜团"，就感人，诱人思考。

在我看来，这正是《诗经》《道德经》《红楼梦》等著作能够长存的原因，也是丰子恺漫画为什么使人感到悦意的答案。

在我探看摄影的中西差异，探求差异之间通道的过程中，我觉得亚当斯的话倒是有营养可汲取。他说："摄影不仅是一个载体，用来传达人们实际的思想，它还是一门富有创造性的艺术。因此，只有在清晰和明确地传达了摄影师的理念时，强调技巧才是合理的。"

再回过头来说，凉山人说话很少高喉咙大嗓门，也不怎么吴侬软语。他们达观生死，明理事物，在他们眼里，鹿便是鹿，马便是马，东就是东，西就是西，从不模棱两可。

我在大城市问路，所问及的人或者会不搭理我，或者会说他也不知道，或者会随便朝一个方向指一指匆匆离去。而在凉山州，所问及的人如果知道路在哪儿，他就给你指向哪儿，即便他不知道路在哪儿，他也会去问一问旁边的人，确切地告诉你该怎么走，若是你还没搞明白，他甚至会带你走一程。

凉山州有一部分地名很怪，很难揣摩其中的规律。在黄土高原，好多地名以姓氏命名，张家庄、李家河、黄家铺、刘家店等，要么以地貌命名，三道河、八里川、砚台坪、笔架山等，我一听就知道这个地方是什么地理结构，大致居住过什么人。而在凉山，比如布拖、美姑、雷波、普格这些县域名称，以及像科尔、西秋、拉一木、支尔莫等这类的乡村地名，我彻底搞不懂其中蕴含着什么意思。这些地方外地人即便去过一次，若没有特殊的经历，很难记得住。

总体来说，凉山州给我留下了三个较为深刻的印象：山，就像王羲之一气呵成的《兰亭序》，看上去参差不一，却气脉相通、字字相映；水，如《齐白石虾图》中的十六只虾，首尾多端，浓淡相宜，但趋向一致；马，近似于莫言笔下的老骟马，任劳任怨、朦朦胧胧，一匹匹跟随着时代中的人，亦步亦趋向梦境般的生活深处走去。

凉山州是山的群落、水的群落、马的群落，又是在多元文化背景下与时代步伐快速融合的人的群落。

我在美姑县约乐乡碰见一位从云南来的支教老师，她在那个山村小学待了八年多，感染了她的学生、学生的家长、村里的干部，村里人的生活习惯也感染了她。村里好些人都学会了说普通话，注重起了仪容，她穿上了彝族服装，喜欢上了烤土豆。她六十多岁了，精神头挺足，一点不显老。我想拍一张她给孩子们教葫芦丝的场面，她不同意。她说她不想告诉人她在做什么。

在农作乡一所村小，我碰见一位从北京来的小伙子。我问他在小学里带什么课，他说语文、数学、美术、音乐、体育样样都带，还兼管着学生灶的卫生。他在大学里一门心思学化学，现在却成了一名全面开花的全科教师。我问他会不会骑马，他说还没来得及学，等周末去学生家里一定试着骑一下。

在外来文化与本地文化交融这方面，西海固比凉山州要好一些。新中国成立初期，国家就给西海固分配来一大批支援建设的人才，这些人才大都是大中专院校毕业的青年，他们个个满怀豪情、朝气蓬勃，分配到西海固各个学校和基层单位后，很快就改变了西海固人的知识结构，提高了当地的文明程度。同样，这些人融入西海固的生活中，也适应了睡土炕、穿皮袄、吃黄米馓饭。我印象最深的是西海固当地人以前从不吃鱼，洪水把鱼冲下来，噼里啪啦晾在河滩上没人去捡，可自从外地来的老师们吃起了鱼，当地人才知道鱼也是能吃的。

我想，在时代迅猛发展的浪潮中，凉山人在保留地域文化的同时，一定也会吸纳外来文化的精华。

说真的，凉山州并非想象的那么落伍，凉山人也并非没有气质。凡是我认识的凉山人，男人们都勤劳淳朴，真诚直率，女人们都秀丽柔美，如素衣明星。与他们一次次的接触中，我多次被他们的无私和善良所感动。

好几次，我给他们拍照片时，拍着拍着就想起了吕楠的《四季》和谢海龙的《大眼睛》，与他们交谈时，倏忽间就想起了鲁迅笔下的《闰土》和艾特玛托夫笔下的《查密莉雅》。这个时候，我只能站在一旁默默地吸烟，任由那匹脱缰的马在脑海里奔突。有一阵我甚至觉得不知该如何才能客观准确地呈现他们的生活状态和他们的生命情感。

话说回来，《凉山策》正是我在思想之马无序奔突的过程中，凭感觉从脑海中摸索出的三根缰绳的组合。依照三根缰绳，我把图文分成了三章："流年""马帮北上"和"俄亚大村"。这三章是不同视角面、线、点的组合，又构成了不同的点、线、面三十个小节。

艺术创作的根本在于人。我想，无论怎么分章分节，都要以马为表象，以人为本相。

就《凉山策》成书而言，我必须感谢陈小波老师长期以来的批评指导，没有她的耐心教导，这本书肯定不会这么趋于完善。我还要感谢张春荣兄长的辅导和帮助，每次从凉山州回来，我都会把所见所闻所想所拍的内容告诉他，与他交流，听取他的意见，而且书中的照片是他与我一起从十万多张照片中遴选出来的。我还要感谢郭墨先生，有了他之前设计的《疼水·我的西海固》，才使《凉山策》有了蓝本。另外，我还要感谢妻子张慧和家人，以及杨凤军、李刚、吴金玉、王恒毓、汤效荣、徐丽荣等身边朋友，没有他们的鼓励和帮助，我可能早就泄了气。

相对熟悉的西海固，凉山州就像值得我结交的新朋友，我很想与它说些心里话，也想听听它絮叨。听它絮叨给它自己，絮叨给我，也絮叨给我的朋友。

求学时光

梦 也

1. 麻春小学

我最早读书的那个小学位于麻春堡，所以叫麻春小学。学校建在一座山丘的脚下，仅西面相连着几户农家，因此可算作是一个相对独立的所在。它背靠的这座山叫庙山，山顶上有一间土地庙。

印象中这个校园是当时我所能见到的最为宏伟的建筑，大门楼高大华丽，两边宽大的门框上雕着花，门是双扇门，十分的厚重，上面钉着两排虎头铆钉。门槛很高，每次进出时，我都要高高地抬起脚来。校园十分宽敞，砖木结构的几排校舍随意地分布在校

梦也，中国作家协会会员，一级作家。20世纪80年代开始文学创作，作品发表于《人民文学》《十月》《中国作家》《钟山》《长城》等多家报刊。出版诗集《大豆开花》《祖厉河谷的风》，散文集《感动着我的世界》《在一座大山的下面》，短中篇小说集《羊的月亮》。

园四周。校园中间有一棵高大的榆树，下面有一个石灰抹就的乒乓球台案。

记得每次上课时，值周的老师就拿出一个铜铃来，呛啷呛啷地摇动一会儿，摇完了就把铜铃倒扣在窗台上，然后挟着书本来上课。据说这个铜铃是和尚念经时用过的，它有一个磨得光滑的椭圆形木柄，有几次我偷偷地打量这个铜铃，总是难以克制想摇一下它的欲望。

我特别喜欢上学，这喜欢是与生俱来的，没有一点勉强的成分，这并不是说我一开始就充满了求知欲，也许它仅仅是一种爱好，说不上有什么明确的目的。比如说，以后一定要使自己成为什么什么的。如果真要分析一下这里面潜在的动机，我想一方面是不想走父辈们走过的道路，另一方面大约就是一种对陌生世界探求的朦胧意愿吧，可在当时这样的愿望完全是出于一种喜好。之所以强调这一点是因为，在我们那样的山区，大多数孩子是野惯了的，对上学有一种本能的逃避意识。

那时的教师大多很严肃，常板着一张脸，对孩子们的管教也是极为严格的。比如说，一个生字不会写，要在手上打板子的，课文背不下来，加减法不会算也是要挨板子或罚站的，甚至还有比这些更严厉的处罚，不像现在的老师对孩子是太娇惯了，自私、懒惰、任性是现在很多孩子的缺点。我以为对孩子严一点未必就抹杀了他们的创造性。现在想来，我对过去那些从教认真、严厉的老师倒是心存敬意。

我记得很多与我一起上学的孩子半途都辍学了，我同村的那个小伙伴——小宝，几乎每天早上上学都要哭鼻子，不愿到学校去，我去喊他时，常碰上他爹用鞭子抽他。

我上学从不让父母操心，即使遇上刮大风或下雪的天气也照去不误。我是十一岁时上的学，算是念书较晚的一个。我特别羡慕与我年龄相仿的那些孩子们，当我还在家看护二妹时，他们都已上学了。记得在中午或下午临放学的那些时辰，我都要背着二妹站在村前的那面山坡上，一直注视着那些放学的孩子排着队，穿过河滩，走上村前的这面山坡。

他们一定是发现了我脸上露出的那种羡慕的神情，于是有一两个便走近我，给我描述学校的情景以增强我的好奇心，末了，还要对我说，我们今天又学了些什么什么，有时还趴在地上给我画写起来，我看得十分仔细，心里既佩服他们又嫉妒他们，同时也觉得他们比我幸运多了。

我上学的权利是自己争取来的，采取的办法就是长时间地哭闹，父亲烦了便对我说，念什么书？你不知道咱村的某某某，还有别村的某某某都是念过书的，还不照样回家务了农，书念多了，心就收不回来了。我不理解，为什么书念多了心就收不回来了，反正我以为念书绝不比干农活差。

母亲同意我去上学，她对父亲说，咱们家几辈子没人上过学，还是让娃娃去念书吧，念一念，睁开个眼睛也好。

我还清楚地记得第二天报名的情景，我特意穿上了干净的衣服，那是前一天晚上洗过晾干的。我一路上跟着同村几个大一点的孩子，怯怯地走进学校的大门。我看见那么多与自己一般大小的孩子在校园里追逐嬉闹，全不像我这么怕生。

当我报了名领了书一路上回家时，不免一阵阵地激动，心里一个劲地说：我上学啦！我上学啦！反反复复就是这么一句话。要是身边没人，我一定会喊出声来的。回到家时，我从挎包里掏出书本来，向母亲夸耀。母亲笑了。母亲总是宽容的，她支持我。我突然变得勤快起来，又是挑水又是扫院，然后坐下来，帮母亲烧锅。

我的兴致很高，每天去上学，似乎都能感受到新鲜的东西，比如对麻春堡的感觉就不一样，毕竟它是大队部。首先它有一条宽大的村道，上面铺着石板。两端的家户门口都栽着高大的树木，尤其是我在前面提到的供销社门口对面的那棵老榆树，给我留下了很深的印象。我吃惊于如此苍老的树，却还有如此顽强的生命力。它枝干黝黑，几近枯死，却在每年春天都照样抽出嫩枝来。有时，我走近它，摸一摸那皲裂粗糙的树皮，不由浑身一惊。

学校一边的大队院里有一处高高的戏楼，戏台两边红柱子表面的油漆几近脱落。棚顶上有许多鸟儿在上面筑巢，它们叽叽喳喳飞来飞去，在空旷的台面上洒下许许多多的粪便。常常，利用课外活动，我们就到那儿去玩。某一次，我们发现高高的棚顶上吊着半截麻蛇的身子，我们便纷纷投石块攻击。麻蛇禁不住攻击终于掉落下来，先盘成一圈，然后又慢慢地移动开去。

我第一天上学就闯了一个祸。课外活动时，我急着要小便，在别人的指点下，便找到了一长排厕所。可是我拿不准要进哪一个。虽然上面都写着字，可是我不认识。我虽然看见有几处有学生进出，但我怕羞，没跟进去。最后看见一个厕所较为干净，似乎里面也没什么人，便一头闯将进去。进去后我便愣住了，我发现地面上正蹲着一个人，而且是一个女的，一位女老师，屁股撅得高高的。我吓坏了，也不知道跑，就那么愣愣地站着。其实这个女老师很温和，并没对我发火，但也不好意思说什么。显然她想掩饰一下，但来不及了。后来我不知道我是怎么跑出去的。事后回忆起当时的情景，除了怕，再就是好奇。后来这个老师还当了我的班主任。不过那时我已上三年级了。她对我很偏爱。看样子她一定认不出我就是当年那个闯祸精。

　　女老师姓刘，留着两条很长的毛辫子，走路时，毛辫子一甩一甩的，尤其是她那摆动的臀部，给我留下了很深的印象。那时，我虽懵懂，却也知道注意美丽的异性。

　　算下来我在麻春小学上学的时间先后有两次。一年级上了一年然后就到邻村的张庄小学去上了。三年级时，又回到麻春小学，一直到小学毕业。

　　最初的一年里，我对所学的东西几乎没留下一点印象，唯一记住的都是些与学习无关的东西。我一直记得我们村子下面的那个果园。

　　每一次到学校去，我们都要经过这个果园，所以它就给了我十分美好的记忆。春天时，果园里的树木全开了花。桃树艳丽的红花像一树火星。花红树的粉红色的花，一嘟噜一嘟噜的。冬犁的花稍晚一些开，开放时，却是一下子集体开放，十分的性急。满树粉白的花，在风里轻微地抖颤，像一树白蝴蝶扇动翅膀。

我在很多篇文章里都提到了这个果园，我一直试图传达出它的艳丽与丰硕、它的喧闹与寂静、它的繁荣与苍凉，然而往往我是力不从心的。

到了盛夏，果园一边的苜蓿地一片葱绿，硬硬的茎秆蹿起来有半人高，拇指大的紫花全开了，散发出浓郁的苦香。有时我们从那儿经过，常常碰上慌忙窜动的野兔和獾，皮毛光鲜闪亮。

到了深秋，果园一片萧瑟。树上的叶子全落了。每天早上经过那儿，就见早起扫落叶的人。有时中午，我们几个小伙伴，到果园里去寻觅脱落的秋果，常有收获。有些果子一直挂到深秋还不愿从树上脱落。不过它们大都挂在高高的树顶上。有时我们须爬到高处的摇晃不止的树杈上才能摘到。这些迟暮的果子，面皮金黄，脆嫩香甜，别有一番滋味。个别果子一直挂到冬天，最终皱缩成拇指大的黑球。

冬天，我们起得很早，当我们相邀着走出村口的时候，天上还挂着寒星，地面上结了霜，走在上面咯吧吧地响。经过黑黝黝的果园，来到河滩上。迎面吹来的风潮湿而冰冷。河滩上全结了冰，白茫茫一片。这时方才注意到月亮挂在河流转弯处那座东山的顶上。

在冰面行走我们特别小心，生怕不慎掉进冰窟窿里去。尽管借着月光有时我们不免也会踏进冰水中。所幸这样的冰水不深仅湿透鞋帮而已。跺几下脚继续往前走。到了河边上我们常常就变得一筹莫展了。许是前一晚上水太大将过河的砾石全淹没了，于是我们就沿着河道上下奔跑，想再找一处能过河的去处。有的孩子胆大直接从薄薄的冰面上爬过去。有的便又回到原处，踩着结有冰碴的石头过河，常常在半途滑下砾石，然后奔跳起来。很多时候，我们的鞋与裤管被冰水渗透。走上不多几步就被冻硬了，走起来哐啷哐啷地响。及至到了学校时，便赶忙生起炉火烘烤。即使如此，临上课时，我们仍感觉双脚被冻得发麻生疼，于是便一起拼命地跺起脚来。

这样的境况对一个孩子来说虽然苦了些，但我们乐在其中，并不以此为苦。及至今天我当年的那些小学同学大多走出了农村，有了工作，且有了一番自己的事业，回首当年经受的那些，皆有一番感慨。

还有一段小插曲值得一叙。

记得我报名的那一天，发现了一个小姑娘，十分特别。说她特别是因为她看起来一点都不像一个农村小姑娘，一是她的穿着打扮不一样，二是她的个性不一样。我记得特别清楚的是，她戴着一只绿色的编织帽，护耳下面有两条飘带。她蹦蹦跳跳的，又活泼又机灵。一双大眼睛扑闪扑闪的。我一开始就注意上了她。她大约也发现了我，于是在我报名时，她就故意挤在我旁边。像我们这些小孩子大都捏着一块钱左右的几张毛票，唯独她手里拿着一张五元的票子，于是我们就感觉到她的不同来。后来我得知，她家在兰州。当年中苏关系紧张，听说苏联人把兰州作为攻打的目标，于是这小姑娘便随奶奶迁至麻春堡暂住。大约她是在兰州上的学，于是在这样一个山村小学，混在这么一大群土孩子中，就显出她的特别来。我发现有许多大孩子，包括老师都处处偏护着她。

接下来的日子，这小女孩很使我难堪。她几乎每天课外活动时，都要来找我。我一见她就跑，她就在后面追，并且不时地用手中的书包摔打我。更有甚者，每天上课时，我们班还未下课，她就来到我们教室的窗前，趴在那儿，一动不动地盯着我，下课时我也不敢走出教室。后来，同学们发现了，一见小女孩来到窗前，就一齐发喊。他们有意取笑我，看我的笑话。

一年之后，我离开了麻春小学，就忘了她。有一个星期天，我随母亲到供销社去买东西，却突然发现这小姑娘原来住在这个大院里，我看见她正待在屋子里帮她奶奶干活，我便躲在母亲身后。

这是最后一次见她，后来，她一定是又回到了兰州。几十年过去了，我再也没有看见过她。可是很奇怪，尽管过去了几十年，每当我想起儿时的情景，都不由自主地想起她。1999年，我在《兰州晨报》工作了一年。有时，真有想寻找到她的愿望。我想她如果不出意外的话，大约还生活在兰州。不过，假若我们真有相见的机会，我对她要讲些什么呢，或许她早已将儿时的事情忘得一干二净了。

2. 张庄小学

张庄小学是一个十分简陋的小学，仅有一排校舍，一间大教室相连着一间小宿舍，小宿舍是老师办公用的地方。校舍位于一座小山的顶上，四周没有围墙，教室前面有一块不大的空地，算是我们活动的场所。学校不可能有专门的厕所，于是老师给我们指定，校舍背面的那个深坑是女生用的，前面沟坎下的那处深坑是男生们用的，老师到底在什么地方方便我们就不得而知了，幸亏我们只有一个老师，且是个男的，也就方便多了。

最有意思的是我们的教室，里面有两排桌凳，这些桌凳高低大小不同，式样古朴厚重，桌面很宽，能趴下三四个学生，凳子也是长条的，能坐下两三个学生。这些桌凳大约都是临时拼凑起来的，很可能都是过去没收的地主富农家的东西，所幸这样的桌凳虽然陈旧但结实耐用，经受住了我们不停地摔磕。

来这里上学的都是就近四个生产队的一、二年级的小学生，一律坐在一个教室里，由一个老师来教授，教完了一年级，教二年级，教完了二年级再教一年级，轮流上，也挺有意思。

最早给我们上课的老师姓张，是个年轻人，属临时聘用的民办老师。大约是有些怀才不遇吧，他情绪很大，我们稍有疏忽就要挨板子，于是我们都怕他。他有一把提琴，课余时间我们常发现他关了房门在里面独自拉琴。有时遇上练习课，我们正在做作业，忽然间就听到了他的琴声。于是我们就放下笔沉浸在他悠扬哀伤的琴声中。我们虽不大听得懂琴声，但我们都能体会到他的心思，觉得他窝在这样的小地方的确是有些可惜了。

后来他就到固原师范去上学了。临走时，他把我们几个学生叫到他的房子里，讲了许多勉励我们的话。那一刻我觉得张老师其实是一个很好的老师，对于他的离去我们都很惋惜。

第二个给我们上课的老师姓董，是个大个子，红脸膛，特别容易害羞，一走上讲台就红了脸，接下去就不知道该说些什么了，于是人也就变得手足无措起来。我们坐在下面干为他着急，反而忘了他讲了些什么。也许，他觉得不能胜任这样的工作，干了不多几天就离开了，继续回家务农。他现在还在，已是一个典型的农民了。有时碰到他，我还叫他董老师，不过他还是那么容易脸红。

第三个老师也姓张，是南台子村的，他大约是从某个小学调上来的，课教得好，人也严肃。不过他后来遇到了一件事，就慢慢地放松了我们。不知什么原因，他的妹妹疯了，四处乱跑，于是他常扔下我们一帮孩子，四处去寻找他的妹妹。他一走就把几十个学生交给我。我那时是班长，在同学中有很高的威信。我每天组织学生背书、写字，安排课外活动。

现在张庄小学还在，不过已迁了校址，校舍比那时要漂亮多了。有一次我到学校去转悠，发现当钟用的那半块车圈，还是我当年从生产队里偷来的。

张老师不在的那些日子，是我们最自由的日子。念书倒在其次，我们主要的时间都在玩。把男女生集中在教室门前的空地上，做操、唱歌、做游戏，接下来就翻跟头。女生，侧着身子翻，男生要折腰翻车轱辘。

我们学校正对着一座山坡，山坡上有许多处塌陷的窑洞的废墟。有些胆大的孩子常从那里刨出灰烬以及被烟火熏黑的灶台，有时还发现被掩埋的人体的骸骨。

后来据大人讲，这里是民国二十一年海原大地震时留下的废墟。有时，在夜深人静时，从这面山坡上就传出锣鼓的敲打声。据说，地震的那一刻，这里正在唱大戏。虽说这样的声音，我从没听到过，可是能感觉到这里瘆得慌。记得有一次，董锁躲在山坡的某一处背书，到了下午放学时还不见来，于是老师让我们分头去找。当我们发现他时，看见他正躺在一处低洼里，呼吸微弱，脸色蜡黄，人迷迷糊糊的，似变得神志不清。第二天，董锁的小脚母亲带着他又来到那个地方，趴下烧了许多的纸钱。

我还记得这个董锁，他的年龄大约与我一般大小，人看起来老实，但却做过一件荒唐事。有一天，有一个小家伙悄悄告诉我说，董锁每天放学时，在回家的路上都与花花（仅以此名代替）藏在一处胡搞。我吓了一跳，但同时变得十分兴奋。我知道他说的胡搞是什么意思。于是在当天下午，暗暗地安排了小宝等几个大一点的同学，在后面悄悄跟着董锁他们。不多时间，小宝他们就拧着董锁和花花的胳膊走了回来。一伙人到了跟前，显得很是兴奋。我一看，董锁和花花都勾着头，不吭声，眼睛盯着脚尖，于是我们就让他俩站在教室的讲台上，轮番审问，并不断地进行拷打。

我记不清这样的拷打进行了多久。总之两个人都不吭声，最后董锁哭了起来，而花花一直咬着嘴唇，脸上始终带着一丝淡淡的蔑视。

现在想来，我们不知怎么就学会了大人们经常使用的手段，对两个与我们一样还不太懂事的孩子进行了惩罚和羞辱，并且，在往后的日子里这样的惩罚和羞辱一直进行了很久。后来董锁告诉了他妈，那个小脚老婆子来了一次学校，被我们哄走了。

后来，花花在我之后，考上了学，如今都是某一个小学的老师了，她大约一直没忘记此事，虽说这事过去了几十年，每一次见她，我都感到羞愧难当。

看来，一个人恶的一面是多么可怕啊！我一直不解，我在很小的时候，何以干过那么多顽劣的事情。

3. 关桥中学

以前，我并不知道发源于我们故乡的这条河——麻春河，一路途经好多个村庄，然后流入石峡口水库。石峡口水库是动用数万民工修建的一座大型水库，其到底有多大我就不得而知了。父亲曾修建过这个水库，他好多次讲述过这个水库的壮阔，而我总是形不成一个确切的概念。我只知道麻春河在一路流动的过程中，沿途汇集了许多的支流，水势变得浩大。能承纳如此壮阔的水流的水库必定类似于某个浩渺的湖泊。

每一次到关桥中学去上学，我总是沿着这条河流在走，一路上要经过好多个村庄：董堡、清芳湾、桃堡、卷槽、罗山、杨湾、冯湾、周堡、大沟门，然后是关桥堡，算下来这样的路程有六十多里路，一路要左右几次越过同一条弯曲的河流。

每一次去上学我都是步行，背着干粮袋和咸菜罐子，手里提着煤油瓶子（点灯用）。在穿越村庄的时候我总是勾着头，怕看见人。从每一家大门口经过时，我总是放轻了脚步，怕惊动了院子里的狗。及至走到空旷的河滩上时，我的身心便就宽松下来。我一直搞不清当时的我为何那样自卑，心中充满了说不清的忧郁。

所幸一个人沿着故乡的河流在走，心里就不寂寞。我有一个想法，那就是一直沿着这条河走下去，直到它的终点。我想看看石峡口，想看看故乡的河如何变成一片浩渺的水域，遗憾的是，这样的想法从来没有实现过。

从梦想回到现实，可看作是我逐渐成熟的一个标志。

从上高中开始，我觉得自己长大了。这种长大的感觉，并非来源于对陌生环境及外部世界的认识，而是对自身命运的认识。我觉得作为一个人活着并不是重要的，关键是如何活着。我之所以时时感到自卑和忧郁，正是因为我感到了一种过于强大的东西，它是我必须要承负或要努力去越过的东西。

两年的高中生活，我备尝艰辛，付出了巨大的努力，所幸这样的努力得到了回报：我考上了一所师范专科学校，对于一个农村青年来说，考上了学，预示着你将摆脱艰苦的农村生活，进入一个新天地。这是像我这样的千千万万个农民子弟努力要实现的梦想。

考上学的感觉，真有些像范进中举。我一直记得，当我被通知录取时，激动得浑身颤抖的情景。

两年高中生活给我留下了难以泯灭的印象。在我成功地上了大专以及走上工作岗位之后的那些日子里，常常不期然地梦见上高中时的情景，而且几乎每一个梦中都会遇到相同的情景：要么是天快黑了，还赶不到学校，要么是某一部分知识还没掌握彻底，考试时总是考不及格……梦中的我总是一副诚惶诚恐的模样。总之在所有的梦境中，我几乎都面临困境，走不出某个怪圈，及至惊醒时，我也一时半会不能从那样的情景中恢复过来，我说不清这里面的原因，也许是一种潜意识的对失败的恐惧心理吧。

关桥中学位于关桥堡。关桥堡是当时我们的公社所在地。镇子上有一条马路，它是海原县城通往同心、中宁以及银川的公路。由于地理上的优势，关桥堡是一个较为繁华的小镇，街面上有商店、邮政所、税务所和银行，其次就是我们所在的中学了，它与公社大院相毗邻，中间就是我们上操的那个大操场。记得每天早上上操时，操场边总是有围观的群众。十几个班级在那儿列队出操，其整齐的程度类似于军人。记得当时组织我们出操的老师姓张，戴一副眼镜，脖子上挂着哨子，很是严肃。早操铃一响，各班的学生便向操场边奔跑。张老师三声哨响过，各班的队伍就要集合完备。若是哨声响后，才赶来的学生就不得入列，只得靠边稍息。一直到早操结束后，再出操，不过那都是围着操场绕圈子跑了，属惩罚。全校的学生都有点怕张老师。我有一次出操，跑得过猛，结果在整队时，晕倒在操场上，被几个同学搀了回来。

我是 1978 年秋天上的高中，其时已实行高考制度了。学习成绩的好坏对一个学生一生的命运关系重大，学校相应地也把教学放在最重要的位置。我们的学习生活十分紧张，每天的课程都安排得满满的，但是相应的物质生活却十分艰苦。每天两顿饭，顿顿都是黄米馇饭就咸菜，有时连咸菜也没有就在饭上面撒些盐末与干辣面子就饭。有许多同学由于承受不了如此艰苦的生活只好半途辍学，留下了终生的遗憾。

记得有将近一年的时间，我们都睡在草铺上。冬天，风带着雪花直接从破窗孔里吹入。到了第二天早上，我们就发现草铺上及被面上都落上了一层雪。到了中午吃饭时，同学们就爬上草铺，拉开被子盖住腿，手里捧着碗，大口大口地吃起来。

晚上点起煤油灯，同学们纷纷脱去衣服，就着灯光捉起虱子来，一时挤虱子的声音噼噼啪啪地响起来。

…………

不能完全说我在高中时失去了幻想，其实我是一个始终充满幻想的人。我相信我未来的生活一定在某个遥远而又陌生的地方展开，这个想法持续了很久。

我一直记得我每天下午背书时，在学院四周的山野中看见的那种灿烂的黄昏景色，还有每天早上太阳从东山顶上升起时的壮观景象。如果说我从大自然中获得了意想不到的力量，你们一定不会相信，但我要真切地告诉你们：这是真的。

原上散记

朱 强

　　冷雨落在秋天的原上，炊烟从庭院里升起。一切都是从前的样子，秃的山被冷雨淋过，变得更白了，被白色点缀的深褐中透出一抹清亮，这是西北。尘土没有被风吹起，而是被雨水卷入干涸已久的河道。原的四周是群山和白云，原上是一望无垠的土地。野草与庄稼就在这地上，一岁一枯荣。将士的脊梁融进黄土，剩下农民佝偻的腰。持剑的铁腕锈蚀了，剩下握锄的手。原上不见高楼，低矮的建筑在土地面前始终卑微。

　　雨天，人少，几里地只能看见山。山体露出黄与白的部分。风化的断崖上偶尔有鸟经过，人家的门帘是白色、红色与蓝色的。

　　朱强，中国作家协会会员，南昌市作家协会副主席。出版散文集《墟土》等。作品获得"紫金·人民文学之星"文学奖、万松浦文学奖、丰子恺散文奖、江西谷雨文学奖等。

院子里种着梨和柿子。猫、狗、娃、暖炕、香蜜、大饼、香茶，装点起本地人的日常。我所说的这个院子，就是青年诗人小马的家。那时他每天坐在家里写诗，有时候也跑到山梁上去找灵感。

我从他家的院子里放眼望去，莽莽苍苍的野地，他每天面对的就是这样一个地老天荒的世界，在远处白色石头上，我在想，是不是老子抑或庄周正好就坐在那儿，抚琴吹笙。这番画面，常常会在我的脑子里回放，尤其是当我回到被现代化气息包裹的城市，我就越来越觉得自己是从西周或春秋穿越回来的。只不过，那好像是一个梦，过于短暂。

在这个环境中，我就明白了人类为什么有能力发现自己，产生一种"自我"意识了。古人讲，反求诸己，吾日三省吾身。人类之所以能够意识到"我"，意识到"我"的存在，从而建构起属于自己的文化与历史，其源头就来自于这种庞大而美妙的疏离感。这种疏离感与现代人类所感受到的孤独并不一样，它的意思是疏朗与分散。

地广人稀，人的视野中长时间存在的是山野、白云、草木和鸟兽。白云游子意，落日故人情。人的周围是活泼泼的自然。我们可以想象一下古人的生活，和他们所处的境地，他们内心，虽有家国天下，但更多时候，他们像陶渊明或者嵇康那样涉彼高冈，拔剑四顾，在烟雨中，那个看似明确的家国，很快就模糊起来。在庞大而松散的世界中，他们想到的更多的是渺小的"我"。

可是，诗中的固原并不是出自这种疏离之境，而是来自于金戈铁马的场面。确切地说，是作为边地或边界的固原让它在大地上有了诗意。此前，固原也称大原、高平、萧关、原州。从这些名词里，大概就可以嗅到烽火的味道了。唐末，固原陷于吐蕃后，先后侨治于甘肃的平凉、镇原。距离此处不远，便是庆阳，范仲淹曾在那儿写下了一首《渔家傲》。这一带，一直是古人认为的极北之地。

这个秋天，我和林混兄就坐在这被古人认定的极北之地谈论诗歌。我们的话题一度停留在一首名为《采薇》的诗歌之上。秦时明月汉时关，两千多年前的城垣已经成了原上的一道不太起眼的土梁，两千多年前的诗却高高隆起于纸面，城垣的棱角都被时间磨去了，诗也被后来者读出了厚厚的包浆。土垣在大地上的样子就像流过血的伤口上结出的痂，大地绿油油的，种满了玉蜀黍，本地人的口粮就在这一望无际的绿色之中。

城垣原本是用来流血的，两千多年转眼过去。城垣当初的功能也都相应地撤去。我站在秦长城上，从眼下，一步步走向秦的疆土。那里有雨点般的马蹄，有笙与编钟的合奏。脚下这粗硬的土梁曾经就是秦国的地界，在这条界的对面，是猃狁与羌，是一个比一个强劲的对手。这不只是边地、边塞，也是不同血型与肤色的人共处的地带。在这条界线上，制造着战争与生离死别，还有因为各种情绪而发出的声音。

《采薇》从某种程度讲，就是上古时代留下的一盘磁带。那是一个个鲜活的生命在现实世界里的发声。"采薇采薇，薇亦作止。曰归曰归，岁亦莫止……行道迟迟，载渴载饥。我心伤悲，莫知我哀……"这些话，从一个男人略带沙哑的喉咙里重重地吼出，它像一张音色混浊的琴。在他道出这些心事时，鸟叫了一声，一枚响箭穿林而过，风把路旁的杨柳吹得窸窸窣窣，但那些响动很快就消失了。它们被旷野上巨大的寂静吞噬，唯独这个男子的声音清晰在耳。可以想象，被周王派出的军队浩浩荡荡，甲胄不计其数。但是这一切都是无声的，只有这位解甲的征夫纷繁的思绪化为声音，他把自己幽幽的心事说与众人，他隐隐地意识到，他并不只属于自己，他也属于他的妻子和整个世族，属于那面猎猎作响的大旗。显而易见，他已经被编织进了一张巨大的网中，在这张结实的网里，不仅写着忠义和廉耻，还写着一整套由儒家所确立的人伦关系与家国理想。

天近正午，当我们看到白色的石头和裂开的巨大的河谷。我首先想到的是化蝶的庄周，他是逍遥而自在的。在他的思想里，是被白雪覆盖的大地。远远地，从一个貌似土堆物体的后面走出了一个人影，他的脚步跟跄又带着些许的激动。原本混沌世界也被瞬间出现的人影带出了一些生气。随着脚步声的临近，解甲的征夫粗重的喘息逐渐明显，家国天下的权力结构以及人在其中的角色意义也渐渐浮出水面。

孔子讲，"诗三百，一言以蔽之，曰：'思无邪'。"我想，孔子所说的"无邪"并不只是轻浮与狎昵的反面，它也意味着宏大主题的严肃反映。两千多年前，在无边无际的原上，薇菜的新芽已经在初春的大地上吐露。

　　一个从边地归来的征夫，他的脚印中何止裹着边塞的土，更有旭日的七彩在其中闪烁。

平常的生活

古　原

1

正午，无风，冬日的太阳暖暖地照着。

"妈妈。"

"哎。"

"妈妈。"

"哎。"

"妈妈！"

"哎！"

　　古原，中国作家协会会员、中国少数民族作家学会会员。20世纪60年代中期出生于宁夏西吉县，固原师专中文系毕业，在固原日报社工作20余年，现就职于固原市政协。出版散文集《西海固情节》《黄土墙上的月亮》等。

窗外，传来孩子叫妈妈的声音。一连叫了三声。孩子甜蜜地叫着，妈妈温柔地答着。

我走到窗前，向外看去，小区的道路上空无一人，这对母子不知在哪个位置。他们一定在附近的什么地方，因为母子一喊一答的声音真真切切地向我传来，那么清晰，那么悦耳，那么地让人心里无比沉醉。那一瞬间，我感觉整个世界都在侧耳倾听这种天籁之音。

2

天快要亮的时候，楼上的那只小狗就叫起来，它的声音短促而稚嫩，"呜儿——呜儿——"，就是这样，半睡半醒之间，有时候会误以为是一个幼儿在练习歌唱。

我对狗狗的品种并不熟悉，但楼上的那只应该是泰迪，那种体型娇小棕红毛色的小精灵，电视画面上经常会看到。小狗的主人是位中年男人，戴着眼镜，不知干着什么工作，大上午经常在家。正是小学生们放学回家涌进楼道的时间，他已吃过了午饭，带着泰迪从电梯中出来了。冲在前面的泰迪一出电梯相当兴奋，向着小学生一通吠叫，学生们立刻四散而逃。大概没有想到是这种情形，小狗立即停下了追赶的脚步，叫声温柔了起来，"汪汪"，我听这意思，小狗是在告诉学生们，我不咬你们，我只是喜欢和你们玩，刚才那是我在打招呼。

主人阴沉着脸，径直走了出去，不看他家的小狗，也不看跑到草坪里的小学生，小狗似乎并不着急，仰起头看我，我向它友好地点头致意，它向我"汪汪"了两声，打了招呼，并且立即过来嗅我的裤脚，围着我转了一圈，发出愉快的叫声。

这样招呼几次后，我同小狗俨然已是相熟的老邻居了。中午回家，有时在楼道里，有时在小区的院子里，泰迪都向我"汪汪"几声，以示热情。一边叫还一边用眼光瞅着走在前面的主人，这个意思我的理解是：主人，你看，我很懂事，我同邻居混得很熟了，我们关系处得很好。但那主人丝毫不理会小狗的叫声，他神情冷漠地在前面走着，两手插在上衣兜里。他似乎从来都没有和小区的人说过一句话。我知道他是楼上的邻居，是小狗的主人，有时候想和他点头打个招呼，他并不看我，迎面相遇了，他总是眼睛看着路面，低着头从你身边走过去，不想让邻居认识他这个邻居的样子。

同一单元的几个小学生，在最初的惊恐之后，知道小狗并不咬人，只是在家里关得心急了，想和他们玩闹一番，胆子大了起来，中午放学在楼道里相遇了，小狗吠叫，孩子们尖叫，叫它"小可爱""小精灵"，有一两个还试图摸它的脑袋，下班回来提着菜的大人们在说话，楼道里一时分外热闹。

那个戴眼镜的中年男人，我们的那个邻居，小狗的主人，他一贯默默地走着，丝毫不理会身后小狗那些充满人性的叫声，也丝毫不担心小狗不会跟着他，他沉闷地走着，一点也不认真地看一看他的邻居们，似乎在他面前空无一人。

我不知道他是不是个哑巴。我决定在下一次遇见他的时候，主动地大声地向他说，你好，"泰迪"爸爸！看他有何反应。

3

这是街头的一次遇见。

初冬，阳光黄灿灿的，让人想写些什么。骑着自行车下班，一路到文化街的一处斑马线前，下车静待车流之间的空隙，以便推着过去。这个时段车轮滚滚，各色车辆从我面前疾驰而过。这些年，我熟识了许多车标，那一辆辆大众、现代、本田、吉利急匆匆赶路，奔往要去的地方。车内的男司机女司机一个个神情专注眉头紧锁，肩膀上似乎扛着许多的责任与压力，一时无法卸去，一时无法释怀。这让我的心头也有些沉重。

为何不骑骑自行车呢？

这样想着，一波车流过去了。

下一波车流正在驶来。

下一波车流的前面，是一辆电动三轮车，一辆收废品的电动三轮车，车上装满了旧纸箱、旧报纸，与其他车辆显得很不一样。大概因为今天满载而归，开车的老弟分外开心，他满脸笑容，嘴里高声唱着"呀啦嗦，呀啦嗦"。这是我熟悉的一首歌曲，"呀啦嗦"后面应该是"这就是青藏高原"，但他只是反复唱着"呀啦嗦"。也许，后面的高音他唱不上去。

他嘴里"呀啦嗦"，充分表示他今天高兴。确实高兴，他发自内心地绽放出了笑容，让我在冬日的街头有了一个特别的遇见。的确，很长时间了，我没有遇见一个人这样微笑着向我走来，来同我握握手，拍打拍打肩膀，说几句玩笑话，让我心里感动一下。

今天，这位一眼看上去40岁左右的老弟，他的笑容，让人难忘。他是因为轻易收获了一车废品而开心吗？又或者，是一件什么高兴事情让他得以大声歌唱。

看我准备要过斑马线，他将三轮车慢了下来，用眼神示意我过去。我突然愿意在这里再站一会儿，让他微笑的场景在我眼前多停留一会儿。我示意他走，他立即启动开走了。"呀啦嗦，呀啦嗦"，又唱起来了。他是不是就会这么一句啊？

他开着那辆装满旧纸箱的三轮车沿文化街向东驶去，这波车流轰隆隆完全过去了。我平静地走过斑马线，对面是六盘山玩美乐园游乐场。穿过游乐场，就会看见我居住的太阳城小区。

"呀啦嗦——呀啦嗦——"，骑在自行车上，按捺不住，放开喉咙，仿照着他的样子，我也唱了这么两句。

我还给寂静的四野努力"微笑"了一下。

灯光，或雪色

李　敏

　　对一束灯光的痴迷，连我自己也纳闷。隔着窗玻璃，我盯着那盏路灯昏黄的光晕，而那些恰好飘入晕圈的雪花，就显得神奇起来，它们上下左右翻飞，似在有意突围，不想很快跌落地面。穿衣下楼，跨过马路，很快，我就站在了临街的路灯之下。我确信，我感知到了一片雪花的轻盈和渺小，那么一片雪花，夹杂在它众多的伙伴当中，从天幕飘摇而下，最后的归宿是落于我的手掌，悄无声息，一丝冰凉，转瞬即逝。天地间，渺小有雪，渺小有灯，渺小有我。可这雪，这灯，这人，在这一刻，各自欢愉，互相成全，多么享受的时光啊！

　　雪是黄昏时分悄悄下起的。此刻，眼前依然是轻盈而繁密的

　　李敏，宁夏作家协会会员，出版散文集《背面》。现供职于固原市文联《六盘山》编辑部。

雪花，头上身上也已经落上了雪。接下来的夜晚，就显得与众不同了。隐秘的喜悦在心底某一处，轻轻跳动着，不想表达，不愿分享。沿着马路走过一段，拐入平日里常去的小广场。广场空无一人，树丛、健身器材和灯光沉浸在静谧中。

万物皆有灵性，在这个雪色将黑夜映照如白昼的晚上，我觉得周围的一切都美好而可爱。心头涤荡出一片明净，整个人澄澈而舒展。踏着雪，咯吱咯吱，我走过广场，又走过巷道。空气清冷而微甜，天幕浅灰，大地纯白，不用怀疑，这是天地之素美，更不用怀疑，这是天地之大美。

夜更深些时候，寒意浓起来，并不觉得特别冷，似乎这寒意也是雾蒙蒙的，是不彻底的，只是提醒夜行人该归家了。不走来时路，过马路，经过熟悉的街区，那里有几家烧烤店，隔着蒙眬的门窗，里面市声浓烈，人影交织，他们喝酒猜拳，大概是不屑于这雪夜里一部分人的秘密的。而我的红尘烟火，只不过是悄悄抽身，让黄昏到夜晚的这一段时光，让有着飘雪的这一段时光，让亮起灯光的这一段时光，具有了另一种意味。绕了学校一圈，再过马路，进小区，还是不想很快上楼去，站在楼下，左瞧瞧，右看看，看那万家灯火，看那小城故事……

记不得有多少个或深或浅的夜晚，当然包括雨夜或雪夜，我留恋于街头的灯光或小区那些窗户的灯光，我的目光和那些灯光相遇相会，直至相交相融，那种感觉妙不可言。

小时候，冬夜深黑。母亲点亮的那盏小油灯却让似乎没有尽头的夜晚热闹而温馨。灯光如豆，母亲的影子投映在墙面，她的动作是有规律的，穿着麻绳的长长的针被母亲拿捏着，尖细的针头一下一下擦着母亲额头轻轻划过，一下一下从厚实的鞋底纳过。盯着母亲的额头，我愣神：那些深深浅浅的皱纹可是那小而尖的针头所划出？母亲腾出一只手，摸摸我毛糙的发辫说：黄毛女子快长大，长大替妈纳鞋底……

小小的昏黄的灯光跳动着，哥哥趴在炕头，写下一串串规整的数字，姐姐正念着课文：我们的学校在小山脚下，四周是青青的树苗……我思绪游离，青青的树苗那是夏天的故事，现在我们的学校周围只有在风中胡乱摆动的荒草……

其实，我最盼着他们停下手中的活儿，玩玩"变影娃娃"的游戏，虽然我变出的狼头总不如母亲变的像样，但我变的小兔子一定比姐姐变的灵动。许是母亲看出了我的心思，许是姐姐哥哥学习累了，他们三人竟然都停下了各自手中的活儿。我们开始"变影娃娃"。手离墙面远些，变出的图像就小些，反之，谁的手离墙面越近，变出的图像就大些。我们的双手忙乎着，远了近了，近了远了，鸡头猫头，鱼头羊头，花儿草儿，圆形方形，都被我们大大小小的手变出来了。母亲变了几下，又拿起了针线，我们三个乐此不疲，继续玩，灯影玩过几遍，我开始连连打哈欠，哥哥的声音也变得迟缓。

姐姐收拾了散落在炕头的书本，母亲也将她的针线笸箩收整好放进炕角的小柜子。

姐姐摇晃着将灯盏端放到窗台上，我们钻进被窝睡下，靠窗边的母亲欠起身子朝着灯盏"噗"吹一声，那小小的灯火倏忽不见。瞬间，我感觉巨大的黑暗把我们都淹没了。那么小一盏灯，那么小一点火光，在巨大的暗夜，竟然释放了它如此大的能量，明亮着，温暖着，让我们未曾有惊惧之心。而那小小的灯火的灭失，让我心跳加速，睡意全无。我朝着母亲靠近，再靠近，母亲一手揽住我的身子，一手摸着我的发辫低声说：黄毛子，屁胆子！我偷偷睁开眼睛，啥也看不见，却感觉那些我们用手变出来映在墙上的小动物的头像瞬间面目狰狞，朝我压过来……我的头几乎缩进了被窝，手心里都出了汗。

我醒了好长时间才睡着。等再睁开眼睛，那小小的灯光又跳跃在眼前。母亲要早起，屋里屋外的活计都等着呢。姐姐和哥哥要早起，他们要去村头的小学上学，我知道他俩爱上学，成绩好，那些贴在墙面被烟尘熏染过的奖状就是证明。

关于灯火或灯光的记忆，我经常深陷过往：山野的篝火，点燃青春的激情；乡镇中学，我的学生们课桌上摇曳的小油灯让我感动落泪；异乡街头，闪烁的霓虹曾唤醒内心的迷茫；海上旅行之夜，那遥遥高塔，一灯孤悬，使人潸然泪下；床头的台灯，那抹光晕营造的空间，让心灵有了栖息之地……而这个灯光和雪色相伴的夜晚，想当然该成为不可忘却的记忆，待来日再反刍。

近代诗人顾随有词作《好事近》："灯火伴空斋，恰似故人亲切。无意开窗却见，好一天明月。欣然启户下阶行，满地古槐叶。

脚底声声清脆，踏荒原积雪。"偏爱这首词，每逢雪夜自会想起，进而低吟，整个人会深深沉浸于那种熟悉又陌生的妙境。今夜，这阕词依然飘在心头，依然要低吟。隔着时空，隔着很多，诗人和我的欣然大概是相同的。

天亮了，又去林子深处寻找不曾被脚步踩踏过的雪地。雪色弥漫，林子里是别样的世界。不拍照，不发圈，心里像藏着一个秘密。这个秘密是小的，小到只是一个人的事情，又是大的，大到是人和天地万物的事情。

放眼四望，天空湛蓝，雪地晶莹，冰清玉洁的光芒四散，眼睛有些不适应，却舍不得闭上。林子尽头的小径，早有人踏开了积雪，一串脚印，有意踩出了车辙的花样。小路延伸到缓坡处，看见了留下脚印的人，正背身而立，吼声练嗓子。不想打扰，返身，一抬头，蓝天有些虚幻，而那些覆在山顶的雪，它们肃静，不动声色，却又飘逸，让平日清瘦的山脊显出几分妩媚和丰腴。

怀念风

陈继明

我老家陈庄，是陇山山脉腹地的一个小山村。一条古道从村中穿过，据说这条古道是丝绸之路上的一条便道。朝东，朝南，是天水、宝鸡、咸阳、长安、成都；朝西，朝北，是兰州、西宁、张掖、敦煌、乌鲁木齐。古道的名字，一直叫官道。村子两面是山，名之为南山、北山。

虽然是一个小山村，但人们向来不缺见识。村里人自古以来就有上兰州、走口外、下西安、入蜀道的传统，主要是做买卖，村里人用的吃的喝的，有些是南货，有些是北货。南货来自陕西、四川，北货来自甘肃、新疆。村里也多读书人，崇尚文化，是有

陈继明，广东省作家协会副主席、北京师范大学珠海分校教授。主要作品有《一人一个天堂》《七步镇》《平安批》《0.25秒的静止》等。曾获中国好书奖、华语传媒奖年度小说家奖、十月文学奖、中篇小说选刊奖、小说选刊奖、中国作家出版集团奖、中华文学选刊奖等。

名的文风之地。最著名的文人叫陈协华，是举人，甘肃省署名支持戊戌变法的六君子，陈协华排名第一。自然环境也不错，南山和北山，半是草木半是良田。南山的半山腰曾经是大杏园，有几十种杏子，我记得的，有大结杏、白面杏、羊粪杏、双仁杏、蛤蟆杏、黏核杏、桃杏、玉黄杏、里黄杏、外黄杏等。各处还有小桃园，大桃、小桃、毛桃、齐桃、红心桃之类。

北山脚下的清溪河河谷，我们称作河湾，属于我们的那一段宽五百米，长三四里，曾经是大梨园，有几千棵梨树，品种超过三十种。而且还有专门用来观赏的大型花园，分别为上花园、下花园，面积各有五六亩，都有围墙，花园里有碎石铺就的人行道，中央有漂亮的水池，又有蜿蜒的水渠，水从西面来，随时在流淌。我记得的品种有海棠、探春、月季、玫瑰、芍药、菊花、红白牡丹、月下美人，等等。有些花是野花，当家花养。有些花是嫁接而成。有些花到了冬季，还可以转移到"温室"保养，南山脚下有一个大窑洞，是专门为花草过冬而挖成的。

最后一个管理花园的人，是外地人，是专门从外地请来的，不干农活，只管养花，名叫招财。每年的清明前后，南山杏花，河湾梨花，处处桃花，全都次第开放，整个村子就是一个香气迷人的"花园村庄"。

"桃花开，杏花散，梨花急得麻脚跰"是清明时节常说的俗语，"麻脚跰"三个字是方言，准确写法不详，总之是焦急状。不过，这一切，后来都没了。清溪河早就变成一条枯河。

相当一部分陈庄人，一生所见最大的河应该是清溪河了。清溪河最终注入了渭河，是渭河的一条支流。我小时候，河里面确实是有水的，长年流淌，历久不枯。冬天是宽宽的冰面，我们经常在冰上滑冰，打陀螺。夏天，水里面常有一寸长的小鱼在微微摆动，看上去像是半透明的，从来没看见它们长大过，哪怕只是超过一寸。不过，总可以说清溪河里是有水有鱼的。学校放假后，常随三哥去北山上放羊，过河的时候，羊群先是聚在河这边不下水，三哥便高声喊叫一只山羊的名字："脖子"。脖子率先跳入水中，群羊这才纷纷下了水。我看见被三哥称作脖子的山羊，脖子上有一撮黑毛。

　　据说，清溪河最早是从南山底下流过的，后来渐渐北移，直到北山根下。如今南山这边挖井挖窖时每每能碰到沙层，说明确实如此。清溪河北移留下的河床，逐渐成为大片良田，虽然窄狭，仍属可观，足以令南山和北山上的人们羡慕了。陈庄人毫不脸红地把南北两山上的人称作"山上人"，优越感溢于言表。而"山上人"把陈庄称作"川里"，也从不掩饰其谦卑。山上人总愿意在陈庄给女儿找个婆家，而陈庄人如果把女儿嫁给山上人，则常是退而求其次的结果。我姐姐嫁到北山，据说父亲跟着媒人去看家时，对方用一个油饼招待他，回来后他向母亲夸赞说：家境不错。此后的十多年里，母亲一念及姐姐就和父亲吵，每次吵架，母亲都是油饼长油饼短的，父亲则总是现出喏喏难言之状。

　　河湾里的几千株梨树，品种有二三十种之多。

对下述几种梨，我印象深刻：

噎死狗，喇叭形，头尖、臀大，农历六月初由绿变黄，黄里透出些黑来，便是该摘的时候了，不摘则见风即落。但此时尚不能吃，如果硬要吃，很酸，又噎人，酸得牙齿发疼，噎得眼前发虚，"噎死狗"这个名字，真正被噎过一回才深有体会。摘下后，放在柔软的麦柴里，约有半月就完全变黑了，此时再吃，酸味完全没了，会软软滑下喉咙。

甜梨儿，是整个梨园里最早能吃的梨，始终是圆的，只是愈来愈大，成熟时先发黄，再发红，看上去美艳诱人，皮薄得像一层纸，吃一口嘴里水汪汪的。它的另一特点是，成熟后风吹不落，无须急着摘，直到越来越红、越来越甜。

红梨儿，又称黑梨儿。开花时，一丛一丛的，挤作一团，结果后亦如此，似乎是，一个担心另一个长大，于是相互挤压，一刻都不松懈。最大时，只有一枚硬币那么大。而且生长期长，农历九月天气大冷时，才由绿变红，也才可以摘回家。产量极高，往往一棵大树能摘几十担、数千斤。摘下来还不能吃，需先存放在房顶，放在用麦柴编成的围栏中，一放就是三个月，春节前后才是食用的最好时节。这时候，已经变成纯黑，并已结成冰疙瘩。放在冷水中浸泡一会儿，梨子外围的冰层脱落之后，便可以吃了。咬一口立刻神清气爽。据说，此梨有清热解毒的功效，冰层化为水后，更是酸甜爽口。

面梨儿，形状像鸟蛋，大小也如斯，生长期短，农历五月即摘，先要在麦柴中放半月之久，色泽由微绿变为纯白，白里面有些灰色的细小的斑点，吃起来极酥软，面面的、沙沙的，能够吃饱肚子，"面梨儿"应该由此得名。担到街上出售时，用碗量不用秤称。抓取时用力要谨慎，用力略猛即烂，这可能也是用碗量，不用秤称的原因。

冬果，呈扁圆形，有一巴掌那么大，是最大的一种梨。但整个梨园里，冬果梨树大约不足十棵，而且从来都够不上繁茂，稀稀落落的。冬果也是梨园里摘得最迟的梨。皮很厚，要极力咬才能咬破。事实上，冬果梨另有吃法。由于数量少，总是珍而藏之，到了有必要的时候才会吃，常常是当药吃。吃的方式，一是煮熟后，切成牙儿吃，不过，喝汤比吃梨更重要，一碗加了冰糖的黏稠的梨汤下肚，顿觉耳聪目明；第二种吃法则考究得多：先用刀子切一个豁口，把里面掏空，掏到容得下一块大冰糖即可，放进冰糖后，再将豁口堵上，四周裹上泥巴，放在火中烤，泥巴烤干后，一捏即破，而冬果已经熟烂，吃起来有些烫口，不过，这大凡是专给有气管炎的老人和得百日咳的孩子吃的，据说要比药物管用得多。

每年收梨的时候，大人们或攀上树枝，或踩着梯子摘梨，孩子们则满地捡梨，稍稍破了一点皮的梨，都看不上。那时候粮食少，有时一连多天都煮梨吃。不到收梨的时候，我们这些半大的孩子们常去偷梨，由于梨园太大，往往能躲过看园人的目光。偷梨的办法通常是：把上衣塞进裤子里，然后系紧裤带，把梨一颗颗从脖子下灌进去，直到满腰都是冰凉的梨了，才肯罢休。有一次是晚上，天上月亮星星全无，一片漆黑，我站在一棵大树的枝子上，正在摸梨，突然一柱手电光射了上来，我一看，是看梨园的老汉，我平素并不怕他，此时虽有些紧张，但仍然不怕，而且照准老汉的头撒下去一泡尿，待老汉慌忙避开时，我跳下去早已跑得无踪无影。撒尿的部分是后来听村里人说的，我自己不记得竟有此等劣迹。我小时候的确以顽劣出名，留下了很多"传说"，不能否认，有些情节是一传十十传百的过程中由别人添加的，我自己或记得或不记得，有口难辩，只好一笑了之。

两个涝坝在河湾的正中央，据说是两个龙眼，北山是龙头，南山是龙尾。中午和黄昏，家家户户都有人去挑水或去饮牲口。于是，通往涝坝的路上就人畜相杂，往来穿梭，极为热闹。挑上了水的人，行走如风，扁担两头向上翘起，弹动有力，人创造了节奏，节奏反过来又推动着人。桶里的水虽然很满，却不会溢出来。摘几片圆圆的梨树叶子或长长的麻秆叶子放在桶里，水就晃而不溢。

有时候，天空晴朗无云，河湾里却传来山水的声音。我们知道，山那边，或很远的山那边下暴雨了。没有雨，却有山水，这样的山水，便颇有些欣赏价值了。有些坐山观虎斗的味道。况且，山水里是有很多风景的。最好的风景，莫过于山水表面的麦垛了：完整的麦垛，飘在山水表面，阳光落在上面，有缕缕湿气正从垛子里浮起，只见麦秆，不见麦穗，麦穗是藏在垛子深处的。往往是更大的麦垛跟在后面，稳稳地停在水面上，行速极慢，几乎是静止的，像在等候自己的主人追上来。更奇的是，麦垛上总是有些"乘客"的：几只老鼠蹲在麦秆缝隙里，小眼睛眨巴眨巴的，冷冷地盯着岸上的人看——哪里是"鼠目寸光"？那目光里显然是有些灵性的，透出心中有数的味道，俨然与人类"相对视"！山水里，常常还漂着猪狗牛羊的尸体，甚至是人的。有一年，山水停歇后，一具女尸停在了河边，几个热心人凑钱扯了几尺白布，准备按习惯挖坑就地掩埋。这是一个村子应有的风度。往往只是浅埋，因为，死者的家人总会沿河一路找来的。这一次，人们正要把女尸用白布裹起来时，有人却认出她是村里某家嫁出去的女儿——刚好"回"到家门口了！消息传得很快，村里的人全都跑来了，死者的父母也半信半疑地跑来了，接着便是冲天而起的哭声。

我记得风总是在半夜刮起来的。人睡得最香的时候，风声大作。房顶在摇晃，炕在摇晃，村庄在摇晃。父亲和母亲突兀地翻身坐起，先是竖起耳朵听，接着是近乎疯狂地做一串动作：穿衣服、下炕、大声喊叫我们快起，背上背篓奔出门去。一时间，巷道里脚步声四起。风小了之后，庞大的雨阵从河谷东南口一路打过来了。大风之后总是疾雨，通常都是如此。父亲和母亲已经消失在黑色的雨帘中了。大哥、二哥、三哥、姐姐，还有我，我们几个也都在雨帘中了。大哥挑着担子，二哥也挑着担子，三哥背着背篓，姐姐和我提着袋子。所有的人都向河湾里跑去。

河湾里的上千棵梨树，正借着暴风雨的力量，显示着自己的温情。梨子们已经铺了一地，仍然在落，稠一阵，稀一阵。树底下的男男女女只感到了被梨子击打的疼痛，却听不见梨子落地时的声音。暴风雨的声音掩盖了一切。父亲、母亲、三哥和我只管捡拾，大哥和二哥负责挑担运送回家。人丁稀少的人家，急得手足无措。我们弟兄四个加上我姐姐，显示出了令人眼红的优越性。我们个个手脚麻利，我们甚至只在捡拾没有摔破的梨。梨是生产队的，但是，梨被暴风雨刮落了，太多的梨被暴风雨刮落了，于是，任人抢拾，相互间无须看清对方是谁，是哪个大队，哪个生产队的。暴风雨带来了意外的狂热感、富有感！

直到风停雨歇，天差不多亮了，踩着满地泥泞回到家时，堂屋地上、厨房地上，已经无处插脚了，堆满了大大小小的梨、各式各样的梨。天晴后，大多数梨被切成薄片，晒在房顶或院里，晒干后，再炒熟，把粮食也炒熟，将两者掺和在一起，磨成炒面，味道发甜、微酸。于是，很长一段时间内，石磨碾动的声音和母亲推磨的脚步声，总是响到深夜。那时候，牲口是生产队的，不能用，只能由人来推磨。煤油灯下，母亲一个人推着石磨，一遍遍围着磨盘旋转着，我们却在被窝里熟睡，并没有感觉到母亲的辛苦，此时忆起，岂止心痛！

目下的河湾，已经没有一棵梨树，多为菜地，小块小块的菜地，充满小农气味的菜地，韭菜、辣椒、茄子，自得其乐地在低处生长着。而我的目光总是习惯于注视高处——原先被高大的梨树们所占据的空间，我的内心充满了哀伤，我实在说不清二三十个品种的上千棵梨树从河湾里消失得干干净净的真实原因。我在既没有水，又没有树的河湾里无目的地行走，有些顽固地要找到些什么。我能够说得清河湾里大多数梨树的位置，尤其是那些我偷过梨的梨树。但是，它们消失了很多年了。清溪河干了，涝坝没了水源，自然也干了。忘不了我亲眼看到的涝坝最后干枯的情景：涝坝中央先是剩下了一锅底那么多的水，四周布满了不规则的裂口，近岸的裂口越来越大，呈花瓣状，向还有些水的中央靠拢。外侧的一丛丛水藻，完全枯萎了，有的趴伏着，有的却还歪斜地站立着。那一锅底水变得越来越少，在一个酷热的中午终于蒸发尽了。这时，那些一寸长的小鱼，还有一些黑色的泥鳅，全都一头扎在刚刚裂开的还有些水的裂缝里，尾巴一摆一摆的，越来越无力，但仍然摆动来摆动去，我没有耐心等它们安静下来，就回去了。下午我又去了。是的，那时它们彻底安静了。它们的身子倒插在裂缝里，干干的尾巴静静歪在一旁。

读书小记

石舒清

1. 最早的记忆

我最早对书的记忆，应该说还没有上学。家里自然是很穷的，住的房子是用向日葵秆子盖成的，听起来很诗意，但是一下雨就漏水，还常常掉下来一种长须细腰的小虫子，落下来就用很多的脚极快地跑。吃饭的时候还会掉到碗里。

但就是在这样的屋子里，给我极深印象的是，一个靠墙的小木桌上面，总是码着一摞书，有时候多一点，有时候少一点，但总是有的，印象中有《水浒传》《西游记》等，文字是不认识的，

石舒清，原名田裕民，1969 年生于宁夏海原县，1989 年毕业于固原师专英语系，当过中学教师，县委宣传部创作员等。现为宁夏文联专业作家，写作以短篇小说为主。其短篇小说《清水里的刀子》获第二届鲁迅文学奖，据该小说改编的同名电影获得第 21 届韩国釜山电影节最高奖。

书里有插图，穿着古装的插图人物使我觉得古人好像都是没有腿的。

那些书是父亲的。父亲没有上过学，却喜欢看书。父亲夜里就着油灯看书，险些酿成大祸，看书时睡着了，没能吹灭的油灯把他的头发都烧焦了。至于父亲因为夜里耽于看书，早上误了上工时间，吃队长批评扣工分的事，也是常有，不必细说。但是在低矮逼仄的小屋里，在昏暗油灯的映照里，那小木箱上的一摞书，给予我的印象，却真是再深没有了。除开课本，我主动读的第一本书叫《新儿女英雄传》，那时候我已经上小学三年级了，在山里一边放羊一边读，至今记得那小说的第一句话：牛大水二十三岁了，还没有娶媳妇。

2. 第一次买书

花钱买的第一本书记不清了。现在留给我很深印象的属于我的第一本书叫《陈毅诗选》。时间大致是我读初二的时候，父亲那时候做一个小买卖，需去兰州调货，寒暑假时，父亲会带着我和叔叔，给他帮忙。一次调好货，余留时间还多，我和叔叔就在火车站一带闲逛，不经意间走进了一个规模不小的旧书市场。我那时候就对书是有特别的兴趣的，于是流连不走，让叔叔先去别处转，然后到这里找我即是，反正有这么多书，我是不会提前走的。书很便宜，我自然没有多少钱，但也买得不少。叔叔看过一场录像后来叫我回去，我们走到火车站的广场前面时，叔叔忽然从怀里掏出一本书来给我。我不记得叔叔什么时候掏钱买过书，看叔叔掏书时的神情，我都怀疑叔叔是趁便偷的。也不便细问，给我就是我的了。

这本书就是《陈毅诗选》，直到今天还在我的书架上，不知道为什么，此前我已经买了一些书拎在手里的，后来记得书名的却只有这本《陈毅诗选》，而且这么多年来，我好像并没有好好读过这本来历不明的书。

3. 柜子里的藏书

上高中的时候，我已经有了半柜子藏书。之所以说是半柜子，是因为那种老式的花花绿绿的柜子有两个箱子，一个母亲用来装衣服被褥等，另一个就给我装书了。掀开沉重的箱盖看到满满的一箱书在眼前，那种满足感是无法言喻的。我喜欢过一段时间就把书摊开在炕上整理一下，好像是某种检阅一样。一次就让做皮活的爷爷看到了，爷爷对我有这么多书表示了惊叹，并给予赞赏与肯定，说就应该这样，干啥的就应该务啥。

书是很容易被淘汰的，中学时收得的书，上了大学就难以再看入眼里，可以说我高中时视同宝物的那半柜子书，现在也许没有一本在我的书架上了。但这并不意味着我轻视那时候的自己，也许恰恰相反，那半柜子书好似一个要紧的良好的种子，使我今天的家里举目皆书。我同样庆幸于多年前自己在兰州火车站附近与书的那次邂逅，老实说，那时候的我，偶涉书海，其实比一个盲人强不了多少，真正的好书我是没能力挑出来的。正是买椟还珠的青涩年华啊！然而回头来看，那时候只要涉足此境，即使得椟遗珠，也属大可庆幸。

4. 旧书摊的常客

自从2000年搬到银川后，我就成了银川市几处旧书摊的常客。有日进斗金之说，这个我是不敢妄想的，但是说我十多年来日进一书，应该是没有任何问题的。专业写作的原因，我不坐班，多时蜗居家里，因此家人把我的去旧书摊叫上班，尤其周六，出来摆书摊的相对多些，在我几乎就是一个节日，有时日光映窗，见我还不出门，家人就会揶揄我怎么还不去上班。

我虽说是个写小说的，和社会却是疏于往来，因此到旧书摊上和形形色色的人晤面交流，也就成了我了解社会的一个重要窗口，近年来发表的文字至少有一半由此而来。而且和诸多书摊摊主形成了某种默契，之间有了友谊。一些人知道我需要什么书，有好书也会暂压箱底，给我放着，就在前几天，我和诗人梦也去逛旧书摊，过后我拿收得的书给他看，一本文物出版社1975年版的《鲁迅手稿选集四编》使他大感意外，问得于何处，我照直说了，他说那个书摊他细细耙梳过了，没见这本书。自然是给他见不着，这书摊主小白就没有摆在书摊上，而是藏在暗处的，见我过来，小白使个眼色，我即心领神会地过去，掏钱拿货，好事成交。当时定价一块，我给小白三十，可谓各得所需。和我有如此关系的卖书人还有几个，想来心里很得意的。

善读书可以医愚，我属下愚，虽勤读书也常有愚顽难化之感，所谓常读圣贤书，还是栽跟头，这让我感到读书的必要。有时候读到一句好话，有从死胡同里突出来的感觉，比如偶然读到古罗马皇帝马克·奥勒留的一句话，就使我有茅塞顿开、耳目一新之感，觉得这样的话置之左右，响于耳畔，对自己的身心都是有好处的。

不妨把这话写在这里：死亡就是对肉体服务的结束。

5. 漏掉的好书

任何一个爱书人都会眼睁睁地漏掉一些好书吧。这样的事情即使回忆起来也是不愉快的，有痛惜感，错过了一段好姻缘似的。

淘书多年，这样的例子不少的。随手捡拾两个在这里吧。

一次去逛银川新市区夜市，在各种各样琳琅满目的摊点里，也夹杂着几个不合时宜的旧书摊。这正是我的去处。那天刚到一个书摊前，就眼睁睁地看着一部老版本的《托尔斯泰传》被人拿去了。摊主只要了八块钱，八十块钱我也要的。我把这话有些冲动地说给了摊主，他一时没有明白过来，那样子看着我，使我觉得他真是面目可憎。

还有一次某部门组织了一帮子人去旅游，途经西安，有半天自由活动的时间，我辗转打听，很快就出现在西安古旧书店里了。就觉得一双眼睛不够用了似的。买得不少书。还看上了一套契诃夫集，五十年代版本，品相不错，有插图，价钱也合理，然而当时真是昏了头了，竟听信了老婆的话，没想到她的主要用意是怕花钱，其实回家途中我已经洞悉到婆娘的用心了，其实这种事就不该和她商量，就像她买化妆品不必和我商量一样。回到家里的第一件事就是和西安古旧书店联系，那套契诃夫让他们千万给我留着，我马上寄书款过去。但就像早就备好了一瓢凉水单等着泼向我似的，我得到的消息说，书已经卖出去了。放了多久无人问闻，我一买却就卖出去了，于今想来，心有痛感。所以见到自己心仪的好书，即使价钱高些，即使种种杂音盈耳，也应该果断出手，免落后悔。

6. 出门的习惯

出门已有了一种习惯，即使一箭之远，去去就回，也习惯于在包里带一本小书，以备不时之需。有时也未必看，但带一本书在身上，总是感到踏实。举个不很恰当的例子，就像心脏病人出门记得带药一样，未必真会犯病，但带不带药在身上，心态是完全不一样的。

坐在车上的时候，开无聊会议的时候，排着长长的队伍的时候，只要有一本书在手里，你就不会像别人一样打那么多无聊的哈欠，不会像锅里爆炒着的豆子那样凶巴巴急惶惶的。一本自己喜欢的书在手里，真好像吃了定心丸似的。

要是出一趟远门，需十天半月，那备书就成了一项很重要很费神的工作。带几本书，带什么书，都要反复掂量和取舍。我的习惯或经验是，一般带薄书，带两三本，精读，读完。出门带两三本书，但返回的时候，带着的书就不止两三本了，出行眼馋，免不得又买一些书带回来。

人生在世，恶习亦多，但这个习惯却实在是好的。

7.什么书都爱

淘书淘到后来，什么书都可能被我淘到手里，什么书都可能被我喜欢到难以释手，吾生也有涯，术业需专攻，刚开始买书淘书，还局限于文史哲，现在早就溢出这个圈子去了。

举个例子，比如我就收了一批条编方面的书，收的原因是其中的插图好；还收了不少外文版的书，其中文字，一个不识，之所以收来，是因为觉得版本好装帧好。前段时间还收了一套四卷本的数学方面的书，1935年初版，1981年辞书出版社重印，作者叫长泽龟子助，日本人。这就还需翻译的，译者薛德炯、吴载耀，是用很漂亮的文言文译过来的，虽则我的数学，尤其几何，从来学得就不成样子，但用文言文读数学书，我还是很有兴味的。

也不妨摘一小段在这里：

四月十三日，向银行借 450 元，每百元日息三分四厘，至其年六月二十五日归还，问应还之本银及利息若干？

走海撒网，钓各种大鱼，对于自己不计门类，见好就收的淘书路径，我越来越觉得此道正大，径直走下去就是了。

看过来，看过去

王　健

1

2002 年底至 2004 年初，我在《宁夏日报》固原记者站任驻站记者。一年多的时间，我拿着一台只有 100 万像素的佳能 EOSD60 数码相机，跑遍了固原市的山川沟梁，拍摄了上万张照片，留下了大量的影像资料。这些影像资料较完整地记录了西海固人民在退耕还林（草）恢复生态、脱贫攻坚奔小康的时代征程中一些难忘的历史画面。

在我结束驻站，返回银川的 2004 年，西海固主体区域之一——海原县划归新成立的中卫市。在我个人的理解中，西海固在行政

王健，宁夏日报报业集团高级记者，2022 年 7 月退休。现为宁夏大学新闻传播学院硕士研究生导师。中国新闻奖和"长江韬奋奖"获得者，享受宁夏回族自治区政府特殊津贴。宁夏回族自治区第二届"塞上文化名家"。

区划的概念上不存在了。2021 年起，随着西海固地区整体告别绝对贫困，贫瘠甲天下的西海固不存在了，随之而来的是一个绿水青山、金山银山的西海固。

在中国共产党创造了又一个彪炳史册的人间奇迹的伟大时刻，我想起了在西海固驻站时拍摄的照片和撰写的文字。在整理这些影像资料和当时所作的文字资料时，那些在我的移动硬盘中沉睡近 20 年的图像和文字，让我产生了强烈的述说欲——这就是我心心念念、念念不忘的西海固。

2021 年是中国共产党建党 100 周年，电视剧《山海情》余热未减，在我拍摄的影像资料中，有许多恰恰是电视剧现实版的再现。用这些尘封的影像告诉今天的读者一个曾经的、真实的西海固，将那些深藏在影像中的苦乐与悲欢、梦想与追求，以微观的史料视角讲述给读者，岂不快哉？

20 年前追求时效的新闻摄影作品，20 年后变成了记录现实和保存历史的纪实摄影资料。纪实摄影是具有强烈的社会责任感和使命感的一种摄影方式，秉承人道主义精神和善良准则，要求摄影家深入人类的生存实际，真正了解并尊重被摄对象，不虚构、不粉饰、不夸张，以抓拍的方式再现真实情景。纪实摄影作品呈现的无论是美好还是丑陋，目的都是表现一个真实的世界，引起人们的关注，唤起社会的良知，同时记录地域特有的文化，为后世留下宝贵的人文财富。在尘封 20 年的影像中，我看到了当年西海固地区的广大群众在大山深处苦苦挣扎、勉强果腹的窘境，他们与天斗、与地斗的坚韧和不屈，以及生活一步步改善后脸上露出的笑容。

在影像中，我看到了中国共产党人的初心和使命，那就是为中国人民谋幸福，为中华民族谋复兴。

整理这些被冷落了 20 年的影像资料时，我吃惊地发现，历经一年多时间，走遍西海固角角落落拍摄的影像，几乎所有的构图使用的都是统一的焦段，角度的选择也平淡且少有起伏。

20 年前，年轻气盛的自己为什么能用如此平实的影像记录正在发生天翻地覆变化的现实世界？是自己受到的传统新闻摄影训练的本质体现，还是自己摄影技巧不尽如人意的表现？抑或是当年使用的摄影器材无法令人满意地呈现？不管怎样，在那一年多的时间里，自己镜头的所及之处，沟壑纵横，焦黄无垠。冷峻的旱塬上，最原始的耕作方式——二牛抬杠仍重复着几千年的农耕故事；生命走到尽头，穿好寿衣安详地咽下最后一口气的老人；整体移民搬迁后，残垣断壁处绿草丛生……如今，这些影像依然久久地震撼着自己的心灵，也令自己有了些许的欣慰。

其实，在追求影像价值的过程中，自己常常感到无能为力。就像攀岩，如果向上攀登时找不到踏实的垫脚石，那就只能在空中摸索，失足跌落在所难免。可如果踩在了坚实的大地上，那就找到了通往艺术殿堂的金光大道。这可能就是人们常说的"仰望星空、脚踩大地"吧。

2

心心念念西海固，庆幸自己 20 年前用手中的相机记录了西海固人在"剁开一粒黄土，半粒在喊渴，半粒在喊饿"的土地上不屈不挠地与贫苦抗争的历史。2003 年 2 月 21 日，元宵节刚过，我在固原汽车站拍到了年轻人不再"猫冬"，外出打工的画面。"猫冬"的习惯在宁夏农村由来已久，每到冬季，田里没了农活，乡亲们或走亲串友，或聚在一起嗑着瓜子谝闲传，还有少数人酗酒、耍钱……"猫冬"一直要"猫"到农历二月二以后。

2003 年，年轻农民不再"猫冬"，不仅仅是生活习惯的改变，更重要的是观念的更新和思维方式的改变，这种变化正静悄悄地推动着西海固的进步。

燎疳是西北地区的传统春节节庆习俗，流传于民间，历史悠久，以致有"正月二十三，家家户户都燎疳"的民谚。2003 年 2 月 23 日，农历正月二十三，我在隆德县联财镇张楼村拍到了村民在家门前燎疳的场景。民国《隆德县志》记载，二十三日晚，当门焚柴草，杂以葱皮、纸炮，男女皆绕火跳跃，名曰"燎疳"，既而扬其灰，名曰"六谷花"，以占丰年。

2003 年 2 月 28 日，我见证了固原市原州区大湾、蒿店、什字三乡（镇）的行政区划调整动员会。

2003 年 3 月 1 日，我拍到了原州区田洼林场的退休职工张立成。他是当年的北京知青，退休后承包了一些苗圃培育树苗。退耕还林还草后，他遇上了好政策，既为退耕还林做了贡献，又增加了收入，日子过得有滋有味。

中国社会科学院林燕平博士致力于"中国地区收入差距"课题的研究。为获得西部地区最基层的产业结构、人口、教育真实情况，她报名参加"博士服务团"到宁夏社科院挂职。在固原市原州区红庄乡，以一个农民的身份一住就是近20年，2003年春节也是在红庄乡过的。那年，她完成了对140多户农家的入户调查工作，获得了大量珍贵资料，找到了课题的支撑点。我们成了无话不谈的好朋友。

2003年3月22日，我拍到了农民杨如祥开着自家的手扶拖拉机，在固原市原州区清水河畔观看该区清水河工业园区开工建设奠基仪式的瞬间。祖祖辈辈在这土地上刨食的农民瞬间转变了身份，这是城市化进程的缩影。

年长一些的人都记得，2003年以前，固原有种交通工具，人称"328"的蹦蹦车。近2000辆蹦蹦车虽然给人们出行带来了便利，但暗藏着极大的安全隐患。随着城市规模的扩大、城市功能的改变和人们生活水平的提高，仿佛是一夜间，不知从哪儿冒出来了花花绿绿的夏利、奥拓、福来尔等出租车。我用照相机记录下"出租车来了　蹦蹦车走了"。

2003年5月11日17时20分左右，突然电闪雷鸣、乌云翻滚。少顷，狂风暴雨裹挟着鸡蛋大小的冰雹砸向地面。不一会儿，山洪顺沟而下，冲向农田。暴雨持续了2个多小时。冰雹下了将近50分钟，降雹厚度达 25 厘米。暴雨、冰雹使原州区的 7 个乡镇，97990 亩农田的冬小麦、胡麻、玉米、葵花、豆类和果树受灾，直接经济损失 530 万元。这场原州区历史上罕见的暴雨、冰雹，我，在现场。

3

闽宁协作是中国扶贫史上的一个创举。1998 年开始，福建帮扶干部和技术人员先后在彭阳县、原州区、海原县建立了 5 个推广示范点、600 多个示范大棚，2002 年产鲜菇 200 多吨，示范户人均增收 700 元，经济效益可观。双孢蘑菇作为绿色天然食品，市场需求量大，但它不喜高温，每到夏季，一些主产地便出现断档。固原市具有独特的冷凉气候资源，正好打了一个反季节的时间差。2003 年，福建、四川、兰州、银川以及固原市本地的蘑菇贩子，每天最多向外地运送 50 多吨新鲜的双孢蘑菇。这一年固原市鲜双孢蘑菇的日产量达到 100 多吨，新鲜的双孢蘑菇一旦卖不出去，就会给农民造成不可估量的损失。这急坏了福建援宁挂职干部杨丽卿，于是就有了《女副市长急寻蘑菇商贩》。

帮助西海固人脱贫攻坚的不仅有福建人，还有山东人。老付是山东省寿光市农发集团的农民技术员，2002 年 7 月，受寿光市农发集团委派，到寿光市在原州区援建的高效设施农业示范园承担蔬菜种植技术指导工作。他不分白天黑夜，没有节假日，整日泡在温棚里，手把手地教农民怎样打垄、分畦，如何授粉、掐头，何时换气、施肥。2003年春节，看着农民们喜气洋洋地销售第一批蔬菜，老付喜极而泣，躲在温棚里，用满是老茧的手擦拭着怎么也抑制不住的泪水，他为乡亲们高兴。

固原的紫外线强，水质硬，对人的皮肤损伤大，过去满街都是"红二团"。毕业于青海医学院的固原人贺莉，看准固原市美容市场的巨大潜力，回故乡办起了高起点的专业美容院，生意火爆。《美丽着山城的美丽》记录了下西海固人民在奔小康的路上对美的追求。

2003年5月1日，宁夏在全国率先实施"禁牧封育"政策，千百年来放养的动物一律"下山进圈"。农牧民不习惯圈养，便在晚上赶着羊上山偷牧。封山禁牧会不会半途而废？农牧民的利益怎样维护？带着这些思考，我连续一个月到农牧民家采访，半夜上山追踪"上夜班的羊"，发现农民赶着羊群"上夜班"是情非得已，于是我饱含深情地呼吁有关部门应尽快拿出对策。《固原羊只"上夜班"》当年获中国新闻奖。

小鸿沟村是海原县郑旗乡老鸦行政村的一个自然村。2003年，全村32户村民146人，人均收入不足460元，粮食亩产不超过25公斤。因为偏僻，这里几乎与外界隔绝，即使去最近的村子，也要翻几座山、过几道峁。因为穷，村里一直没有学校。去离这里最近的一所小学，也要走上近10公里的山路，所以孩子们只能整天与牛羊为伍，从小便和父母一起在庄稼地里"经营"全家的生计。这年7月，宁夏回族自治区人民检察院的扶贫小分队进驻小鸿沟村。他们捐资 8000 元，兴建了当地历史上第一所学校。闻讯的我徒步 4 公里，拍摄了摄影故事《把爱写进未来》。

彭阳县崾岘乡崾岘村的海正富、海正祥、海正银老哥儿仨是 20 世纪 90 年代大搞农田基本建设、治理荒山的"有功之臣"。1993 年至 1994 年，老哥儿仨发动全家老少齐上阵，没黑没白地苦战两年，治理荒山近 200 亩，被称为"活愚公"。然而，填饱肚子仍只是期盼，一方水土养育不了一方人。退耕还林（草）后，千百年流传下来的农耕传统被打破了。平均年龄已经 87 岁的海正富老哥儿仨做梦也想不到，不用再种庄稼，一年的粮食也吃不完。老哥儿仨带头种草养畜，3 家种草 30 多亩，养畜 27 头（只）。2003 年春天，海正祥卖了 3 头牛，把小儿子的媳妇娶回了家。海正祥告诉我，小儿子的婚事办得最红火但最省心。给老大娶媳妇时，差点剥了一层皮。海正银说，拼命种粮食时没粮食吃，不种粮食了粮食反倒吃不完了。在我的镜头中，老哥儿仨笑了。

起点是西海固的大山深处，终点是经济发达的福建省。一群西海固的孩子将跋山涉水 2000 多公里，去开辟崭新的生活。外出打工挣钱，被称为不怕天灾人祸、旱涝保收的"铁杆庄稼"，当年是西海固地区重要的经济支柱之一。《今天孩子要远行》就是电视剧《山海情》中白麦苗们去福建打工的故事原型。这一天是 2003 年 8 月 19 日。

火车跑得快，全靠车头带。驻站期间，我近距离见证了固原市各级干部为恢复生态、脱贫攻坚的付出与执着。《中国共产党固原市第一次代表大会》《不看活树看死树　不比成绩比差距——一次专挑毛病的观摩总结表彰会》《两口"锅"现代着平峰人的生活》《"买工者"的一声叹息》《两件工具验收固原干部作风》……在火车头强有力的带动下，《西海固的绿色冲击波》向人们昭示着"未来就要来了"……

　　2020年底，西海固人民终于翻越了脱贫路上的"六盘山"，实现了从深度贫困到消除绝对贫困的根本性转变。"苦甲"了几代人的西海固告别了"渴"与"饿"。脱贫攻坚取得全面胜利的伟大奇迹，让生命在这里如夏花般绚烂。借纪实摄影的手段将宁夏西海固地区各族人民生产生活的瞬间定格为永恒。看过来，看过去——这种记录和保存具有作为社会变迁见证者的独特资格，我想这种价值和资格会随着时间的流淌历久弥新。

第二章　东麓夜话

田晓慧和她的《36个》

火会亮

　　田晓慧有个笔名叫田埂，最初见到这个名字时，我误以为是男性，因为这个名字太没有女性特有的气息了。

　　不久见到本尊，她解释道，幼年在乡下度过，对秋天田野里的景色印象太过深刻。

　　小时候生活在农村，上学后随父母迁居城里，考学、工作、成家生子，中年时调入银川，现在一家中学当老师。她老家在固原，对固原老城区感情深厚，有浓浓的家乡情结。她父亲田庆林先生我之前认识，曾是原固原县政府副县长，退休后笔耕不辍，写了许多宣传固原的"史话"类文章，在本地颇有名望。受家庭熏陶，

　　火会亮，一级作家，中国作家协会会员。现供职于宁夏文联，为《朔方》执行主编。著有长篇小说《开场》，小说集《村庄的语言》《叫板》《挂匾》，散文随笔集《细微的声音》《杂写三种》等。

田晓慧早年就显得很有"文艺气息"，写一些赞花吟草的小文章。

后来熟悉她的朋友告诉我，田晓慧多才多艺，文章写得好，歌也唱得一等一的棒。

歌我没听她唱过，但她的"多才多艺"我却真正领教过一次，而且让我大吃一惊。2019年10月，编辑部筹备《朔方》创刊六十周年座谈会系列活动，最后一个"压轴"节目是为刊庆准备的一台自编自导的晚会。节目既短且精，其中一个是由石舒清和田晓慧合作为电影《红花绿叶》片段即兴配音。《红花绿叶》是根据石舒清同名小说改编的电影，由大名鼎鼎的刘苗苗执导，表现的是西海固地区回族同胞的日常故事，影片中的人物对话皆本土方言。石舒清配音老汉，田晓慧配音媒婆。田晓慧一口地道的固原方言，嘴快得像铡刀，夸张的语气和极快的语速非常贴近片中人物。节目演罢，大家发自内心的掌声经久不息。

大家很快就记住了这个叫田晓慧而笔名叫田埂的写作者。

不久就看到了田晓慧送来的一篇纪实作品，题目叫《马宋马杨》，写的是自己一次非同寻常的家访。家访对象是"马宋马杨"四个孩子的家庭，他们全都住在十多公里外的平吉堡农场。作者开着车，载着这四个稚气未脱的孩子，像"走亲戚"一样开始了自己"探寻"式的家访之旅——

《马宋马杨》刊登在《朔方》2020年第4期的"实录"栏目里。

后来，作者进行了数十次这样的家访，对象是自己所带班级36个学生的36个家庭。

《36个》成书后，我曾和田晓慧进行过一次严肃的对话：

为什么要进行这样"地毯式"的家访呢？选几个有代表性的不也一样吗？

幸福的家庭都是一样的，不幸的家庭各有各的难处。之所以一个不剩地进行家访，是觉得一个家庭对于孩子的成长至关重要。

以前教过农民工的孩子吗？他们和其他孩子相比有什么不同吗？

以前接触过，但印象不深，这些孩子，既区别于城里孩子，也和家在农村的孩子不太一样，他们游离于城乡二元接合带，身上贴着父母的标签，命运与性格也深深地打上了他们父母的烙印，他们聪明、善良、机敏，但也沉闷、忧悒，有着和他们年龄极不相符的成熟与反叛。他们普遍没有一种极为清晰的归属感和认同感。

看过你的另外一些家访篇章，觉得你是真正用了心，采用了许多手法，还带着一种深深的悲悯和责任感。

我这样做，首先出于一种职业本能，我有一个朴素的观点，觉得作为一个老师，如果对自己的学生一无所知，便很难做到对症下药或因材施教。其次就想为这个群体说两句话，在当下，农民工子女是个很大的群体，如果我们的教育无视他们的存在，我们的教育便不完整，便有了极大的漏洞或缺失……

　　《36个》是一部走心的作品。

　　读完《36个》，我想到了宁夏另一位女作家高丽君的长篇纪实文学《疼痛的课桌》，那也是一部读了让人流泪的教育题材的作品，它对教师这个群体的关注与剖析达到了一个让人信服的高度。可惜它并没有引起有关方面的重视。评论界的缺场和教育界的视而不见，使这部作品极有可能被埋没。我非常担心，《36个》出版后，能否达到作者所谓"对农民工与其子女的敬意、对素质教育与多元评价的热切呼唤，以及对农民工子女这个特殊群体教育的忧虑与思考"这样的效果？

下过的苦让我幸福

季栋梁

前不久与评论家谈及作品的语言，得到了肯定。文学最主要的还是语言，那是基础。

去年写了篇散文《苦下到哪达哪达亲》，反响还不错，出版社要出一本书，最早定下的书名和发表时一样，有人说名字是不是太土了。是啊，看看现在许多作品的标题、书名，这书名确实有些土，似乎该起个洋气点时尚点前卫点的书名，一看就有文采的那种。要说弄这样一个书名，也不难，毕竟搞了半辈子文字工作，捏捏挼挼也就出来咧。我也曾有过《黑夜长于白天》《我与世界的距离》这样的书名。何况，在微信里，我们有群、有朋友圈。

季栋梁，宁夏银川人，宁夏报告文学学会会长。其长篇小说《上庄记》曾获"五个一工程"奖、"中国好书"奖。

说到洋气、时尚、前卫，那些群和朋友圈绝对是不逊于人的。只要你看，就会看到"人生""灵魂""孤独""皈依"诸如此类的话语，不少的人日复一日月复一月年复一年张口闭口的就是这些话语，就像离开这些就不会说话了，而且还是一遍一遍地说，惹得你不能不想到老家妇孺皆知的话："话说三遍比屎臭。"虽出自乡野村夫之口，却是绝对的真理。想想一些人自己一句话做不来，却给别人分享一大堆；想想一个个都成熟得皮搋肚圆的，却矫情得像小鲜肉，企图让人一搋能搋出水来。一个从运行轨迹看得出像外交官一样四处奔波应酬的大忙人，说孤独说得最多，感到孤独得要死，说快抑郁了。有一个群里，一个家伙纠缠着老要跟人谈人生，谈灵魂，腻歪得很，我发了一个表情，又引发了长论，实在烦，回了一句"滚球子"。有些东西吧，说是"心灵鸡汤"，怎一个油腻了得，油大得成了护心油。不过，通过朋友圈倒也重新认识了一些人，看着他们平时转发的东西，感叹："这家伙原来是这种人！"然而就是这样的东西，形成了一种语境，形成了一种微信生态，只要你打开朋友圈，就会处于这样的语境中。一位老朋友气咻咻跟我说，这东西太坏了，儿子一开口跟他说话，就是"人生人生"的，一天他实在难忍，吼道："你他妈以后不要老'人生人生'地给老子说话。"结果儿子看他的目光很鄙夷。

　　然而，我还是坚持用《苦下到哪达哪达亲》这个书名，土是土，可是贴切，扎实！说出来、写出来都是实腾腾的。重要的是这句话从小听到大，就像是一种食物已经渗入血肉骨头里了。它不像有些话，比如被大家引用来引用去的一些名言、警句，貌似深刻，听上去好听，事实上仅仅是一句话而已，却无实际用处。而这类话却是在生命的历途中凝练出来的。《上庄记》出版后，北京那边约写过一篇创作谈，其中我就写到了"苦下到哪达哪达亲"，后来几位评论家在对《上庄记》的评论中，都用到了这句话，并用"经典"点赞这句话。是啊，生活在西海固那片土地上，就是下苦的命，干活干活，干着活着。"谁的青春不迷茫"，许多人都拿这句话感叹自己青春期的懵懂与荒唐，我想说我们的青春不迷茫，还不懂事的时候就知道一天要干啥，放羊、找草、拾粪、喂驴、驮水、推磨……有些活还不到干的年龄就干上了！百花文艺出版社曾经出过一本散文集《人口手》。不错，这个书名来自小学语文第一课，那是识字课，但我们都明白这三个字的含义，那就是人活一辈子用自己的手养活自己的口。近几年西海固随着脱贫攻坚，名声日隆，来探访、考察的人不少，陪朋友及各地考察者去探访、考察时，他们问过这样一个问题，说十年九旱之地，中国最贫困的地方，不适宜人类生存的地方，一定饿死过不少人吧？我说虽然条件残酷，还真没饿死多少人。他们觉得我不老实，我说我们能下苦，能吃苦。我告诉他们在那片三年一小旱五年一大旱的土地上，能下苦就有活路。

二十世纪八九十年代，那时候西海固扶贫才拉开大幕，西海固文学先苗壮生长起来，引得许多文学界朋友往西海固跑。陪一位朋友走访西海固，在一个村庄与一位老汉攀谈起来，那老汉是这样讲述的："这地方能有个啥生活，命苦得栽到蜜缸里都不甜，能活个啥人，猫儿吃浆子在嘴上搋挖呢，能有个啥想法，年年盼着年年富，年年穿的没裆裤，能有个啥出路，檐前水滴的旧窝窝，苦命么，哪像你们嘛，一身子展展儿地躺着（这话谁能不想到最近流行的词'躺平'，如果你在那片土地上下过苦，你才能真正体味到'躺平'的意义），每月车车子一蹬，朝粮站上放一趟子，月月有个麦子黄，拿上二指宽的票票子（粮票）都能吃上粮。"朋友竖着大拇指说："老叔，你是语言大师啊！"对我说，"多好的语言啊！"

我们在村上住了一晚，朋友有了这样的记录——他们的愿景："受苦人盼着好光景"；他们的策略："一天省一把，三年买匹马"；他们的励志："吃得苦中苦，方为人上人"；他们的教育："由嘴吃倒江山"；他们的节俭："死水怕的勺勺舀"；他们解释生命："人吃土地一辈子，土地只吃人一口"。你要是颓废，无精打采，就会遭老年人吼骂："你看你腰来腿不来的，吃屎都搋不上热的。"年轻娃娃们跟老人抬杠："吃屎为啥还要搋热的？"朋友让我看他的笔记，又说："多好的语言啊！"去年，西海固整体脱贫，他还专门来了一趟，这已经是他第五次踏进西海固这片土地了。

写作这些年，这些语言被我不止一次运用过，有几位读者专门做了笔记在网上点赞。就像一度排斥自己方言口音的人，一度看不起自己的出身、有机会就抛弃故乡的人，我一度也有些困惑，曾试图走一条别样的路，更换一下语言系统。小时候村上来了说普通话的人，真是羡慕，背后偷偷地学，一群孩子模仿着说，等到大了才真正明白，说普通话并不单单是个声调语气的问题，而且关乎语言词汇，而方言是一道美食，乡音是一种味道，用普通话说出那片土地上生长出来的词语，就不对味儿了，就像有些衣锦还乡却装客人的家伙，别扭而丢丑。有一次回村，与几个老汉蹴在村里谝闲，我也是过了知天命之年了，几个小辈过来，从语言到举措都甩着矫情与骄傲，流露着对老家的不屑与蔑视，一小青年问候大家，语言是洋气的，听上去很别扭，一个老汉给了一句："你把他这个大噻（固原方言，一般用于长辈骂晚辈，意思与不大不小相近）！"最后我还是又回到方言土语写作这条路上。因为，我从小就生活在这样的语境中，也深深认识到，只要是语言，都是高贵的。

人只有真正地认识到自己老了，也就逐渐舍弃了虚荣，不再好奇，也不猎艳，会有一种真正的洗尽铅华的回归，越来越朴实童真了，"苦下到哪达哪达亲"这句话就越来越亲了。我曾出过一部散文集《从会漏的路上回来》，书名来自奥修的一句话。是啊，人生匆匆走过一世，会漏掉许多的记忆，然而，当你进入一定的年龄，会因为你下过的苦而渐渐回到记忆之中。

因此，何谓故乡？人们有这样那样的说法，我觉得最简约准确的说法，应该是：故乡，是你下过苦的地方。这就可以解释人为什么会有浓烈的故乡情怀，因为那是你下过苦的地方，你怎么会没有比别处更深厚的感情呢？没下过苦的地方，只能说是一个过客。只有下过的苦，记忆是真实的！谁能说下过苦的地方不是最亲的地方呢？

呃，回头望，因为下过的苦，我很幸福！

生花的文字
——我喜欢的诺贝尔文学奖获得者及其作品

马金莲

1. 加西亚·马尔克斯和《百年孤独》

"布恩蒂亚译完羊皮纸手稿的最后瞬间,马孔多这个镜子似的(或者蜃景似的)城镇,将被飓风从地面上一扫而光,将从人们的记忆中被彻底抹掉,羊皮纸手稿所记载的一切将永远不会重现,遭受百年孤独的家族,注定不会在大地上第二次出现了。"

——摘自《百年孤独》

马金莲,中国作家协会会员。出版小说集、长篇小说共 19 部。小说集《长河》、长篇小说《马兰花开》分别被翻译为英文、阿文在国外出版。获鲁迅文学奖、全国少数民族文学创作骏马奖、全国"五个一"工程奖、首届茅盾文学新人奖、郁达夫小说奖、《小说选刊》年度奖、《民族文学》年度奖、《长江文艺》双年奖、《朔方》文学奖、飞天十年奖、六盘山文学奖、西北文学奖等奖项。现为固原市文联副主席、中国作协全委会委员。

谈马尔克斯其实是危险的，也是困难的。太容易落入窠臼，重复他者。好在一千个读者能读出一千个哈姆雷特。况且马尔克斯是如此让人欲罢不能，迷恋沉溺。

早在十八岁的时候，我曾在师范学校的阅览室借阅过《百年孤独》。那时候对马尔克斯的认识也仅停留在《百年孤独》。某次陪同桌去她哥的宿舍，她和她哥说着家里事，我和他哥一个宿舍的学兄谈论文学，他很健谈，一口气从校园文学说到了遥远的拉丁美洲。如今已经记不起那位学兄都侃侃地谈了些什么，只记住了一个名字：马尔克斯。受他启发，我便迫切想读由这个新鲜名字写出的传世大作，接着借到了《百年孤独》，却没能读进去，感觉进入是困难的。但毕竟是名著，就算看不懂，觉得没意思，那也得读，我逼着自己从头到尾啃了一遍。说实话，还是没找到感觉。以后每每听人谈起这本书，我都傻愣愣地听着，没有任何发言权。

早年没看懂，却在中年时候意外地听懂了。听书是个有趣的过程。有时候很顺，一口气能听一两章，每一个字都听进了心里。有时候打岔的事多，一章播完了，我的感觉零零散散的，连贯不起来。不着急，回头再听。现在我常听罗宁录播的《百年孤独》，说不清听了多少遍，以后还将听多少遍。做家务的时候，稍微休息的时候，走路的时候，坐长途车的时候，随时随地都可以听。

我感觉书中最迷人的是那些女性。仅听名字就很吸引人，乌尔苏拉，阿莫兰达，丽贝卡，特尔内拉，莱梅黛丝，费尔南多，佩特拉，梅梅……她们的人生故事同样迷人极了。

勤恳善良能干且高寿的乌尔苏拉，年轻的时候她和丈夫上演过贞洁裤的闹剧，后来她是家庭里含辛茹苦支撑生计的柱子，老年的她是传统美德的坚守者和传播者，更是布恩迪亚家族百年兴衰时光的亲历者、见证者。

阿莫兰达，乌尔苏拉的女儿，骄傲、深沉，后来爱上了钢琴教师皮埃特罗，在输给丽贝卡后她千方百计搅黄了后者的婚事，后来又让皮埃特罗爱上自己，却只是耍弄了他，再后来她在悔恨和孤独中死去。丽贝卡是远方一个朋友的女儿，来到乌尔苏拉家以后带着父母的骨殖，她吃土，拒绝交流，行为怪异，后来和皮埃特罗婚事未成，最后爱上了何塞，何塞莫名其妙死后，她幽居至死。

莱梅黛丝，里正的女儿，奥莱里亚诺的妻子，天使般的小女孩，怀孕后误食毒药喷血而死。费尔南多，奥莱里亚诺第二的妻子，一个秉持贵族生存信条的女王般的刻板女性。梅梅，费尔南多的女儿，爱上了马乌利肖·巴比伦，后被母亲强行拆散并送到远方修道院，从那以后至死不曾开口说话……

我在柴米油盐之间忙碌的同时，听着《百年孤独》，想象着这些可爱饱满的女性形象。思绪往往跨越了地域和时间的沟壑，感觉文本中的人和事都不陌生，也不遥远，更不难理解。好的文学作品具备这样的能力，让不同地域不同民族不同文化背景的读者，通过文本达到了沟通和理解。

当听到乌尔苏拉双目失明以后仍然跟正常人一样生活了很多年，我眼前仿佛能看到一位老祖母，站在黑暗中，靠着几十年形成的生活惯性，维持着家庭的日常，她满头白发，皱纹密布，她洞察世事，保持善良，她就是时光的活化石。这样的老祖母是如此可亲可敬，尤其是她在年迈时期，还在一刻不停地操持着一个大家庭，她一生好客、热情，对生活充满希望，这和我们很多人的老祖母何其相像，听着她絮絮叨叨的抱怨和诉说，你会禁不住露出会心的微笑。

《百年孤独》在文学界的声誉自不必说，是拉美魔幻现实主义的扛鼎之作。作为一名长期坚持阅读的读者，我感觉自己把这本书听厚了，然后又听薄了。它已经不再是一本书，而是一个立体的存在，声音、画面、脉络，在交汇中分叉，又在分叉中交汇，交织成一个整体，又分离成一个个单独的个体。

布恩迪亚家族的百年孤独史是一个整体，而家族中的一代代人，每一个个体，就是组成整体的碎片。这个家族群体是孤独的，每个个体有着各自不同的孤独。

马尔克斯真是写尽了世上的孤独，正如他在《没有人给他写信的上校》里写尽了所有的等待，《霍乱时期的爱情》中写尽了世上的爱情。孤独是所有人共同的特质，流传在血脉里，深入在骨髓中，马尔克斯抓住了这个特质，并以摇曳多姿魔幻诡异的方式，把它呈现了出来。写实一般都是容易的，恢宏壮阔如《悲惨世界》《战争与和平》《水浒传》《三国演义》等巨著，考验的是作家丰厚的生活功底。

《百年孤独》考验的是另一种能力，即驾驭虚的本领。孤独是一种看不见摸不着的东西，是气息，是表情，是内心活动，是说不清道不明的存在。也只有马尔克斯那样魔幻的想象力和驾驭力，才能创作出这样的作品。中国自古至今也有魔幻奇异作品，《山海经》《庄子》《聊斋志异》《封神演义》《西游记》等，有些甚至更绚丽多姿，可是和《百年孤独》比，后者又是现实主义的。马尔克斯用一种既夸张又现实的手法进行讲述。马贡多的世界里，生活是现实的，人物是现实的，布恩迪亚家族世世代代都在按照生活的逻辑繁衍生息。魔幻隐藏在现实当中，像盐分融化在血液里，难以明确分割，现实中和了魔幻，让它变得合理可信。魔幻又提升了现实，让现实更像现实，又超越了现实，变成一个超现实的迷人的存在。

作品开头成为无数作家争相学习和效仿的模板。"多年以后，面对行刑队的时候，奥莱里亚诺·布恩迪亚上校将会想起父亲带他见识冰块的那个遥远的下午。那时候的马贡多还是个小村庄……"这个叙述方式里，既包含了倒叙，也有顺叙，还有插叙。马贡多的发展时光是一段完整的隧道，作者在这里切开了一个小口，把窥探的镜头插进去，带我们进入隧道。向前，是未来的马贡多，向后是马贡多未有之前的故事。

进入以后，顺叙和倒叙交替进行，像进入了一条迷宫。一路风景在变化，探险般让人惊喜。当年我读的时候迷迷糊糊的，感觉太复杂了。听的过程中，线索明晰以后，感觉其实并不复杂。布恩迪亚家族早年在一个市镇上，男青年布恩迪亚和一个近亲姑娘冒着可能生出长着猪尾巴后代的危险结婚，婚后不敢同房，后来有个叫阿吉拉尔的老乡嘲笑布恩迪亚，被布恩迪亚一怒杀害，阿吉拉尔的鬼魂开始纠缠他们。年轻夫妻受不了困扰，决定离开故土进行流浪。有一批男女愿意跟随他们一起去远方寻找幸福。他们穿行在茫茫雨林和无边无际的大沼泽中，经历了各种奇幻般的遭遇，最后在一片滩地落脚，从此扎根生存，把这片无人之地发展成了村庄马贡多。他们给村子起了一个没有任何意义的名字马贡多。马贡多开始了每一个村庄都会经历的发展历程，一百年之间，经历了从小到大从落后到繁华到没落的梦幻般的过程。一代又一代马贡多人在创造历史，历史也在塑造他们。

作者既沿着时间的大主线往前写，又穿插无数小溪流般的小线条，魅力正来自这些变换。热带雨林和沼泽地区特有的气候、植被、生存模式，形成了特有的气质，也让很多魔幻的事情变得符合情理。

作品的魔幻性既来自故事本身，也来自叙述方式，更来自语言。马尔克斯的语言在短篇《礼拜二午睡时刻》《有人弄乱了玫瑰花》等里头就有展现，看似简练平实，实则高度凝练，信息包含量大，像精美的饰品般镶嵌着一个个隐喻。《百年孤独》里这种优势发挥到了极致。随便拎出一段文字，感觉就像从土里拔起了一株植物，带出一串串令人惊喜的果实。对人物的描摹概括总是精准而形象，读过就不能忘记。同时语言充满幽默感，奥莱里亚诺第二和他的情妇佩特拉饲养的奶牛兔子等疯狂繁殖，导致家里无从下脚的时候，他自豪地念叨的那句话，"让一让母牛们，生命短暂呐！"成为我和儿子之间开玩笑的常用语。让一让母牛们，生命短暂呐！我们互相说，说完了一起大笑。有时候我正听到某一章节，儿子经过，他能毫不费劲地说出相应的一段情节。可见这部书在家里被我听成了日常存在。"有几十遍了吧，妈妈？"儿子会问。"争取上百遍。"我愉快地回答。好作品百听不厌，经得起咀嚼，越回味越香。

2. 托妮·莫里森和《宠儿》

"他不明白，其实美梦只是涂了口红的噩梦。"

——摘自托妮·莫里森《爱》

《宠儿》是我所读的莫里森的第一部作品，从当地图书馆借来的。依稀记得当年她获诺奖以后，看到媒体在报道她，天生对外国人姓名眼盲的我，只记住了有个黑人女作家，写得好，得了诺奖，具体叫什么没记住。纯白色硬皮封面，由南海出版公司出品的《宠儿》拿在手里，我的记忆碎片被激活了，她就是那个女作家，是该看她的作品的时候了。《宠儿》不厚，只有十万字。先把外围品鉴了一番，然后我一头撞门走了进去。

震撼扑面袭来。第一感觉是读起来真费劲。确实费劲。但这种吃力，是相对来说的。因为同一时段，我看的书还有国内的几本现当代小说集和长篇，还有诗歌选本以及芥川龙之介的小说集、太宰治的《人间失格》。有时看累的时候也在手机上看看网络文学来放松脑子。可能因为语言习惯差异和深浅程度的不同，本国作家的书总能一口气读下去。《人间失格》《罗生门》也都还好。但这本薄薄的《宠儿》让我如同吃饭时嚼到了石子，它居然让我没办法畅通无阻地看下去，它有障碍。然而，吸引力已经扑面，才看数段，就欲罢不能，只想读下去。所以这障碍是如此地抓人。后面熟悉了行文风格后，就渐入佳境，顺畅起来。十万字，对于一个常年啃书的书虫来说，实在不堪一读，很快就到底了。怎么甘心？于是乎，回头再看。这回慢了下来。读完第三遍，合上书，反复摩挲，心头一片澄明与了然，像老和尚打坐完，重新睁眼面对尘世。第一遍，了解故事，满足好奇心，也就是看这本书写了什么。第二遍，品味道，好作品好在哪里，得慢慢品，像啃骨头，嚼筋，吮髓，真味入口。第三遍，已经很从容了，看结构和语言、技巧和风格。好作品经得起反复读，多读一遍有多一遍的收获。

　　《宠儿》耐读。其实理清了脉络，也就不再如最初那般眼花缭乱。故事并不复杂。美国，俄亥俄州，肯塔基农庄，辛辛那提小镇，奴隶制度，黑人的命运。作品重点塑造了几位黑人女奴。在肯塔基一个叫甜蜜之家的白人农庄，白人夫妇对黑奴友好善良，管理相对宽松，甚至给予黑奴们一定范围的信任和自由，宣称他的家园里没有奴役，只有友爱和甜蜜。

四个男黑奴，保罗·D，西克索，保罗·A，黑尔，他们中的黑尔努力为黑奴母亲赎身，让其可以安度晚年，并和黑人女孩塞丝结合——没有婚礼，新婚婚纱是塞丝偷偷用拆洗的旧布缝制，但有幸福，在他们身为奴隶的生活里所能得到的最大程度的幸福。他们有孩子，渴望有一天像白人家庭一样过上正常的生活。有一天男主人突然死亡，女主人多病胆小，她请来娘家侄子——"学校老师"帮忙。

安静的世界突然凌乱，曾经的安稳被打翻，甜蜜之家的黑奴们迎来了自己的悲剧，被贩卖，被打杀，被凌辱，像牲畜一样。女奴塞丝发现丈夫遇害，同伴逃亡后，她也开始了逃亡之路。她怀着身孕，从凶残的白人主人手底下逃出，经历几次生死，在白人女孩的帮助下活过来，终于来到婆婆居住的地方。在124号隐藏28天，白人主子追寻而来，面对抓捕，面对自己将要继续去做女奴、子女们不能保全也要接着为奴的命运，塞丝杀死了一岁左右的亲生女儿，她宁可杀了亲生骨肉，也不愿看着他们落入白人主子之手，重复自己的悲剧道路。疯狂的状态让白人以为她已经疯了，将她投进了监牢。她幸存的孩子们活了下来。刑满释放归来，她和家人团聚，终于可以过正常人的日子了。

然而，真正的悲剧此刻才拉开序幕。宠儿登场。在一家人努力向着正常生活奋斗的过程中，那个曾经被塞丝亲手割断喉咙的女儿出现了，出现在124号，她如影随形，无处不在，她歇斯底里地打闹、折腾。她将阴影笼罩在每个人头上，日夜折磨着活着的亲人们。终于，两个男孩受不了精神压力离家出走，宁可去未知世界里接受命运的摆布，也不愿继续留在这个家里。老祖母死了。留下小女儿丹芙和塞丝，还有那个鬼魂宠儿，她们像活死人一样活在巨大的坟墓般的阴影里。有一天保罗·D来了。这个甜蜜之家唯一幸存的男人，黑奴男子，他在经历九死一生，流浪很多地方，遭受无数苦难以后，来到了124号。伤痕累累的男人，和心灵同样伤痕累累的塞丝，相拥，相爱，同居。好景很短，宠儿开始折腾，仇视、驱赶外来者，转而又勾引母亲的情人。124号从来没有安宁。她的姐姐，丹芙，在一个封闭环境里孤独长大的黑人女孩，她从来没有伙伴，只能终日跟宠儿的鬼魂为伴。她们都生活在半癫狂状态。最后保罗赶走了鬼魂，塞丝和他决裂。悲剧命运早就注定，谁也得不到幸福。

行文很迷人。有一股魅惑般的味道在吸引你。有静物画般的描写，有流水似的意识流，有精彩的心理独白，有按时间事件正常推进的叙述。不是单线条叙述，采用了复式，多重线索同时穿插交替进行。语言汪洋恣肆，语气凄苦忧伤。文学名著中写黑奴命运的，还有《汤姆叔叔的小屋》（又名《黑奴吁天录》）。和莫里森相比，斯托夫人的写法已经陈旧、传统，是平铺直叙的。莫里森更具备现代性。莫里森采用的是和时代相符合的手法。同样的内容，不同的时代有不同的手法。所以莫里森的作品对于我们来说，肯定更有味道。还有一个区别，斯托夫人是白人，即便站在同情黑奴的立场上写作，也难以彻底克服自身的局限性。莫里森是黑人，女性，她面对的时代，是黑奴忍辱负重的时代。社会在发展，黑人向不公平命运挑战的意识普遍觉醒，废除蓄奴制度的呼声日渐高涨。为黑人发声，为黑人呼吁，揭露黑奴制的残忍、黑暗和不公平，成为她的天职。亲身经历过奴隶的悲惨生活，莫里森一出手，天然地就带有某种悲剧力量。恰如《追风筝的人》一书，书中所写的那个特殊群体，特定的生活环境，让人物和故事具备强大的悲剧共性。

黑人究竟经历了什么样的遭遇，承受着什么样的磨难，莫里森用她的作品告诉世界。《宠儿》讲述的故事，凄惨而不狭隘，动人而不失真。扣人心弦，令人很久都走不出那种氛围。另外，作者还采用了一种很特别的艺术手法，某些篇章忽然就不采用标点符号，大篇幅地写，没有标点符号分割的界限，读者只能自己去接受和理解。读着这样的文字，我感觉自己撞入了一个迷宫，四面都是墙，没有门窗出口，一头撞在墙上，回头又撞到墙上。绝望的情感，内心的呼喊，弱者的无奈，对自由的呼吁，都在这种迷宫般的文字间奔突。拿什么宣泄作者的愤怒，文本主人公遭受种族歧视的悲痛，只有这种看似无厘头的表达方式。文字像失控的兽，蹄声凌乱，无声呐喊，却承载了最沉重的呼喊、最深重的苦难、最绝望的希望。流连在如此文字之间，只有再三再四地感叹，莫里森真是伟大的小说家。为本种族代言，为苦难的人群代言，她做到了。

《宠儿》以后，迫切阅读莫里森成为我给自己的首要任务。一口气从网上买了她所有在中国出版的作品，读得昏天黑地。《最蓝的眼睛》《秀拉》《爵士乐》《所罗门之歌》《柏油娃娃》《天堂》《爱》《恩惠》《孩子的愤怒》等。这里头有揭露黑人遭受种族歧视的，有记录当今黑人生存境遇的，大多数从女性视觉入手，也有以男性角度写的。这些作品部部经典（我个人不太喜欢《柏油娃娃》，也许跟我目前只读了一遍有关，总感觉有些拖沓冗长，不太像莫里森的风格，较为沉闷冗长的行文方式也削弱了打动人心的力量）。《秀拉》跟《宠儿》一样精短，却具备另一种骇人力量。它的风格与《宠儿》《天堂》《恩惠》等不一样。它塑造了一个与以往不一样的黑人女性。秀拉美丽、风骚、放荡，在风尘中沦落，她是妇女们的公敌。莫里森用极短篇幅写出了这样一个女性的悲剧。这样的形象丰富了莫里森作品中黑人女性的图谱，体现了底层社会生活的复杂，更体现了作者把握复杂的手段。

　　总之，莫里森是这样迷人。进入她的文字，需要努力，更能获得享受。强烈的气息，能抓人，只要走进去，就会沉迷其中且久久不能自拔。即便走出来以后，也经常回味，感佩。好作品拥有直达读者心灵底部的力量。莫里森就是写出了这样好作品的好作家。

3. 海明威和《丧钟为谁而鸣》

"没有谁能像一座孤岛，在大海里独踞，每个人都像一块小小的泥土，连接成整个陆地。如果有一块泥土被海水冲去，欧洲就会失去一角。这如同一座山岬，也如同你的朋友和你自己。"

——摘自《丧钟为谁而鸣》

《丧钟为谁而鸣》是海明威最厚的一本书，40余万字。我买到的是天津人民出版社2018年出的，王蔚翻译。阅读期间正值陪一位亲人住院，每日寂寥，便枯坐翻书。照旧抛开一切既有认识的干扰，平心静气进入文本。没有《悲惨世界》《复活》《战争与和平》等名著开篇的大容量介绍性文字。相比之下，较为简洁。简单的环境描写之后，人物出场。

一条公路，一条河，河边的锯木厂，峡谷上的铁桥，桥头的岗哨。第一小节几乎交代了全部场景，后面的故事基本上就在这一简单又狭小的场景间推移转换。人物也不多，寥寥数人。英国人罗伯特·乔丹在西班牙内战战场上，受共和党将军戈尔茨的派遣，身负一个任务，去后方，在大进攻开始以后炸掉一座桥。

文本不正面去写战场，围绕乔丹的任务落实步骤，一步一步写他接触见识到的后方，这里有敌后共和党游击队，游击队员们具体的生活，生活里的人，男人，女人，马。

海明威被称为迷惘的一代。本书中的迷惘体现在参战人员的动摇和迷茫，对战争本质和意义的质疑，在生死面前的巨大孤独。安塞尔莫有过这样的内心独白："等到战争结束，一定要有个大忏悔，来赎杀人的罪。要是打完仗，我们没有信仰了，那我看一定会有某种世俗的忏悔方式，来洗干净杀人的罪过，要不然，我们的生活就再也没有诚实和人性的根基。""我很孤独，可所有士兵，所有士兵的妻子，所有那些失去了家庭或父母的人，都一样。"

他们普遍警惕战争，厌恶战争，向往正常的生活。而对活着，是这样向往的，"但活着，是山坡上风吹过的麦田。活着是天空中的鹰。活着是装满清水的陶罐，放在尘土飞扬的打谷场上，糠皮扬起老高。活着是你两腿间的马、大腿下的卡宾枪，是山，是河谷，是岸边长满树的溪流，是山谷的另一侧和远处的山丘。"

每个人，一边在巨大惯性的牵引下从事着战斗，一边都在渴望和回忆着日常生活，包括日常生活里的人、事、亲情等美好的东西。乔丹和玛利亚相爱，极短时间内生长的爱情，茁壮而凄美。玛利亚遭受战乱损害，留下了悲惨记忆。这样一个善良、活泼、美好的姑娘，活在战争的阴影里。乔丹唤醒她爱的勇气，给了她勇敢生活下去的力量。还有斗志坚强，男人一样的女人皮拉尔。有摇摆不定，最后关头坚定了战斗意志的巴勃罗。酷爱斗牛的安德雷斯。还有费尔南多、拉斐尔、埃拉迪奥、安塞尔莫、奥古斯丁、普里米蒂沃。

实施炸桥之前的准备和等待过程，是一个漫长煎熬的过程。考验的不仅是耐心、心理承受力，还有对死的恐惧，对国家、民族、党派、人性及人心等的质疑和坚守。这是一群普通人，被战争裹挟，但还是普通人。海明威的高明之处在于，他写出了战争中的普通人，普通人的内心和状态。

从古到今写战争的作品不计其数，也不乏经典，但正面去写的居多，普遍肯定战争的正面价值，探索正义。能像海明威这样探索性地写出质疑、迷惘，又肯定正面价值，肯定小人物的立场，是有创意的。他就这样写出了战争大机器中作为小零部件的个体的真实状态，他们徘徊、犹豫、怀疑、恐惧，各有打算，包藏私心，这才是真正的人性的多样和复杂。战争题材习惯总是将个体淹没在群体意识之下，被遮盖，被替代，被同化，千人一面，所以海明威这样的作品才显出弥足珍贵来。

铁桥最后被成功炸掉，他们完成了任务。有几个人牺牲了。乔丹受了重伤，不可能逃离。无路可走的情况下，他选择留下，用死为幸存的战友断后，并把生的希望和勇气留给了深爱的女人玛利亚。法西斯军队逼近，难逃一死的乔丹在静静地等待着。故事戛然而止，结局不言而喻。

海明威素有"硬汉"之称，本书中主人公也都一个个具备硬汉的品质，虽然过程中有挣扎、犹豫和胆怯，但最后都毅然为自由战争付出了生命。主人公罗伯特·乔丹尤其坚强，他用独有的方式鼓舞女友继续向前，活下去，替他和她两个人活着。他自己独自迎接了悲剧。是悲剧结局，可作者写得却丝毫没有悲戚。该来的总会来，该面对的就勇敢去面对。这是男儿本色，也是海明威式的人生态度。

评论界给海明威一顶开创"冰山理论"文风的帽子，同时奉行极简风格。据说他习惯站立写作，迫使自己保持紧张状态，用最简短的文字表达思想。单从本书来看，我没感觉到十分明显的极简风格。故事不算复杂，他却围绕这个过程的推进，写得很慢很慢，像用一根藤不断牵引出人物。和本次活动有关的，西班牙内战反法西斯后方游击队员一个一个出场，刻画了人物相貌、性格、心理状态、出身背景，对战争的认识和态度，写出了集体状态，也写出了个体差异。气氛在如此缓慢的推进速度当中，被一点点推到了高潮。从这一角度来看，确实算不上"极简"。但换个角度去看，对环境、背景、人物心理活动等，写是会写，但每每都写得不多，有时候寥寥几笔，有时候稍微展开，绝不会长篇累牍地铺排，这样看来，确实做到了极简。

扉页第一页写着"本书献给玛莎·盖尔霍恩"，盖尔霍恩是美国记者、旅行作家、战地记者，海明威的第三任妻子。我们知道，外国作家往往有这举动，动辄将作品献给某某某，中国作家就很少见。想想是挺有意思的一个现象。让作品流芳千古的同时，那个被献的人，也就一直借助作品被一代代读者认识。如此看来，能被某大作家"献给"好像也是挺有意思的一件事。

扉页第二页引用了约翰·多恩的话："没有人是孤岛，能孑然独立；人人都是土地的一片、大陆的一角；哪怕大海卷去一粒尘土，欧洲也会变小，就像失去一隅海岬、一方领地，无论你朋友的、你的；每当有人消逝，都令我孱弱衰老，因我是人类的一个，所以，别问丧钟为谁而鸣，丧钟为你而鸣。"这是指明本书主旨的一段文字。正文中再也没有特写钟声。这段文字很精准地阐释了作者的创作意图。战争面前，没有真正的赢家，究竟谁对谁错，没有绝对的界限，人类如此争斗不休，自相残杀，殊不知丧钟是为所有人而鸣，没有人能置身事外。谁都是罪人。带着质疑和反思写战争，这是值得借鉴的。作家就该有作家的思考。

看本书之前，我刚看完王树增的战争三部曲，《抗日战争》《解放战争》《朝鲜战争》。阅读过程中我禁不住将王树增的作品和本书进行对比，从叙述方式、人物塑造，到情感酝酿，疏密分布。对比之下，对《丧钟为谁而鸣》有了更多的理解和看法。

其中最值得回味的情节，就是巴勃罗为代表的游击队，处死法西斯的那一章节。他们抓了镇子上的二十个法西斯分子，在镇公所广场上集体用连枷把人打死，再从悬崖上丢进河里。这二十个法西斯分子，其实都是村里的普通村民，大家从小熟识的乡亲。因为所选择的阵营不同，而成了对立的敌人。实施刑罚的是"共和国好人"，其实就是农民，被惩罚的坏蛋，法西斯分子，也是农民，这里头有镇长，开磨坊和饲料商店的，地主，业余斗牛士，神父，小木头工具店主……而自称代表正义的一方，却以最惨无人道的手段，以侮辱、嬉闹的方式，集体残杀了法西斯分子，集体成了暴徒，黑白已经难以真正分清。展现的只有人性的复杂，肮脏，幽深，难以把握。在政治面前，普通人，日常的邻居，老实巴交的农民，也会摇身一变，变成杀人行凶的刽子手，变得残暴、无情、冷酷，人性深处被日常秩序遮蔽的恶，会苏醒，像潘多拉盒子被打开一样。这样的事件、情形、情绪、心理，放到今天也不过时，网络世界动辄发生这类集体意识推动并发展成暴力现象的事件。

医院的日子无聊，看完一遍，我又从头再看一遍。其实很早就曾读过，只是当年和现在完全是不一样的感受。如今多看一遍，也有着多一遍的体会。和作者的其他名作诸如《太阳照常升起》《老人与海》《永别了，武器》《乞力马扎罗的雪》等比起来，《丧钟为谁而鸣》有些冗长，却也有长的优势，能让我们更多地享受到阅读的乐趣。

另外，我还喜欢加拿大女作家艾丽丝·门罗的作品，她用短小篇幅把女性的日常生活写出了悠远绵长的韵味，语言简单、隽永，不失美感，能让人看到普通生活的魅力和书写的意义。

看名著是急不得的，要慢慢看，平心静气地读，不带功利心地读。在当下快餐式阅读流行的社会状态下，这样慢速度的阅读很有必要。名著就得一点点地啃，一口口地品，任何妄图把名著一口气扫过的阅读，都是对名著的不尊重，也是对自己的不尊重。

半个城是花儿的家乡

屈文焜

　　同心，一个提起来就让人浮想联翩而又感到亲切动人的名字！勠力同心，同心同德，这些耳熟能详的富有凝聚力的词语，仿佛就是对这片土地和人民的由衷礼赞！

　　作为宁夏回族自治区的县级行政区域，同心地处鄂尔多斯台地与黄土高原北部衔接地带——宁夏中部干旱带核心区，北纬 36° 58′ 48″，东经 105° 54′ 24″，总面积 4662.16 平方公里，丘陵、沟壑、山地、沙漠等地貌类型占总面积的 65.4%；地势南高北低，海拔为 1240 ～ 2625 米。

　　同心县，人们习惯于把它划归于西海固或六盘山区。历史地

　　屈文焜，宁夏大学回族研究院特聘研究员，编审。中国作家协会会员，中国民间文艺家协会花儿文化委员会副主任。著有《花儿美论》及其增订本、《屈文焜诗选》等。曾获首届中国民间文艺山花奖学术著作奖。

看，它属于典型的"老、少、边"地区，是国家级扶贫开发工作重点县"宁南山区九县"之一。

从方言地理来看，同心正处于兰银官话和中原官话过渡地带：西、北邻接沙坡头区、中宁、红寺堡区、灵武，属于兰银官话宁夏片；东、南邻接盐池、环县、原州、海原，属于中原官话秦陇片。其南北方言差异受所处地理位置、回汉人口分布、行政区划因素的影响明显，特别是与历史上北宋、西夏对峙，横贯全境东西的明长城，较长时间的南北分治等人文活动及其演进方式有密切关系。

县境内有六盘山系的罗山、米钵山、马大山、老爷山、青龙山、窑山等；素有"荒漠翡翠"之称的罗山国家级自然保护区，是宁夏中部的水源涵养林和宁南山区区域生态环境的有效屏障；发源于六盘山东麓的黄河支流清水河，纵贯南北，养育同心——其实清水河流至同心并非"清水"，而是一条多泥沙的苦咸水河。

这就是同心，曾经被联合国世界粮食计划署认定为最不适宜人类居住的地方之一。但是人间奇迹总会发生的："大漠孤烟直，长河落日圆"（王维诗句）——那是千古壮观；"红军长征陕甘宁，三军会聚同心城"（萧克诗句）——那是开天辟地！

人们不会忘记，1936 年，在中国共产党领导下，创建了第一支回族武装力量——回民独立师；建立了第一个县级少数民族自治政府——陕甘宁省豫海县回民自治政府。

美国著名记者埃德加·斯诺的不朽名著《西行漫记》（原名《红星照耀中国》），其中有四分之一的篇幅记述了他在同心豫旺地区的采访活动和感受，如《同红军在一起》等。

老一辈革命家朱德、邓小平、彭德怀、贺龙、任弼时、李富春、聂荣臻、刘伯承、罗荣桓、杨尚昆、陈赓、徐海东、程子华……他们就是从这里进入陕北根据地，以胜利者的姿态结束了艰苦卓绝的二万五千里长征。

始建于明朝初年（约1369年）的同心清真大寺，具有中国古典宫殿式建筑风格，挑梁飞檐、歇山起脊，先后被确定为全国重点文物保护单位和全国首批民族团结进步教育基地。大殿廊檐下的"陕甘宁省豫海县回民自治政府成立大会旧址"牌匾，仿佛还在以无声的语言讲述着那些可歌可泣的同心故事！

对于同心，我想借电影《同心》中马和福烈士的扮演者巫刚的一句话来表达："这是一个寻找奇迹的故事……"你千万别以为这里不怎么长庄稼，就一定长不出什么像样的精神食粮。

同心县既是历史上唐蕃古道和丝路东段北道的经过之地，又是回汉各族人民的交往融汇之地，非遗资源丰富，人文积淀深厚，农耕文化、民族文化、红色文化交相辉映，美美与共，和合共生。它也是享誉区内外的"中国诗歌之乡"和"花儿之乡"。只有切切实实深入民间，头顶烈日一步一个脚印往前走，你才会感受到在这片因苦焦干渴而龟裂的土地上活下来是多么不易，也才会懂得他们祖祖辈辈可着嗓子吼出来的秦腔乱弹和花儿为什么那样尖厉高亢、撕心裂肺。

1984年，国家艺术学科重点研究项目"中国民间文学三套集成"（包括《中国民间故事集成》《中国歌谣集成》《中国谚语集成》）工作启动之后，我一度被借调至宁夏"三套集成"办公室工作。作为集成办专、兼职成员和《中国歌谣集成·宁夏卷》主持人之一，我几乎全程参与了省卷本及部分县卷本的调查、搜集、编纂工作。2017 年，"中国民间文学大系出版工程"启动实施（包括了民间故事、民间歌谣等 12 个系列），作为《中国民间文学大系·宁夏卷》的编委会和专家组成员，我有幸再次参与了这项为民族民间文化立志存录的整理出版和传播传承工作。现在，我面前呈现的这部即将出版的《同心民间花儿》（马剑龙、贺永泽主编），就是同心县文旅体广电局、文化馆及非遗中心为编纂《中国民间文学大系·宁夏卷》提供的基础性选本之一。其中部分花儿采集于 20 世纪 80 年代前后，演唱者是我熟知和喜爱的老一辈民间歌手，如喇生祥、杨百林、丁良友、买建云、张伏玉、杨生英、杨澄清、马文科、王克德等。可以说，这部花儿专书不仅仅是主编者的贡献，它凝聚着百年花儿前赴后继的传承梦想，汇聚了几代同心人的心血智慧，多姿多彩，蔚为大观。

　　有句话叫"信手拈来，皆成经典"！30 多年间，无数次站在这片土地上，我倾听那些沧桑嘶哑的歌唱——

　　　　大营扎到个三关口，

　　　　哪一天才打个仗呢；

　　　　尕妹子站在个大门口，

哪一天才开口唱呢。

长枪扛上了胛子疼，
短枪挂上了腰疼；
刀剜我腔子都不疼，
不见尕妹心系子疼。

大马儿骑上过雪山，
尕马儿下了个四川；
一晚夕想你到三更天，
把肋巴骨当成了算盘。

锅儿里倒上清油了，
案板上调哈面了；
眼角里刮上亲人了，
我的脚步儿也乱了。

六盘山下的牛羊壮，
半个城是花儿的家乡；
花儿我两个胡乱唱，
我不是你花儿的顶缸。

仿佛玩味一块块斑驳陆离的石头，面对空阔寂寥的"诗与远方"，我又一次感受到沉甸甸的历史和心灵的震颤……

中国非物质文化遗产网·中国非物质文化遗产数字博物馆公布的《联合国教科文组织非物质文化遗产名录（名册）》入选项目"花儿"简介指出：流传在中国西北部的汉、回、藏、东乡、保安、撒拉、土、裕固、蒙古等民族中共创共享的花儿，由于音乐特点、歌词格律和流传地区的不同，"被分为'河湟花儿''洮岷花儿'和'六盘山花儿'三个大类"，它们"具有多民族文化交流与情感交融的特殊价值"。

学界对六盘山有狭义和广义两种解说：狭义六盘山一般指以主峰米岗山为标志的所谓六盘山脉中心区，俗称"西海固"，也就是一般所说的"宁南山区九县"同心以南大部分地方；广义六盘山指山体范围在渭河、泾河、清水河流域，水系范围在渭河左岸以北，西北至祖厉河流域以东，清水河流域以西，泾河与北洛河流域分水岭的子午岭以西地区。

六盘山不仅是一座山、一个地理符号，而且是一个文化圈。六盘山文化圈山水相连、人文相亲，历史上同属于一个经济文化区。作为花儿主要流派之一，六盘山花儿早已生成繁衍于六盘山及其环绕地带，无论其音乐的旋法特点还是文学的词式结构都有自己与众不同的风格。

如果从行政区划角度来看花儿三大体系的流行情况及其风格特点，我们会发现宁夏花儿是多元多流的集合体——既属于"六盘山花儿"的发源地和流行区，也属于"河湟花儿"的流变区——而地处六盘山文化圈的同心花儿则完全具备了宁夏花儿的典型特征：

一是徵调式——"河州令型"花儿，属于河湟花儿体系，大体是明清以来的回族与东乡族迁徙或贩运经商过程传播而来的，与河湟地区流行的这一类花儿同属于一个母体，有许多共同规律可循；

二是商调式——"下四川型"花儿，发源和集散于六盘山文化圈，属于六盘山花儿体系的一个代表性流派，其母体《下四川》在流传过程中，经民间歌手与作曲家的再创作，融入了河湟花儿的一些元素，兼有两种花儿的复合型特征；

三是角羽型花儿（包括角调式和羽调式），发源于六盘山文化圈中心区，属于六盘山花儿体系的一个主要流派，其中角调式花儿也是同心花儿的主流，它们因受当地信天游及其他小调的影响，无论其旋法特点还是词式结构都有自己独特的风格。

说"半个城是花儿的家乡"，名副其实。

走进一座座古城堡

——读《失守的城堡》

王　瑞

　　我第一次读《失守的城堡》是在大学时期，距今已近 10 年。前不久，路过清水营城的遗址，立于断壁残垣之境，又记起了它。

　　书中那些经历过战争、杀戮、饯残的古堡，如今已是断壁残垣。那些入侵者、守卫者，还有土地上的百姓，包括走进古堡的我们，只是历史里的渺小沙砾，终将尘埃落定。

1."游历"之书

　　一直以为，游历是诗人最浪漫的情结，不断地行走才会让灵感保持"丰满"。倘若有一天，停下来了，倦了，便是该放下笔

王瑞，1993 年生，媒体记者。

的时候了。牛红旗的诗集《地面》里面有一首诗，名为《卡日曲，我遇见一滴水》，有几句格外动人：

不要忽略冰川
忽略雪山，不要忽视冰凌下悬坠的一滴水

一滴水，一只眼睛
没料想，望见大海，鹰会俯冲下去

没料想一滴水，惊动一泓清潭
美目传情的那一瞬
……

没料想草原辽阔、滴水从容
稚嫩的眼睛，聚在一起拨开了历史的风尘
……

某种程度上讲，牛红旗正是因为游历，才有了这样颇具"画面感"的诗。也正是因为游历，才有了《失守的城堡》。

书中"月亮山下白城子"是我印象最深的一篇。因为月亮山与白城子（白城乡现在已被"撤乡并镇"，并入新营乡）是有我童年记忆的地方。

小时候，爸爸工作的单位在白城子乡的半山腰，单位是个很大的院子，院里有棵几十年历史的毛桃树和两三棵杏树。园子里还有爸爸专门为我和弟弟种的各种蔬菜，每个暑假寒假，我和弟弟都会从县城来到这里。

与爸爸的单位隔路相望的是当时的白城乡林业站，四面被高高的土墙围了起来。听爸爸说，院里"惨"（西吉方言：可理解为孤寂、瘆人，形容建筑院落荒废已久）得很。于是那里成为我和弟弟不敢前往的"禁地"。我把它当作一个古老的城堡，有时想象里边有一个古怪的老人，专门吃小孩；有时想象郭靖黄蓉的后人在那里，我去的话，可能会得到一本武功秘籍……

牛红旗去过的"月亮山饭庄"，也是我常去的地方。爸爸隔三岔五带我们在那里吃炒面。它在乡政府旁边，从书中的照片来看，牛红旗去的时候，饭庄已经换了新的牌匾，我记得它的旧牌匾是木制的，古朴淡雅。

饭庄对面，破落的戏台边也有一家饭庄，不知作者路过的时候发现了没有。那个戏台，是我和新认识的小朋友捉迷藏的地方。

戏台另一边是夏爷爷、夏奶奶的家。他们是爸爸结拜兄弟的父母。尽管爸爸后来调走了，但几乎每年还是会去看望两位老人。爸爸说，看着他们，有时候就像看到了自己的父母。

如今，二十多年过去了，开心的是，夏爷爷、夏奶奶身体康健。今年春节，和爸爸妈妈、弟弟、丈夫去给他们拜年。夏奶奶送了我们好几双自己绣的鞋垫，我们一直舍不得用，放在柜子里珍藏。

还有牛红旗提到的月亮山，黛色的山群，清秀俊朗，山上有数不清种类的野花。六七月是在月亮山摘野草莓的好时节，俗称"打瓢"。野草莓很小，但香气极其浓郁，是普通草莓没法比的。一个入口，身上的所有毛孔都会香起来，真的。

小时候，每到开学时，爸爸在白城乡送我们坐班车回家。看着我和弟弟上车，他每次都会湿了眼睛，而我总会寻一个靠窗的位置，偷偷地别过头无声地流泪。想来，我这多愁善感，一定是遗传自爸爸的。

我记得特别清楚，有次寒假的时候，快到过年了，爸爸说，明天你们回家吧。我说，不。爸爸问为什么。我说，因为你在这儿。爸爸眼睛又湿了。我那时候既伤心又疑惑，难道我爸爸是"毛鬼神"变的？

因为外婆所在的村庄里，有个年轻女子有精神上的疾病（长大后才知道），夜晚老是哭叫。听到哭叫声，我会特别害怕。外婆说，别怕，那是被"毛鬼神"缠上了，"毛鬼神"只缠大人不缠小孩。

最近正在读《失守的城堡》，我真想再去一趟月亮山。

2."童真"之书

我想起刚才恋恋不舍的天鹅，莫非这是颗天鹅蛋？

我质问他："你为什么不去上学，要捡鸭蛋和天鹅蛋呢？"

"天鹅蛋怎么了？不是你们家的，你管不着！"

......

他牛气地说："我家就在跟前，是我妈让我来捡。我不捡，难道等狗来捡吗？"

呵，这小子还骂人。

他见我俩面有怒色，尤其见华仔向他逼近，便拎着篮子撒腿跑了。

——摘自《失守的城堡》

读到这个片段的时候，我笑了，笑这两个以个头与年龄"虚张声势"的大人在男孩面前的无可奈何。

对于《失守的城堡》，我没有足够的能力去从历史、文学批评的角度去研读，或者，我更喜欢这样安安静静地读、随随便便地写，记下书中一些美好的细节，比如童真。

童真总是让人心动。在读书时，我总会极力寻找描写儿童的字句，找见了就像捡到好看的贝壳一样欣喜。

华仔是个性情中人，他很幽默。他说水库静静的，躺着像个睡美人，黑鸭子唧唧歪歪，活像一群要吃奶的孩子。他对准水面使劲吹了一声口哨，野鸭们因之诧异地回过头来。他再吹的时候，鸭群就开始骚动了。但野鸭们很冷静，它们见是人在故意逗它们玩，又梳理起慵懒的翅膀。它们真是一帮傻孩子，吓着了就"哇哇"大叫，没动静便不再理睬，又缩住脖子，故作镇静。

——摘自《失守的城堡》

　　我很喜欢书里的华仔，甚至好奇这位他现实中的模样，却只能通过想象去描画他的轮廓。在我的想象中，他应该是小平头或者长头发，脸色黝黑，穿牛仔裤，或许牛仔裤上还有几个破洞呢，这应该是个调皮的男子。

　　书中那个小男孩在家门前的理直气壮与"牛气"，不由得让我想起了去银川市一家孤儿院时遇到的孩子们。他们的"安静"与书中小男孩的"牛气"形成鲜明对比。

　　那时，在孤儿院，孩子们的眼珠总会怯怯地转，有些胆子大的亦是缩手缩脚的模样。我想，童真在这里有着忧伤的况味。虽然敏感、忧伤和同情经常在人们眼里因为空洞而廉价，但这三种情绪依旧是人保持悲悯和善良的重要情感来源。

　　在《失守的城堡》中，牛红旗对于古堡的情感趋于敬畏、缅怀和悼念。所以笔调会轻易地触碰到忧伤这个词，失者永失，废墟即是绝路的美。

　　那天，我没有找到答案，没有看清历史遗漏的陈迹。
　　也许我的眼里根本没有城，也许庄稼遮掩了过往的伤痕，
　　也许无边的绿色才是人类建造起来的最大堡垒。

——摘自《失守的城堡》

我想，那一刻，的确是因为他的心里没有"这座城"，所以才没有看见它。就像读完这本书后，假如你的心里没有古堡，便感知不到他笔下古堡的孤独、美与深沉。

3."摇滚"之书

如果悼念是一种美德

肩上的风衣，就不会再披一层尘土

对土豆，我就不会抱拳施礼

就不会以为它内部独有风景

旋空的就是苍鹰

我就不会整日窥探，每个崭新的日头

就不会红肿，疼痛，令人发痒

微风伏在草地上

就不怯怯地喘气，而会折断

拍死一只蚊子，我就不会觉得鲜血淋漓

时间不会一窝蜂袭上来

趁我熟睡，探看我的纹理，采了蜜

不翼而飞

——摘自《失守的城堡》中一首叫《如果悼念是一种美德》的诗

听着痛仰乐队（以下简称"痛仰"）的《异乡》，逐字逐句抄下书里的一首《如果悼念是一种美德》，第一次感觉到书也能"摇滚"起来。有一个瞬间，我甚至觉得这首诗可以让痛仰唱出来，应该也不错。

眼下，我正伴着摇滚乐，试图写下他笔下的"悼念"在我心里形成的情境。

"悼念"（真挚、深情地追寻）是《失守的城堡》一切城堡记忆的起底，也是摇滚乐恒久的主题之一。

就像张楚的《孤独的人是可耻的》、涅槃乐队的《Dumb》、枪花乐队的《Don't Cry》、崔健的《一无所有》等摇滚歌曲中，有关于爱情、青春、生命、少年等的"悼念"不是消极，是对古老文化和摇滚精神的追念，是对生活中细碎温情的珍惜。

牛红旗的行走，让逐渐隐于历史的古堡重见了天日。他的描述让每一个古堡的容貌开始明朗起来。书里，一个个古堡的"青春岁月"与"垂暮面容"让人感到亲切，却也让人逐渐被伤感包裹。

在《朔方》文学编辑部的往事

李 唯

一九七八年，几月我记不得了，应该是冬末初春的一天，我在宁夏的省级文学刊物《朔方》做小说编辑。这一日，乌云密布，是那种令人心情不爽的天色，我一个人在小说组偌大的办公室里看稿，其他编辑都因天色早早回家去了，而我不能，我必须坚守工作。我在编辑部里属于小字辈，我从复旦大学中文系毕业，分配到宁夏来这家杂志社就职，还是"菜鸟"、新人，我只有多干活儿。何况我还没结婚，我也无家可回。也正因了我这一份的独

李唯，一级作家，毕业于复旦大学中文系，供职于天津电视台，创作中长篇小说多部，获《小说月报》百花奖、《小说选刊》年度大奖、北京文学奖、上海中长篇小说年度大奖、庄重文文学奖、老舍文学奖提名奖等。创作《黑炮事件》《美丽的大脚》《我的父亲焦裕禄》等电影、电视剧多部，获金鸡奖最佳编剧提名奖、夏衍电影文学奖、新中国成立七十周年优秀电影剧作奖、改革开放三十周年优秀电影剧作奖。三次获得"五个一"工程奖，被授予"德艺双馨"称号。

自留守，我和我要记述的这个人有了交集。

应该是下午了，天色更暗，开始有零星小雪飘落，很冷。我之所以要特别描述一下天气，是想说明这个人当时的处境。有人敲小说组的门，接着一个人披着一身雪花闪了进来，他冻得瑟瑟发抖，穿一件很破的棉袄，拦腰系一根草绳，宁夏人把这叫作草嵝子，你完全可以根据这一件棉袄和这一根草嵝子把他归到乞丐那一类中，他说他是从银川市远郊南梁农场来的，今天赶大车走了一上午和一中午来市里拉化肥的（或者是拉种子的？我记不清了），顺便来送一篇他刚写的小说。他一直在哆嗦，除了冷，还有业余作者见到编辑的惶恐。

他的小说是写在信笺纸上的，信笺纸他是从农场的小卖部买来的，他当时没有任何门路能搞到那种带格的稿纸。我把他的小说留下，同时记下了他的通信地址，告诉他，我看完后，会跟他联系。然后我请他快回去吧，天越来越黑，他赶车回去还要走几十公里路哩。

他不走，神情期期艾艾的，欲言又止。

最后他鼓起勇气说："李老师（他特别问了我的名字），您要大米吗？"

他说他的大车上有一袋大米，是今天早上出发时特地放到车上的，他在农场种田只有这个，他想把这袋大米送给我。

我已经不记得我当时是怎么回答他的了。我肯定是回答了他的，我回答的核心意思肯定是我不要，我不是有多高的觉悟，因为我没有结婚没有老婆，我要了他的大米谁来给我做熟呢？我也不会做饭。我的这个回答，后来被文学界的各路人马演绎成了各种版本，其中最为辉煌的是我豪壮地说："我不要大米，我要人才！"我今天可以负责任地告诉文学界，我绝没有说过这种话！我不要他的大米，纯粹是因为当时身边没有一位女性可以给我做熟它。

我没有要他的大米，他很失望，我看出他很失望，他离开我告辞的时候，在暗暗地叹气。大概他以为我不要他的大米，他的小说也完蛋了。

我看着他在冬日飘着雪花的黄昏里蹒跚地走去。

他叫张贤亮，几年后蜚声全国文坛的人。他赶着大车来的南梁农场是宁夏的劳改农场，他当时还没有被彻底平反。他拿来的这篇小说叫《霜重色愈浓》，这是他自十九岁写完《大风歌》二十三年之后重新拿起笔来写的第一篇作品。我没有要他的大米，但这篇小说我给他发了，发在《朔方》上，哪一期我记不得了，当时的《朔方》还叫《宁夏文艺》。

从这篇小说发端，张贤亮以令我眼晕的速度一发而不可收，他在《朔方》连续发表了四篇小说后，又拿出来一篇，这篇又是我做他的责编，但不是我一个人，是三人，有《朔方》的老编辑路展老师，他现已故去，有我复旦的同班同学杨仁山，他后来调到浙江做了一家出版社的社长，现已退休。

张贤亮的这篇小说奠定了他在文坛的地位，这篇小说后来获全国小说奖，又被电影导演谢晋改编为电影上映全国。这篇小说是《灵与肉》，改编的电影叫《牧马人》。这是我最后一次做张贤亮的小说责编，从《灵与肉》开始，张贤亮和《朔方》的"蜜月"结束了，从此大火的他开始走向全国，《朔方》再也拿不到他的作品，他开始属于更高级大牌的刊物，如《收获》《当代》《十月》等。

我和《朔方》的同人们都希望张贤亮向着更高远的天空飞翔。

但张贤亮和我、和《朔方》编辑部的其他关系依旧继续，张贤亮和我也成了忘年交，我们无话不说，并且经常相互调侃，亲密无间。张贤亮后来也调入了《朔方》，和我成了同事。

再后来，张贤亮愈发地火，做了宁夏文联主席，成了我的领导。他见了我自然再不哆嗦，大米之类的话也再不说，同时也因为熟悉和亲密到不分彼此，他开始时不时不客气地拍拍我的脑袋，吩咐我："李唯，去给我买份羊杂碎来，再买一个饼子！"他喜欢吃羊杂碎就饼子。我便去买。我有时候还调侃他："贤亮，你当初答应要给我的大米呢？拿来！"他不客气地回复我："滚！"

再再后来，张贤亮殁了。贤亮兄如今已故去七年，兄与我，与《朔方》编辑部的关系，这一页已经彻底掀过去了，但贤亮兄的一颦一笑，我们在一起时的点点滴滴，常浮现在我的心中。我的身份也从《朔方》的编辑做了编剧，后来还做了《北京文学》的小说作者，这些年，我在《北京文学》发表了四部中篇，两次获得了北京文学奖，《北京文学》的编辑们开始哺育我，修正我，拔擢我，奖掖我，他们比我在《朔方》做编辑时做得好，他们是杨晓升，师力斌，白连春。我感谢他们。

记住不一样的春天

魏邦荣

这是一个不同寻常的春天。

北方多地遭遇近 10 年来最强沙尘天气。而且，沙尘一次又一次"北刷"，来得猛，够浓呛，不愿走。

沙尘暴为何发生频率上升？飞蝗为何蔓延到多个国家？科学家认为，这与全球干旱生态系统波动密不可分。简短一句话，字字重千斤。

有网友发表评论，"风尘恋恋"让人很闹心，沙尘天气产生的根源让人更闹心。

被沙尘困扰的人们，不得不回望走过的路，思考更多、更远的事情。

这么多年来，我们不遗余力植树造林、防沙治沙，生态环境

魏邦荣，宁夏中卫人，曾获"宁夏名编辑""塞上文化名家"等称号。

日渐趋好。但是，全球生态系统是一个有机整体，你这边弄妥了，他那边没搞好，大家还得一起"连坐"，一同"吃土"。可见，保护人类赖以生存的地球，守护我们生生不息的家园，需要从一草一木开始。

春天里，倘若每个人种下三五棵树，经年累月，大地上会发生怎样的情景？在刚过去的第52个地球日，有官方发布的信息显示，自1982年春天中国开启全民义务植树种下第一棵树算起，40年过去，中国人种下了760亿棵树。

苍穹之下，这一棵棵不起眼的树，汇聚起来释放出超乎寻常的能量：中国正变得越来越绿，而且在太空中也能"看"得到。卫星观测数据显示，近些年来全球绿化率每年增长在5%左右，其中主要贡献来自中国。

面对这样的绿色"增量"，我们还是轻松不起来。因为，中国的荒漠化土地占国土总面积四分之一，全世界每天大约有330余平方公里的土地退化为沙漠或荒漠。

这也就意味着，伴随全球干旱生态系统的波动，自然界对人类的"责难与惩罚"，也许还会在某个时间、某处地方上演。

时间可以被风沙吹去，但历史与记忆并未走远。

在我的采访记录里，有这样一个悲情的故事：毛乌素沙漠南缘的盐池县高沙窝镇，曾发生过一件惨事，一位村民晚上喝完酒回家，稀里糊涂顺着沙梁爬上了房顶，一脚踩空掉了下去，不幸身亡。

在我采写的一篇治沙报道中，有两段文字记载我一直无法忘却：1983 年，一场黑风暴席卷盐池全县，狂沙四起，天昏地暗，不少牲畜被大风挟裹而去，不知所终。据《盐池县生态建设志》记载，这场黑风暴致盐池县死亡 4 人，受伤 8 人，丢失、死亡羊畜 2 万多只；1993 年 5 月 5 日傍晚，狂风卷着沙尘如决堤的洪峰，直逼中卫县而来，风力 8 ～ 12 级。风暴所到之处，许多危房和建筑设施倒塌，树木折断或被连根拔起，部分工厂和居民区停电停水。全县 24 人死亡，6 人失踪，38 人受伤，1787 只羊被大风卷入渠中淹死。

天地，日月，风雨，山水林田湖草沙，深刻地关乎着人类社会的生存与发展。

"仰以观于天文，俯以察于地理"，历代先贤哲人，有许多关于人与环境互为依存的认知，也不乏保护生态的践行者。

天行有常。战国时期思想家荀子提出"制天命而用之"，主张人类在客观认识天时、地利的基础上，人与天地配合，发挥主观能动性参与世界变革。只可惜，人类在相当长的一段时间里，误读了荀子的"人定胜天"。

再看看《礼记》，其中有言"孟春之月，盛德在木"，认为在春天植树造林，是最大的道德行为。明代大儒王阳明提出"种树者必培其根，种德者必养其心"，将植树与种德联系在一起。唐宋八大家之一的柳宗元，写下名篇《种树郭橐驼传》，通过对郭橐驼种树之道的记叙，阐述了种树育人、治国养民的道理。

先民们的"生态前见"，蕴含着极其丰富的见识与智慧。深入了解了人类"文化生态"的历史演进，也就理解了为什么古今中外有那么多人热爱种树。

前几年，有一部德国纪录片《我们的森林》很火，讲述二战结束后一片废墟之上的柏林，人们翘首期盼迎来的不是糊口养命的粮食物资，而是外国运输机运来的大批苗木。人们怀着喜悦、扛起铁锹去种树。这些树木以及与森林相关的生命，陪伴德国人度过了战后的寂寥与艰辛。战争给人类带来沉重无比的灾难与创伤，但人们对森林的向往、对生命的热爱，非但没有泯灭，且更加执着。

古人记录植树的文字很多，我很喜爱清人宋琬的《春日田家》，"夜半饭牛呼妇起，明朝种树是春分"，在"春分"节气，山村众人昼夜劳作、勤奋植树，有仪式感，有喜悦味，有烟火气。清人蒋春霖在门前种下一片来自故乡的白榆树，并写下《种树》一诗以记之："疏行容远岫，密意护柴扉。众鸟欣所托，暮鸦寒未归。枌榆故乡物，相见更依依。"宋代苏东坡更是个植树达人，任职到哪里就把树种到哪里，并留下了西湖十景之一的"苏堤春晓"。

关于植树造林与生态保护，先贤们不仅躬身示范，还为我们留下了宝贵的辞章典籍。看得见山，望得见水，记得住乡愁，成为我们自然生态与文化基因中极为重要的一部分。

我的故乡中卫，地处腾格里沙漠南缘，古城中心保留着一座始建于明代的鼓楼，古建筑西墙上写有"爽挹沙山"四字。面对曾经逼抵城下的滚滚黄沙，这四个字表达了古人抑制沙害的希望，以及用沙造福人类的心愿。

直面浩瀚的腾格里沙海，这座小城高擎四个大字与美好愿景，历经风雨不忘初心，太有气魄、太有骨力了。与这段故事有关联的每一个人，都值得尊敬。

沙坡头是我百看不厌的地方，除了独特风景，还有发生在这里的故事。查阅中卫固沙林场场史资料，我记住了一个名叫张宗朗的人。他曾9次深入腾格里沙漠考察，历经千难万险死里逃生，带回来十几种沙生植物的种子和标本，先后"破译"了花棒、柠条、沙拐枣等野生植物的生物"密码"，培育出用于沙丘造林的大批苗木。

如今，在一片片麦草方格、一棵棵树木的护佑下，这座古城安然无恙，腾格里高达百米的流动沙丘上，中国首条沙漠铁路畅通无阻60余载。在这个被现代人誉为"星星的故乡"的地方，那一列列穿越时空、开往春天的火车，也如同闪烁在天际的行星。

我的微信朋友圈里，"树大队长"杨凤鹏是一个特殊的存在。他在"西海固"坚持植树20多年，走过的山路总里程达14余万公里，相当于绕着地球走了三圈半。今年植树节，他借微信分享了植树心得：因树修剪，随枝作形，方为良剪；有形不死，无形不乱，才是高手。"树大队长"们如同一个个奔走于民间的赤脚郎中，守护着一方水土与安宁。

"有形不死，无形不乱"，很生动、很深刻，在四季轮回里，植树人最能感知土地的温度与生命的厚度。人、树、沙的生存哲学里，是人与自然的和谐共生。

　　在沙尘纷扰的春天，种下几棵树，你的小人生，这个大世界，都会由此而不同。

云想衣裳

彦 妮

1

正是拔燕麦的时候，我却仗着自己的基础和自学能力，执拗地去学区报了名。尤其在工地抱了半年砖头之后，那毒热的太阳和指手画脚的老板，更使我铁了心要去搏一把。在黄泥糊成的土墙上，我悄悄贴出了考中专的庞大计划。连着几个月，我甚至在耕地的时候，也要一手扶犁一手拿书……但成绩揭晓之后，我还是落榜了。

彦妮，原名张彦忠，中国作家协会会员。获冰心儿童文学新作奖、首届《朔方》文学奖、孙犁文学奖。先后在《青年文学》《雨花》《青年作家》《星火》《山东文学》《朔方》等刊物发表散文、小说二百余篇。部分作品被《散文选刊》选载。

"人误地一时，地误人一年"，燕麦趁我捞取功名的空档，毫无节制地把种子撒向了人间。翌年开春，在小麦叶子尚未绽开之时，燕麦便争先恐后地在我的麦田唱起歌来！麦田自然不是培养歌手的地方，尤其对于服装和嗓音极为接近的燕麦，更是要断然除掉的。别看燕麦颜色发黄，形销骨立，但其旺盛的生育能力和当仁不让的处世态度，很快就会使谦谦君子似的小麦乱了阵形。

　　我一边拿着铁铲剜、一边用手拔，每天早出晚归勤勤恳恳，只想把燕麦赶紧从麦田里驱逐出去。可因为麦子是合理密植的，株距行距都很窄小，所以我蹲在田里就像青蛙伏在一片荷叶上，需要掌握四肢平衡才不致跌倒。既不能把麦子踩着了，又不能死巴巴待在一个地方不动，这样弯弓似的伏在田里，几个小时下来，人便腰酸背痛腿脚麻木，只想找个地方赶紧把腿脚伸展一下。整整一上午，我才在麦田里拔了一圈。照此进度，这一亩水浇地的燕麦要完全拔完，怕是得半个月。我只能自己给自己打气："一鼓作气，再而衰，三而竭"……

　　我锲而不舍的努力并没有影响燕麦的歌唱，相反，它的歌声随着麦子的拔节显得更加嘹亮。此时此刻，我再也不能四平八稳地蹲着剜燕麦了，拔节的麦子变得更加脆弱，稍不注意就会弄断麦茎。我只好直起腿来，双手下垂，小心翼翼地把自己变成一把"U"形锁，在麦田里顽强地坚持着。

　　麦子长到一尺多高，铁铲就用不上了。只能将手伸到燕麦的根部，一根一根拔起。若是一贯劳作的勤俭人家，一上午也就能拔一小捆。可因为我在追求另外一种生活的时候把庄稼给耽搁了，所以，我家的燕麦就不用费周折，几分钟就能拔一把。汗水在我的发梢上依依惜别，一小捆一小捆的燕麦"嗖嗖"往水渠边飞，那情景，让村里人看见了，都以为我在收割燕麦呢。别人回家的时候，怀里只抱着一小捆娇羞可人的绿色尤物，而我就像回娘家的媳妇，左手一只鸡，右手一只鸭，背上还背着个胖娃娃。

最壮观的场面还得是燕麦出穗以后。那时的燕麦齐刷刷在风中亮开夜莺般的歌喉，致使所有的小麦反倒成了听众。从独唱到合唱、从乡村到维也纳，这些被我无意培养的燕麦，终于在音乐的圣殿，向世人展示了它们令人折服的奇异风采。

我既难过又羞愧。这些寄生于麦田的歌者，它们用自己悠扬抑或高亢的歌声，使我整整一个夏天，都在村民中间低着头走路。那些骄傲而聪明的植物，它们用一种最直接最现实的办法，终于让我明白：对于庄稼，你不要讲任何借口。

2

好说歹说，我申请了一个塑料小拱棚。

地是租的好地，虽然不到半亩，但运肥方便，又能灌上水。竹板、棚膜都是雇车从县城拉回来的，成捆成捆的，散发着新鲜的气息。我一边马不停蹄地筑墙、打桩、支架，一边从种子公司买了一些最好的黄瓜种子。她们说，小工棚里种黄瓜最适宜，温度和湿度都容易调，而且生长周期也不太长，弄好了，几分地就能产好几千块钱。不说人家卖种子的都是热心肠，咱也有账算，凭咱这身力气，还有两年前在西安接受过"食用菌"的培训技术，料理这个小棚子，还不是小菜？准备出门打工的三哥看见我忙得不亦乐乎的样子，笑着说："老五把孽脱了，不用再东奔西跑了！"就是，"年年盼的年年好，年年穿的开裆裤"，在外打工这些年，我挣了几个钱？现在终于有了一个相对稳定的机会，我如何不像抓一条光滑的鱼一样，把它紧紧攥起来！所以，在棚子没有完全搭起来之前，我恨不得半夜起来就把棚膜粘好。

选准地点，搭好竹架，我种了一棚黄瓜。

看着青绿的黄瓜苗一点一点破土而出的时候，我的心里充满了喜悦。

偏偏那时就落了一场春雪，大棚轰然倒塌了一半。我赶紧扫雪、补架，十万火急地补好破了的塑料，才使青苗没有受到多大的损害。

云想衣裳花想容，我想黄瓜瓜想水。大旱季节，村里就守着一眼救命泉，大家你争我抢，似乎都想把水盛在自己的碗里。看着头顶的大太阳，摸摸蔫掉的黄瓜叶，我知晓不能和他们一样，把铁锹砍向同胞的头颅。我便悄悄地挑起水桶，绕道从别的地方往回挑水，一桶一桶，不辞辛苦。黄瓜终于舒展了枝叶，偷偷挂出几棵长短不一的果实，令我感动。但由于高温，瓜又染上了霜霉病。瓜叶上忽然布满了密密麻麻的斑点，就连拇指粗的小黄瓜也开始脱落。我心急如焚、食不甘味，赶紧请师傅、买药品，跑上跑下，嘴唇上满是水泡。

十几天过去，黄瓜终于挺了过来。我怀着十月分娩的心情，把一根根又脆又嫩的尤物摘下来，准备拿到集市上卖掉。原指望能卖个好价钱，可市场上堆满了外地黄瓜，我的自行车上捎去的那一小筐东西，简直就像海里面掉进去的一粒豆儿。我转来转去，满市场地打听，低声下气地求爷爷告奶奶，整整一天，甚至都没有舍得吃一根麻花，到底，才将一筐水灵灵的黄瓜换成了几张皱巴巴的毛票。

赚钱是无望了，但又不能眼睁睁地看着一棚黄瓜老去。我又心疼又焦虑，只能动用自己的全部智慧，每日起早贪黑，到处游说，总算卖得几文本钱。

妻子不相信，认为我好夸大其词。结婚七八年，她主要忙地里和锅台上的活儿，对市场行情纯属门外汉。听着我愈来愈愤怒、愈来愈偏激的埋怨，她就忍不住说道："这么好的东西，怎么就没人要呢？我去试试吧。"

第二天，怕她骑车累，就花了一元钱让她坐了"蹦蹦车"上县城。我在家里继续锄草、掐尖，盼着妻子能卖个奇迹回来。黄昏时候，门外有人喊，我忙迈着大步跑了出去，却见妻子正在"蹦蹦车"跟前招手："快拿五毛钱车费来！"我极为疑惑地把钱递给她，她转手给了开车的师傅。

回到家里，问起缘故，妻差点哭了出来。她说，早晨带去的那几十斤黄瓜，就卖了 5 毛钱！

3

扫去积雪，施上农家肥，把塑料补一补、铁丝紧一紧，新一轮的工作又开始了。但有了去年的教训，今年要改变思路。打死也不能再种黄瓜了。

几番斟酌、几番"考察"，又买了两本书，点灯熬油地"研究"了几天，便认为吊瓜有无限的前景。

买了瓜籽，整好田地，一天一天看着瓜芽变成瓜秧。因为密植，早早就要搭架，一棵一棵整下来，腰都直不起来了。尤其绑吊绳，软了不行，非要硬一点方可。我便与妻抱来一大捆麦草，坐在田埂旁，一根一根编了好几日。邻居见了，都感到有些稀奇，问我们忙啥呢？妻笑着说："没事编着玩呢！"

但瓜园里"玩"不出水来。几经观察，我执意在河滩里堵上一道小坝，白天黑夜地守候，终于存得些许浊水。求人泵到瓜园，已是夜半三更，两腿泥巴浑身汗水地听着瓜秧们贪婪地吸吮，内心仿佛占了便宜似的。

由于我全副身心地投入，遗忘了不远处的那块麦田，等到有暇顾及时，满地已是野生的燕麦和结籽的灰条。老扁头爱说风凉话，见此情景，挂着拐杖安慰我："闲着哩，燕麦跟小麦一样，磨成面同样能吃。"临了还附加一句，"啥时候你的吊瓜熟了，我们也买几个尝尝！"那种带在骨子里的嘲讽，真是叫人气短。

我便又一头扎进棚里，蹲在瓜架之下，悄悄地对瓜祈祷。我说瓜呀瓜，长大吧，求你们给我争争气。我这可是"高科技产品"，只能成功不许失败。然而瓜就像被钉住了一样，总是一成不变的萎缩模样。

盼星星盼月亮，歪瓜裂枣也有收获期。瓜虽小一点，但结实而饱满。我小心翼翼地将宝贝们摘下来，一颗一颗捧着放进筐里，然后迫不及待地将它们拿到市场，妄想能得到一些意外的回报。

令人绝望的是，"吊瓜"并没有吊起大家的胃口。许是他们见惯了"斗"大的西瓜，许是他们故意要叫我难堪，在市场的一个小角落，很少有人用正眼瞅我的瓜摊。

我只能极为悲壮地，将我精心培育的"天鹅"，当作丑小鸭一样卖掉了。

我把那些拳头般大小的吊瓜摘下来，大半存进深窖，小半送了亲戚。

西瓜不圆月亮圆。妻子并没有过多地责备我。我们在如水的月光下，切了许多小西瓜，就着还冒热气的馒头，每夜的每夜，都将晚餐吃得朴素而丰盛。

4

两次失败的种瓜经历，使我有些灰心。我拿着鞭子，扛着铁犁，似乎与土地赌着气，常常对着云彩发呆。

朋友见之，说，别再种瓜了，某某种茴香赚得五千块。

我于是又像抓住了救命的稻草，恨不得满地都长出奇异的茴香来。

借种子，买化肥，一丝不苟地将最好的旱地腾出来，把所有的希望都一粒粒播进了土里，结果，又遇上了旱年。

二十余日过后，田里才稀稀拉拉长出几株茴香苗，它们用很是冰冷的眼光瞅着我，令人心寒。想补已错过季节，想锄掉又没有别的粮食好种，只能眼睁睁地看着那些残存的幼苗，在毒热的阳光下，一日一日灼痛我的双眼！

但草是要锄的。庄稼稀薄，野草反而更疯。我与妻起早贪黑，每日往返于田地与家的山道中，辛苦自不必言说。

一日，妻在两株茴香苗中间，竟发现了一棵壮硕的瓜秧。见到几朵米色小花缀在瓜蔓上，似乎勾起我痛苦的回忆。我要铲去，妻劝阻道："铲掉干吗呢？长这么大了！"

我总是心太软，就在茴香地里让一棵飞来的瓜种留下了香火。

而且自那以后，妻还特别将喝剩的凉水浇了瓜。不时还要培培土、打打尖什么的，俨然当作宝贝一样照顾起来。半个月以后，我去田边放驴，无意去瓜身处看时，居然已有吊瓜的两倍大！我惊异地、喜悦地伏在瓜旁，看着那么鲜活那么青翠的西瓜长在稀稀拉拉的茴香中间，内心意外地感动。我极为心疼地，将自己要喝的半杯冰水，缓缓倒在了瓜根下面。"种瓜得瓜，种豆得豆。"

我种茴香得到了西瓜。临走的时候，我狡猾地拔了一些刺蓬，轻轻盖在了西瓜上，像是要把两年付水东流的日子都掩盖掉。

秋分过了是白露。我和妻带了镰刀去收割，孩子们也欢天喜地地跟了去。茴香因为稀，所以能看见大片裸露的土地。我用手指着那块茴香田，一边悄悄地对孩子们说："爸要给你们一个惊喜！"

我轻车熟路在前面走，孩子们两步并作一步地在后面跟随着。他们边跑边问："啥好东西呀？"我愈发神秘地示意他们不要出声，并且做出轻手轻脚的样子。

拨开茴香，收紧小腹，踩着干硬的土地，我和孩子们"包围"了那块"神秘"地盘。然而几分钟之后，当孩子们眼巴巴地瞅着我要给他们解释谜底时，我张了张嘴，立在原地好几分钟没有动！

一个不速之客已经将上苍赐予我的西瓜给"咪西"了。看着一堆已经晒成卷的瓜皮，还有那几棵曾做伪装的刺蓬，我不知道要对孩子们说什么。

5

麦子出来以后，就再没有见过雨。太阳明晃晃的，像是觊觎小河沟那眼尚未干涸的沙泉。风倒是如期而至，殷勤地扫视着这片沟壑纵横的土地，生怕漏掉哪一处角落。山头渐呈褐红。阴洼里偶见苦蒿和冰草，干扎扎的，没有一点活气。老鸹尖叫着，在山梁上空盘旋一圈，仿佛禁不住火焰的炙烤，仓皇而无望地逃到深沟里去了。

崖畔上的野菊倒是开了，也一脸憔悴，蔫巴巴的，缺乏生气。地头上摇曳着几根虎尾草。庄稼病恹恹的，尽管有的还与土地连着几根发丝般的细茎，肤色却已是失血般蜡黄。眼看麦子要灌浆了，火南风还在张牙舞爪地刮着。西海固凡是见到水的地方，都成了人们的朝圣之地。他们隔几天去地里看看，隔几天去地里看看，明知道这些焦黄的麦子已夭折了、没指望了，他们还要蹲下身去，攥一把不到五寸高的"神苗"，摸一摸烫手的洼地，对着天空不由自主地祈祷。

秋粮压根儿就没种，夏至还是到了。俨然健全的父母生了残疾孩子，不管那孩子有多难看，不管他拖累有多大，做父母的都不会忍心将其丢弃。不用镰刀，不戴手套，就那么蹲在烈日下，连毛带草地收了一些麦草捆了起来。人背一捆或是驴驮两捆，扑嗒扑嗒地从陡坡山洼里走回来，照样会将其认真地垛在墙角，充当一年的收成。

那些越看越少的麦草，我一时还舍不得喂驴。我要把它们留着用在刀刃上。还不到山穷水尽的地步，在难以见到太阳的深沟或者山涧里，尚能割一些野草回来添补牲口的草料。人没吃的还好想办法，牲口没吃的，就真的难以对付了。

我不敢偷懒，妻子也勤快。转眼间我们挨过了整个秋天。深秋的时候竟下了场雨，光秃秃的山梁一下又显绿了。我赶着毛驴，一边放牧，一边铲草，有时忍不住还来几句"山丹丹开花红艳艳"。

满以为墙角的那点麦草可以让毛驴度过深冬了，结果，在一个大风天，我们正在院子里忙碌，妻突然说哪来那么多黑烟？我一细瞧，竟是从墙角升起来的。不看则已，一看就慌了。那些被我视为珍宝的麦草，瞬间已成一团火！我大叫一声，飞奔前去。火焰已经越升越高，我大呼小叫，两手乱舞，不知道怎样才能将其扑灭。没有水，我只能回头再找铁锹。顾不上选择，我就地挖土往火堆上扔。大哥应声过来帮忙，邻居也纷纷跑上前来，他们挖不上土，就直接跳上墙来，将我的院墙都挖掉了半截。有人又找来水桶，在附近的水窖里打来凉水，一桶一桶往麦草垛上浇。火势终于小了下来，但麦草垛已经剩了不到原先的一半。幸亏扑救及时，要不，旁边不远处就是邻居的麦草垛，那一垛要是烧起来，估计附近的房子都会被"株连"。

看着被烧得又黑又少的麦草垛，我心疼得瘫软在地上。我不知道是谁放的火，也不知道毛驴要靠什么过冬。我口干舌燥内火攻心，满脑子就剩一个念头：我挖地三尺也要把放火的人找出来！

我顾不得洗脸洗手，就在满墙根乱窜。我像搞侦破案件的警察，不放过任何蛛丝马迹。终于，我发现了一小堆灰烬——非常明显，就是这一小堆火源，直接引燃了我家的草垛。

是谁点了那堆小火的？我一身灰土，在满巷子乱叫。几个小孩看见我怒气冲冲的样子，都吓得躲到了一边。他们一边摆手，一边声明：不是我点的！不是我点的！

　　回到家里，门虚掩着。儿子在炕上睡着。外面那么大的动静，没有吵醒他吗？起火前曾让他去隔壁小卖部买火柴的，但是，他几分钟后明明就回来了呀。我揭开被子，孩子闭着眼睛，可是明显没有睡着。他的眼皮在不自觉地颤动，全身在发抖。才四岁左右的孩子，他的那点小心思，如何能遮掩住自己内心的恐惧？

　　巴掌没有抡起来，我的眼泪已涌了出来。我一句话都没再说，转身跑了出来……

　　上苍有眼，我家的毛驴并没有因此挨饿。三婶无偿将她家积攒的麦草，让我们拉了满满一架子车回来。在温暖的阳光里，我和妻一点一点将那些麦草铡得碎碎的，用筛子端给毛驴，然后听着它咀嚼草料的响声，才一步步回到烟火深处。

褪色的草帽

刘向忠

1

草帽，作为农业农耕生活文化中重要的一员，在乡村广阔的天地间发挥了极其广泛的作用。在田野，在山道，在庄稼地里，在大麦场，草帽成为亲切而又温暖的风景。它与风雨、骄阳、土地、农活、农人、果实息息相关，栉风沐雨，相随相伴，经年累月。

过去的岁月，村庄里的人们是没有雨伞雨衣雨鞋的，草帽成为人们遮雨挡风、遮阳防晒的重要用具。

家家都有大小不一，形状相似的几顶草帽。

刘向忠，70后，宁夏作家协会会员。作品见于《朔方》《黄河文学》《六盘山》《鹿鸣》《文学港》等，作品入选《读者》《散文选刊》《宁夏作家作品选》等。著有散文集《天籁回音》《大地会记住一切》等。

每逢麦黄时节，村里的几位婆婆都要亲自去麦地选来选去，折上些匀称、饱满的麦子，带回来掐掉麦穗，再把麦秆浸在水中，反复好几次，等麦秆柔软、筋道时，用自己的巧手为家中编制几顶适用的可爱的新草帽。

我家里常年使用的几顶草帽都是父亲去赶集时捎带着买回来的。

只要人们外出劳动、赶集或到大山里放牲口，总要从屋子里拿出一顶草帽，戴在头上。天气转阴落雨时，随时随地可以防止淋湿头发和肩膀。下大雨的时候，人们只好小跑到茂盛的大树底下，或躲到崖坎底下避雨，等雨变小的时候，才落汤鸡似的一脚水一脚泥，一步一滑地走回家。然后小心翼翼地把草帽挂在屋外，晾干后，再拿回屋里。

我上中学时的那几年秋天，雨水真是多，一下一月左右也不见天晴。人们出不了门，吃的水，洗衣服的水，牲畜喝的水便都是无根水——雨水。麦地里的麦码子上，麦场里的麦草上，麦垛上的麦粒都发了芽，长出了半截绿色。大人们戴上草帽，手握一把铁锨，一次又一次地去麦场里瞧瞧，去田地里看看，还不时抬头凝望阴云密布、雨水连连的天空。是啊，老天爷要下雨，人们再着急再担心也无济于事。

中学在大山下面的乡上，路途较远，平时大约需要走 40 分钟才能到达。这时候，我们的上学路就更加难走了。我们戴着草帽，穿着夹夹（旧衣服缝补成的没有袖子的厚些的衣服），深一脚浅一脚地走在弯曲、陡滑的土路上，尽管都小心谨慎，但稍不留神就会滑出几步远，也会摔倒，我们裤子、上衣都会沾上不少泥水。

我们一把雨水一把汗水一把泪水地一步步向前移动着，有时候大笑，有时候叹气，有时候埋怨，有时候互相拉一把……好不容易走下大山，经过长长的巷道，来到学校，我们浑身几乎都湿透了。进教室之前，我们便把草帽摘下来，把夹夹脱下来，放到教室外的窗台上晾着……

2

村庄每年的苦夏时节，太阳火球一样炙烤着大地，田野里的色调也明亮了许多，丰富了许多，迷人了许多，醉人了许多。一波又一波热浪把冬小麦成熟的气息和味道吹得天地间到处都飘溢，村庄似乎微醺了，人心也似乎微醺了。人们再也不能四平八稳、无所顾忌地干其他事情了。

人常说，麦黄一晌，龙口夺粮。早上或下午，大人都要去麦地里看看麦子的成色，并随手掐上一个饱满的麦穗，放在手心，双手揉碎，轻轻吹掉麦衣，再把麦粒小心地丢进嘴里，咀嚼、品咂麦粒的饱熟度和硬度，估摸能不能下镰收割。这时节，人心是喜悦的、澎湃的，充满希望的，也是不安的。

这时候，大大小小的草帽可就派上了大用场。大人、小孩都戴上一顶，拿上早已磨好的镰刀，带上开水、干粮；大人还要背上一个小背篓，或提上一个箕子，急切、欢快地来到自家的麦地，把随身携带的东西放在地头阴凉处，开始挥镰收割。

田野上远远近近的麦地里，随处可见一顶顶草帽，像朴素的花朵一样绽放、闪动。

火热的阳光泼洒，热风吹拂。一块块发光发亮、熟透熟美的麦田，像一幅幅丰盈饱满、色彩诱人的画卷，令人欢欣鼓舞，心醉神迷。目睹着家里已经完全成熟的麦地，我心里是激动的、兴奋的、美好的，这是劳动苦累之前真真切切的感受。

往往是一早上或一下午，父母亲和我们兄弟并排半弓着腰开始割麦子，左手握住麦身，右手挥舞着镰刀，先割上一小把，拧成"腰"（捆小麦捆用），然后动作娴熟地割掉一捧又一捧，接着捆成一个又一个大小一致的麦捆。齐刷刷地排成一排排。热流、麦叶、麦芒、麦秆、杂草、泥土混合的气息侵袭着我们的手和脸，觉得痒酥酥，还有轻微的刺痛感。我们不时摘掉草帽，擦擦脸上的汗水。我看到父亲的衬衣后背被汗水浸湿了一大片。

隔一段时间，父亲让我们停下手中的活，坐下来喝水、吃馍、休息。这时，草帽就用作扇风的工具，真是太受用了。手握帽檐，轻轻地一下一下扇着风，奢侈的风一跳一跳地吹着我们发热的、红彤彤的脸庞，觉得好舒服，再回头看看割过的麦地，几排排麦捆整齐地躺在地上，麦茬齐刷刷地横在眼前，那舒服、满意的感觉贯通了全身，身上的疲累也似乎减少了不少……

到中午或傍晚收工的时候，母亲先回去做饭，我和弟弟拉麦捆，父亲和哥哥要把麦捆并排码成一个个数量相等的麦码子，再用两个大些的麦捆戴上"帽"，避免雨淋。

等所有地里的麦子割倒之后，经风吹日晒，麦码子也干了不少，轻了不少。然后人背驴驮架子车拉到麦场里，一层又一层摞成一个又一个山头一样的麦垛。

有时候，大人会在劳动的间隙，揪一些豆角、大豆，摘一些杏子、梨、野果，拾一些麦穗、洋芋之类的果实，放在草帽的帽碗，捧在手里端回家，这些都是小孩喜欢享用的食物。

3

碾场的时候，更是离不开草帽。

碾一场麦子，需要十多个人忙碌。

选好的天气，撕开麦垛，解开一个个麦捆，均匀地摊上一场麦子，用骡马驴牛或拖拉机开始碾场。碾上一段时间，要抖场，大人小孩戴上草帽，拿上木杈一起上，从中间或边缘开始，一圈又一圈地抖动抖乱麦秆，让麦粒沉到底层。

这时，麦穗、麦衣、麦屑、尘土一起飞扬，呛得人几乎睁不开眼睛。有时会被后面的木杈挑起的杂乱的麦秆掀掉头上的草帽，我们赶紧往前走着，拾起草帽，戴在头上，继续抖场。

第一次抖完之后，再开始碾，这样要持续三遍，直到所有的麦穗脱落成为麦屑，所有的麦秆变柔软成为麦草，一层金黄可爱的麦粒铺到最底层，才开始起场，将所有的麦草不停地抖动着，里面的麦粒几乎落尽时，再把柔软的麦草聚拢，然后一木权一木权地端到一边，摞到一起。等麦草挑尽了之后，再把麦衣混合着的麦粒推到场中间，开始扬场。

父亲、哥哥用木锨一下一下扬到半空中，麦衣被风吹到一边，麦粒在另一边落下聚拢，母亲则拿着扫帚掠场，就是不停地用扫帚扫掉落在麦粒上未碾碎的麦穗麦秆等杂物。父亲、哥哥戴的草帽不时被风吹掉，随风跑到一边。母亲戴的草帽上唰唰唰地落着麦粒。

当一大堆麦粒小山头似的堆起来时，扬场的活就结束了。一大堆崭新的麦粒在阳光下闪烁着金黄的、迷人的光泽，让人心里有说不出的喜悦和快意。

蹲下来，抓起一把麦粒轻轻抚摸，麦粒快速地从手缝滑落，那感觉就像能把人心融化了一样，一天所有的劳累都飞到九霄云外了。每次往塑料袋子里装麦子时，哥哥总要用木锨在麦堆周围画一个圈，还要给麦堆戴上草帽……

4

有一个暑假的一天，我们去远处放牲口。傍晚时分，我们赶着牲口从一个高高的山头往下走。此时，一天的暑气消退了，清风拂面。

我惊喜地看到田野里一片片绿小麦在山风吹拂下，波浪似的不停涌动着，涌过来涌过去，涌过来涌过去，让人眩晕、欣喜。我们都被眼前的风景吸引了，愉快地大呼小叫着，奔跑着。

我兴奋得竟然把戴在头上的草帽摘下来，随手甩了出去。在风的作用下，草帽鹰一样高高地飞起来，快速地钻入山坡下波浪翻滚的麦田，瞬间不见了踪影。我一下子傻了眼。当时太激动了，我并没有看清帽子究竟钻入了哪块麦田的哪个位置。

山坡下的麦田太多了，而且看上去都是一个样，我走过去走过来，跑上跑下，任凭我怎么寻找都没有找见我甩出去的草帽……

5

多年前，我在《十月》杂志读到福建作家黎晗的散文《夜里戴草帽的人们》，颇有感触地写下几段话：

这样的文章不仅能让人耳目一新、怦然心动，也能警醒人们关注底层，关注民众的疾苦；《夜里戴草帽的人们》，也许我们眼中有，但心中无；也许我们心中有，但笔下无。

《夜里戴草帽的人们》，饱含深情、不无忧患地道出了底层民众的一种生存状态，也道出了一种生活的艰辛和不易。

"这个人可能是你那四处打听女儿音讯的可怜的母亲……这个人可能是我那十三年前为我寻找出路的可怜的父亲……这个人更可能是我们大家的一个面孔模糊的远房表亲……"

读着这样的句子，我们怎能不热泪盈眶？我们怎能视而不见？我们怎能麻木不仁？

于是，我也深深记住了"夜里戴草帽的人们"。

6

一切都在变化中。有闪光的，有永存的，有退化的，有享乐的，有变味的，有褪色的，有黑暗的，有消失的。

是的，褪色的不仅仅是草帽。

不经意间，时光漏掉了，流走了。岁月的河流奔腾不息。时代的巨轮轰轰前行。大地上更多的村庄在老去，在荒芜，在消失。作为人们生活中重要的用具——草帽，也是渐行渐远，成为土地永远的记忆……

夏章三篇

程耀东

1. 夹在方志里的一首诗

这个冬天，我阅读的时光大多浸泡在《民国固原县志》这本书里。

读完最后一页，在合上书的那个瞬间，闪现在我眼前的，不是此时被寒冷和苍黄统驭着的西海固群山，群山里那些走动的人影，以及传递在黑暗路途上的声音，而是从书页里走来的一位名叫陈玉兰的女人。这个女人，此时正行走在大唐时期江南的一个黄昏，或者是一个有寒风袭来的清晨。黄昏抑或清晨，这样的时间，对于这个女人已经是一种麻木，一种毫无意义的存在。

程耀东，70后，宁夏固原人，中国作家协会会员，发表文学作品百余万字，出版散文集《在大地上过完一生》等。

江南的潮湿和寒冷在她的肌肤上一次又一次地走过，但是，她已经熟悉了这种惯常的寒冷。而真正使她寒冷的不是这江南的天气，是来自遥远的西北，一个叫萧关的地方。西北方向吹来的风，走到这里的时候，有些疲惫，有些困乏，于是，这风暂时驻足江南，驻足在这个叫陈玉兰的家里。

一盏孤灯，在昏暗与幽蓝里一闪一闪。此刻，她坐在灯下，长的线，短的针，在她并不细嫩的手指间来回穿梭。棉花是她春天里种的，布也是她刚刚织的，棉和布被针线缝合于一处的时候，温暖和柔软开始融化她冰冷的指尖。欣慰、欣喜、思念、思恋……这些用来描写爱情、亲情的词语，这个时候在她的心里开始翻滚和涌动。

衣服是缝好了，但这衣服在自己的家里只有一夜的时间。因为，明天，不，也许等不到天明，那个骑着瘦马的老邮差就会来敲响她的家门，就会拿走她赶制的衣物。五里一短亭，十里一长亭，一站又一驿，最后停留在一个叫萧关的地方。在这个地方，有一个叫王驾的男人正在渴盼着这衣物的到来。

萧关是个什么样子，具体在什么地方，这个叫陈玉兰的女人实在是不清楚。但是，她只知道自己的男人就在这个地方，在这个遥不可及的地方戍边。

戍边，在这里不是一个词，它涵盖着眼泪、分离、思念、伤残、死亡和坟冢，涵盖着一生不得相见，甚至客死他乡……当然了，也可能涵盖着久别重逢，衣锦还乡，荣归故里……

面对一盏孤灯，她这样想着，也这样思念着……甜美和甜蜜从闪烁的灯火里走来，击退了她内心的寒冷，使她暂时走进了温暖和睡梦。

睡梦没有多久，就被人惊醒。她知道那个老邮差此时一定站在她家门前，一句又一句地呼喊着。那声音嘶哑而悠长，在寂静的夜色里传播着一个凄凉的讯息。陈玉兰并没有急着去开门，而是拿了笔墨，在昏黄的灯光下写了一封寄给丈夫的信，然后小心地夹在夜里赶制的衣服里。

寄夫萧关

夫戍萧关妾在吴，西风吹妾妾忧夫。

一行书信千行泪，寒到君边衣到无？

这是一首多么直白又多么感人的诗句。在这个冬天的夜晚，我躺在温暖的被窝里，阅读着关于萧关的历史碎片。在她留给萧关的这二十八个字里，每一个字，就是一枚冰冷的箭镞。此时，我能感觉到最冷的不是这冬夜，不是飘在窗外的雪，而是从我的眼睛里流淌出来的文字的意境。

萧关，在今宁夏固原一带。也是我生活的地域。秦汉以来，随着朝代的更迭，其关址也在不断地迁移。但是，它迁移的踪迹始终没有离开西海固大地。千百年来，开关的城门诉说着战争的凄楚，关隘上的城垛见证着刀的光与剑的影，穿城而过的马蹄无数次践踏着这块曾经丰腴的土地，直至她被压榨得满目疮痍。

现在，让我们再回到盛世的大唐，回到王驾戍边的萧关。

一群大雁鸣叫着向南而去。一场西风在狂吼的路途上留下寒冷。一场雪在黑暗里将大地封冻。晨钟和暮鼓准点响彻在关隘的城头。这个叫王驾的男人，此时，奔跑在寒冷的长途上，渴望的目光在冰天雪地里搜寻。鹰一样的眼睛，盯的不是打马而来的突厥人，也不是铃声悠悠的驼队，更不是那些等着通关的商贾，他期待的是从南方来的马匹，那里有属于他的温暖和问候。一个清晨，一个黄昏，又一个昏暗的夜晚，属于他的温暖总在渴望中一次次落空。寒冷不是我们常说的幽灵，它总是光明正大地光临这个江南来的士卒，而且使他在半睡半醒当中回想他的江南，回想江南的小桥与流水，回想他的老母与妻儿……他孤寂，任凭北方漫长的冬夜碾碎他的梦境，成为遗憾、伤痕、牵挂和相思，成为一把锈迹斑斑的铁剑。

其实，在萧关的城头以内，我从发黄的史书里能看见诸多表情不一的面孔：酒肆里喝醉的商人、失魂落魄的诗人、面无任何情趣的行者、牵着羊走路的土著、长发飘逸的书生、一脸横肉的屠户……这些嘈杂与喧闹组成了他生活的场景，日复一日，他渴盼的目光常常与这些熟悉的声影擦肩而过，而他，也成了他们生活场景里一个无法躲避的组成部分。

所有的故事都会有一个完美的结局，即使悲剧色彩浓烈，也会被传说感染。

属于王驾的衣服是否穿在了他的身上，这个我没有亲眼看到，当然也不可能看到。但我相信确有一个叫王驾的人曾戍边萧关，确有一个叫陈玉兰的女人写过一首《寄夫萧关》的千古绝唱，最终留在了唐诗里，留在了西海固大地，留在了《民国固原县志》，留在了这个冬天我的阅读里。

2. 沿湖走

秋结束。绿色远遁。蒹葭苍黄在水的周围。氤氲渐次趋于安宁，只留下一片乌青，冬阳下镜子一般，反射着高远而幽蓝的天。

我从湖沿边上经过，每一个周末或每天晚饭之后，已成为一种惯常。阅读黄昏、傍晚、夜色抑或周围行走的人们，远比阅读一些碎片的文字意义深远。我把自己的目光交给这一片湖水，湖水的一波一动，犹如眼睑的一张一弛，每一次闪动，都会有一个不同的成像被记忆存留。当然，记忆不会永久，用来翻拣的自然是有过蚀骨一般经历的。

我不是要找寻什么，只是生活意义上的徒步，并非为延长生命而行走。譬如，爱尔兰人 W.B. 叶芝，总是在凯尔特的薄暮里行走，以一个青年的目光巡视，选择寓言载体与神灵对话，对话能够流传至今，足以见证他行走时的思考；E.B. 怀特以一个父亲的身份重回缅湖，点点滴滴，使记忆由三十年前启程；当然沿湖而走的还有著名的亨利·梭罗……他们的日常行走，却留下了况味和思考——人类高度的思考。而我的行走，只是一个普通人的缓步，仅仅是看看这些物象，在四季更替里的变化。

路被重新翻起。河沙、石条、水泥、电锯……混合成的工业声音，从清晨响彻到黄昏，随着落日，一同消匿。我把双脚交给这些凸凹不平，在垂柳下蜿蜒。没有了叶片，垂柳的线条完全暴露。粗与细，上升与下垂，挺立与摇摆……每一个细微的抖动，使黄昏的秩序紊乱在水面之上。

滋生在湖水边上的野草，枯黄中相互攀爬、相互缠绕，似乎与衰败的迹象做着顽强挣扎。这草，就像我刚刚经过时看见的一对老人，坐在木质长凳上，一言不语，两双眼睛直直地盯着湖心岛上的那座小山。小山上，已是一片荒芜，唯有一棵白蜡树，突兀在那里。我总担心，有一天夜里，一场朔风，那树杈间的喜鹊窝会被吹落，湖面上会漂浮诸多残枝败叶。一场降温，湖水不动。洁净的冰面，黑色点点，阻隔了视线漫延。

一群人，一群年龄不等的人在湖边垂钓。我知道他们是附近的农民。土地被交换成高楼，农具失去了价值，时间变成了休闲——一生未曾有过的休闲。这样的日子，能持续多久？我不是在问我自己，是问此时没有了庄稼的土地。土地自然是听不见的，土地已经被高楼霸占，失去了主人和种子；春种和秋收，失去了耳朵和眼睛……我经过他们时，忽然就想起了一个词——坐吃山空。

沿湖走，一寸一寸地，我看见了这塔。新建的，青灰色，11

层，是否空心，我没有留意。最初我是想绕过一条颓废的河沟，亲临塔下，抚摸色彩和温度；体悟一些气息，神秘的气息，或者建造者残留下的人的气息。我没有去，不是因为时间，我怕我的肉身玷污了塔的干净。但我还是多看了几眼不知为何而建的塔。不去探究原因。我是一个散步者，看一眼，仅因为它高高矗立，和青灰色的肃穆。掠过塔身，乌鸦盘旋，暮霭缭绕，看不见炊烟，尘埃里，都是徐缓的身影。

与这座寺庙还是不期而遇了。其实，每一次经过，我总有意避开门口这个卖香火和纸钱的女人。我不愿意看见她站在阳光、风、夜色和灯光下的影子。在我经过的每一次，没有看见香客与她讨价还价，她泥塑一般站在那里，身后是紧闭或半开的庙门。她信仰神灵，还是执着商业烟尘，于我意义不大。我不是香客，也非信徒，自然是不会走进这座庙，也不知道香案上供奉着什么样的大神。神仙道士，魑魅魍魉，信物图腾……被膜拜，被祭祀，被传说……以不同的方式存在，自然有其存在的秘密。

绕湖一圈，约莫需要一小时。有时，我会走完；有时我会半道折返。折返，是因为有灯火初上。我不愿意将自己的身体撇在寒冷里，与夜色争夺温暖。站在岸边，看灯火，灯火无语。伸向城市的灯火，从高速路上发出，倒映于湖面，天幕之下，私占了半湖微澜。

我终于没能逃脱这光晕的迷惑。像个孩子，踟蹰在昏暗跌宕的光照里。黄昏时看见的蒹葭、蓬蒿、芨芨草、骆驼刺等，和我一样，静默在湖水边沿。它们静默，完全是自然赋予，而我，只是企图享受人造的景致。刚才，那些钓者，喜笑颜开的钓者已经离开。潜身水底的鱼，开始活跃。偶尔露出水面，借着一闪而过的灯光，我们相互审视。鱼溜走，一些人的身影，在我的面前反复。其中有经常和我喝酒的张中平，穿土灰色工装的李军，开红色汽车出出进进的侯兆林，还有一些面孔熟悉却叫不上名字的人，他们与我共同生活在这个小区。我相信他们也曾来过这里，也有过沿湖而走的经历。只是每一个人的经历，如同我眼前的这些草芥，各有各的生长方向。

灯光不眠，守夜人一直盯着日渐瘦寒的湖水。过不了多少时日，它会结冰。坚硬、晶莹、光亮……以不同的厚度、色度和亮度承载过往人的目光。我知道，我还会来，经常来，看这丛朋友一样熟悉的蒹葭，在寒冷里是怎样相互温暖对方。

3. 漫水桥

逆风。溯水。目光被一座桥阻拦。

桥不高，钢筋的骨骼，水泥的肉体，却落了一个很乡土的名字——漫水桥。顾名思义，水从其身体之上漫过后，安然无恙。如若没有了这桥，我的双脚会继续刻度这条河流，在这个光线很好的冬日的下午，也不会刻意捕捉残垣断壁的河岸，碰见脏乱不堪的河道，以及厚度日渐增加的冰河……我会沿着细微的流水，一路蜿蜒到我要去的地方。

但，横亘在脚下的桥，致使我暂时停下了疲惫的双脚。

看见桥，似乎和自己的少年时代有了一次逢晤，突如其来的逢晤。之所以用了突如其来，因为在这里，我曾有过一次突如其来的"金兰之交"。

记忆来自少年的目光。最初看见的是一片胡麻地，延伸到河岸，仿佛蓝底碎花的丝绸从天边铺陈而来，缠绕着我，似要将我包裹；之后，是乱飞的彩蝶，羽翼飘浮于蓝色之上，相互追逐，从清晨到黄昏，就像移动的花朵，令人迷醉，又滋生诸多幻化和蠢蠢欲动。

再次遇见桥，回忆被灰色充斥，与此时的光照和色彩极为协调。桥不再新，被尘土覆盖；建设时期留下的阿拉伯数字，斑驳难辨；四孔涵洞，泥沙隐去了圆的多半；流出的河水印证着它们尚未彻底被淤塞；迎水的这面坡，破败、残损，依稀能看见红色的砖头……我往来徘徊的身影，在桥面之上，仿佛流水和时间——仅仅是一种穿过。

寂静的河道没有一缕声音，唯有流水在说话。

沿着水声，我似乎又听到了三十年前那个口无遮拦的声音。他说这一片河滩，连同这河都是他们家的。之后又说，这河上有水磨，十里八乡的人都来他们家磨面。我目光质疑，使他有些失落。他双手插进裤兜，继而又巡视了一圈空旷的河滩。那眼神迷离、留恋、高傲。转过身，盛气凌人地对我说："解放——前"，前字尚未说出口，就从桥面上滚入水中。

彼时的情形是这样的：我是一个十四岁不到的初三学生，临近中考，学校已经不怎么束缚我们。正午，天热，一个人来到距离学校不远的河里，脱光衣服，爬进桥下的涵洞。温热的河水漫过肌肤，凉快，舒服。关于考试，尽被流水冲走。偶尔，也会有小面鱼成了我的俘虏，攥在手里，看上一会儿，然后放生。也就是这个时候，有个影子，在我的头顶晃动。

因为我想躲避燥热和阳光，真正享受一下水的洗涤，不是电影里那些浪漫的镜头，或者小人儿书上看见的图画。十多岁了，我未曾真正自由自在地接触过水。很明显，我出生的地方是连绵不绝的山，日常生活用水，也是来自天上。能够全身裸在水里，那是怎样地奢侈和迷醉。机会来了，实实在在来了。这个河湾就我一个人，正午的阳光下，不会有人走动，他们近乎都在午睡中，做白日梦。

但，我不知道这个中年男人，怎么就不去做梦。

我们坐在水中，面对面。尽管阳光浓烈，却无法刺痛他喋喋不休的大嘴。在这个身体还算魁梧的男人面前，我似乎很顺从，仿佛河滩上的蔓草，任凭流水漫过。事实上，他的语言就是流水，漫漶在我的耳间。有些随水流走；有些被水草暂时阻拦，回旋几分钟，复又远去。但关于他老婆跟放蜂人跑了的语言，冰一样，被我封存多年。

被我记住的语言，他叙述得很迟缓：胡麻花开时，村里来了一个放蜂的，外地人。沿河岸一字摆开他的蜂箱。三角帐篷就搭在岸上，距离他家不远。这人会经常来他家要水、借针线什么的。当然，放蜂人也不会白用他家的东西，偶尔会拿点蜂蜜给他家。一来二去，蜂蜜水就甜了嘴、甜了心、甜了夜色里的月光。那天早上，他去赶集，看见放蜂人一箱一箱地装自己的蜂儿，他很好奇，胡麻花儿还没有开败，这人怎么就走呢？不管，蜂儿是他的，愿意到什么地方就到什么地方。走了也好，省得常来他家。赶集归来，他家院门敞开。四岁多的儿子，一个人在院子里玩。他出出进进，找不见老婆。夜色开始下沉，村里有人传出，老婆跟放蜂人跑了。最初，他不相信，十天过后，传言变为现实。

以我当时的年纪，这样的语言，将信将疑在我的脸上。但后来，他掏出一个牛皮纸封面的汉语拼音本，上面写满了寻找老婆的日记。他拿给我看，字迹歪歪扭扭，像他不太清晰的表述。他盯着我，看了很长一会儿，我有些害怕，甚至毛骨悚然。我不知道他要干什么，或者说，我怀疑他的神经已经出现裂变。但他没有对我做出任何异常举动，而是心平气和地说："凡是听我说过自己经历的人，都成了我的结拜弟兄。如果你愿意，也签个名吧，到我儿子结婚时，咱们三十多个兄弟齐聚一堂，唱三天秦腔，演三夜电影，喝三天三夜的大酒，我要让那个跟人跑了的婊子看看，没有她，我的日子照常过。"我不能辜负这个男人对美好生活的设想和幻化。不假思索，在那些密密麻麻的人名后面，很潇洒地写下了自己的名字。

这时候正值水草茂盛，百里香馥郁，麦浪墨绿，胡麻花舞蹈，河水温润清澈，飞翔的水鸟将河滩当作家园，飞过的每一只，身体之上都散发着音乐之声。两个人躺在水里，遥望蓝天，不时地用手拍打水面，溅起的水花落在脸上。他一下，我一下，笑声与水声交织，此落彼涨——哦，天堂一般美妙。我完全忘记了自己是一个面临考试的人，他也忘却了自己是一个丢了老婆的人。水花消失，他站在河中间，望着盘旋的水鸟，大声地叫喊，喊着喊着，哭声开始在河道里蔓延。

我有些后怕，那哭声从未经历过。我跳出河面，落荒而去。

离开之后，记忆中，再也没有经过这里。

时光如同飞鸟，一飞就是三十年。但这三十年间，关于这个男人我曾道听途说：寻妻多年，无踪无影，只好寄希望于神灵，烧香拜佛，但依旧无果。有一年正月初一，他点燃了村里人人供奉的庙宇，之后便不知去向。是死，是活，没有了消息。

也不知道那个写有我名字的纸张是否还在？也不知道他儿子结婚时，那些写在纸上的人是否收到邀约？我，一去不返，自然完全忘记了曾经有过的故事。如果不是这个闲暇无事、沿河而走的冬天，遇见这座破败的漫水桥，我至死也不会想起这个人，这座桥。

第三章　梦中的德令哈

追黄羊

漠　月

　　多年前，我应邀参加过一个笔会。其间发生的一件事情，至今令我难以忘怀：追黄羊。多年过去了，当时的场景依然历历在目，清晰如昨。

　　经过一夜休整，参加笔会的作者个个精神饱满，跃跃欲试。编辑部与达茂旗有关部门达成协议，组织作者到中蒙边界和哨所参观。连日写稿改稿已很疲惫，让作者们来一次放松是应该的，也是必要的。其间，我们自由组合，三三两两地在百灵庙镇周围很随意地走了走看了看，包括旁边的女儿山。

　　漠月，中国作协会员，宁夏作家协会原副主席，《朔方》原主编。出版小说集《锁阳》《放羊的女人》《遍地香草》《父亲与驼》《风过无痕》，扑散文集《随意的溪流》等。作品近百次入选各种选刊和选本，部分作品被译介国外。获宁夏文学艺术奖、《小说选刊》奖、《十月》文学奖等。

女儿山蒙语称"呼很乌拉"，又名"查干哈少"，山脚下有艾不盖河与塔尔河汇流。女儿山是一座孤峰，位于百灵庙正南方向，高约百米，宛若一位亭亭玉立的少女，故名女儿山。

与之相关的传说是，在这座孤峰上，曾经有过一位少女，夜夜演奏马头琴，慰劳从沙场上归来的将士，哀婉的琴声不绝如缕，飘荡在人们的心上。女儿山周遭至今留有石砌的井壁和兵寨残垣，据说是康熙皇帝当年亲征噶尔丹叛乱路经此地的驻跸之所。如果再往前推，女儿山的历史背景上会无可奈何地出现一个巨大的身影，此人就是成吉思汗。有关成吉思汗与女儿山的传说，纷纷扰扰，有的过于血腥残酷，在这里就不展开说了。

我们分乘的四辆吉普车鱼贯钻出百灵庙镇，沿着草原公路行驶。是夜，刚刚下过一场透雨，空气格外湿润清新。头顶上是一尘不染的蓝天，既深邃又透彻，几十层玻璃叠落在一起似的。我不知道这样的形容究竟对不对，可能很不准确，但是我的确见过几十层叠落在一起的玻璃，在阳光照耀下就是此时此刻天空的颜色。如果进行严格分类，蓝色有几十种之多，蔚蓝和瓦蓝是其中之一二。我总觉得用蔚蓝还是浅了一些，用瓦蓝更合适，而且是瓦蓝瓦蓝。蓝天之下是白云，白也不是一般的白，是白而又白的白。不仅白得纯粹，而且浓厚，富有质感，因为云朵压得很低，仿佛伸手可以触摸。也许是它们降下甘霖之后，还没有来得及撤退。也许是它们对草原太留恋了，迟迟不肯离去。太阳高照的时候，它们才无奈地退却了，很快化于无形，遁于天际，不留一丝痕迹，将辽阔的草原留给大地，让灼热的阳光拥怀深吻。大地坦荡，草原碧绿，微风轻拂。草深的地方，花儿也开得茂盛；草浪一波一波地荡漾开去，花儿前呼后拥，涨潮般卷起千堆雪似的，又紧跟着随波逐流。我们的吉普车行走其中，像一只小小的甲壳虫，无足轻重，甚至可以忽略不计。这就是地处内蒙古西部的达尔罕草原，像一片绿色的肺叶，吐故纳新，生生不息。

"皎皎白驹，在彼空谷。生刍一束，其人如玉。"《诗经》对青草的赞赏和喻美，堪比人中君子，纯粹、清澈、透亮，是一股卓然脱俗的清流。换言之，青草如玉。青草如玉、繁花似锦，都是极其美妙的比喻。古人对大自然的钟情和敬畏，是浪漫主义和现实主义相结合的，无疑给予我们后人以诸多启发和警示。于是，此时此刻，我要说的是，青草是翡翠的玉，青草是温润的玉，青草是灵魂的玉。如玉的青草在阳光的抚慰下，空气中满含醉人的芬芳。这是如玉的青草奉献给这个世界的佳酿。我们人类是自然之子，也是草原之子，面对这样的佳酿，不可贪杯，更不可烂醉，适可而止，微醺最好。事实是，达尔罕就是神圣的、崇高的、不可侵犯的意思，甚至是禁区的意思。这也很好理解，尤其在草原上生活，是有很多禁忌的。众所周知，有的禁忌逐渐演变为大家必须共同遵守的公约良俗，乃至法规法律。

我们此行的第一站，是新宝力格苏木（乡）。让很多人意想不到的是，这里就是草原英雄小姐妹龙梅和玉荣的家乡。电影《草原英雄小姐妹》描述的故事，就发生在这里，包括与之同名的连环画，我们都耳熟能详。不过，此次笔会期间，我们是见不到她们的。岁月不居，昔日的小姐妹，早已经长大成人，相继离开家乡，在不同工作岗位上为祖国和家乡的建设做贡献。当然，她们也收获了许多荣誉。我相信，让人们牢牢记住的，还是她们小小年纪不顾个人安危，在暴风雪中勇敢抢救羊群、保护集体财产的感人事迹。车子轻快地在公路上滑行，速度放得较慢，就是为了让我们能够更多更好地欣赏草原，而且是养育了英雄小姐妹的草原。作为重要的活动内容，在新宝力格苏木显得简陋的办公室，我们一边喝着香喷喷的奶茶，一边聆听年轻的苏木达（乡长）讲述英雄小姐妹的真实故事。当时她们放牧着集体的三百八十四只羊，经过二十多个小时与暴风雪搏斗，羊群保住了，却也冻死了三只羊。当时一只羊的价格是两元钱，等于损失了六元钱。可是，妹妹玉荣却落下了终身残疾，一条腿被截肢。后来有记者就此事采访玉荣时，她说了这样一句话：精神不能用金钱衡量。可见小姐妹的觉悟之高，满满的正能量，令人肃然起敬。

在乡政府吃完午饭，我们继续向下一个参观点行进。

不包括司机在内，我们同车的四名作者，分别来自不同的四个地方，而且相距遥远。都说能够在达茂旗相聚，共同欣赏达尔罕草原的美丽风光，也是一种缘分，值得好好珍惜。当然，是文学这根红线将我们牵连在了一起。文学让我们找到共同的话题，也让我们感觉到彼此之间的温暖。云晓光年龄最长，创作成绩最大，已经是国内知名的蒙古族作家了。他有一副与电影演员达式常极其相似的面孔，如果偶然碰见，恍如与达式常兜头遭遇，然后惊愕和讶然于这尘世竟然有如此相像的两个人，简直毫无二致。因此之故，我们有了新的话题，就拿云晓光的相貌说事，车内欢声笑语，伴着车子发出的平稳的引擎声，气氛是再轻松不过了。可是，就在我们谈笑风生的时候，车子突然大幅度地摇晃了一下，我们没有任何防备，个个东倒西歪，不明就里，吃惊不小。其实是有惊无险。原来是司机猛地打了一下方向盘，将车子拐下路基，然后往草滩上冲去。就在我们困惑不解时，司机兴奋地惊呼一声：黄羊！

循着司机手指的方向，我们的目光透过车窗，果真看见一只黄羊在前面奔跑。这只奔跑的黄羊，毛色黄白相间，它的肚腹和后胯却是纯白色的，两只黑色的犄角在阳光下闪闪发亮。这是一只正在觅食的公羊，被汽车的轰鸣声打扰后，开始奔跑。遭遇不测之后奔跑，是绝大多数动物的本能，当然也是黄羊的本能。这只黄羊恰恰是在跑动的时候，被我们发现的。因为移动的物体，更容易引起关注，更容易暴露。如果这只黄羊静悄悄地卧在草丛里，甚或站在原地一动不动，便很难被发现，它的命运就会是另外一种结果。紧接着，其他几辆车子也拐下路基，追随这只黄羊而去。

于是，蓝天白云之下，绿色的草原之上，出现了四辆吉普车共同追捕一只黄羊的场面。也就是说，现代化的交通工具和古老的黄羊展开了一场角逐。我不想用壮观这个词，尽管的确很壮观。

此时此刻用壮观这个词，是一种亵渎，甚至是一种罪恶。因为角逐双方的力量对比悬殊，四比一，这是其一。其二，一方是强悍的钢铁组合而成的怪物（从黄羊的角度看待），大功率的发动机驱使着四只轮子高速旋转；另一方是弱小的肉体，仅仅依靠自己肌肉的爆发力带动四条腿奔跑和提速，然后依靠肺叶和胸腔进行呼吸和调节。当然，我必须承认，无论是哪一方，无论双方的力量多么悬殊，它们一旦在草原上展开角逐，顷刻间爆发和呈现出来的都是速度美和力度美。这种力量的美，令人惊叹。而且，我也不得不承认，整个场面确实够得上惊心动魄。车内的其他几个人因此被刺激得十分亢奋，手舞足蹈，尖叫声不断，似乎完全忘记了自己所谓作家的身份。我确实无意指责他们，仅仅是表达一种现场观感。我相信我们都是在赞许和欣赏黄羊奔跑时呈现的力量之美。发现美，欣赏美，原本是没有错的。

如父如子谢时光

张　强

　　新买了两组双叶牌书柜，价格不菲。一本一本用心选购的书，加起来也不便宜。再将堆积在地板上的书、证书、相册等整理放好时，三本家庭相册掀起了我内心的波澜。

　　是的，在手机时代，人人都是拍摄者。随时随地随姿，茄子辣子柿子，随喊随拍随转，谁还记得尘封于二十世纪相册里的一张张老照片呢？

　　回翻时发现，能夹存于相册的每一张照片，都有故事都是美好，特别是黑白照片，更散发岁月之沧桑时光之流逝。

　　一张照片只要存够二十年，就有故事可讲，就有人生可叹。比如，我从这三本家庭相册里，挑出了我与父亲仅有的三张合影，

　　张强，60后，宁夏固原人。高级记者。入选宁夏"313"人才工程，被授予"宁夏首届名编辑""塞上文化名家"等称号。

往日情景就非常清晰地从照片中跳出来了——

　　1970 年初秋，在我七岁要上小学一年级的时候，我有了第一次进城的经历。从三营到固原城南行 40 公里的砂石路，父亲为什么要带着我去，乘坐什么样的交通工具，县城里都吃到啥好吃的，晚上睡觉住在哪儿，都不记得了。此行唯一有画面感且永生难忘的就是我的第一次照相。现原州二小校门那儿，当年有一座保存完好的"城门洞子"和一段城墙，门洞高大威严，两侧城墙高耸着向东、向西延伸，它们都是"砖包城"（固原城的旧时俗称，指城墙皆为青砖砌城）的一部分。穿行城门时，内心肃然起敬，都不敢出大气。走出去，豁然开朗，顺缓坡朝南，道路两边店铺林立，靠左有一个照相馆，我随父亲的脚跟跨进去了。照相时，为了解决我个头小的问题，摄影匠搬过来一个小板凳，提示我踩到上面去。这样，我与坐在身旁木椅上的父亲就差不多一样高了。忽然灯光熄灭，并听到"吧嗒"声响，接着灯又亮了，摄影匠说好了好了。我的第一次照相，就在我的第一次进城中，在这样一个神秘的"熄灯燃灯"过程中完成了。

　　这是一张一寸见方的黑白照片。父亲的脸是严肃而消瘦的，我的眼是好奇而惊异的眼。父子同框于仅有的"一寸空间"，正常的解释一定是便宜省钱。现如今皆为个人身份证明的"一寸照"，好像都改成"二寸照"了，但我与父亲这张小小黑白照片，看上去绝无拥挤和委屈感，相反，从我和父亲的眼光里，看到的都是对外面世界的期盼、向往、到达、迎接。

为什么舍得花钱照这样一张相片？是因为纪念我即将"背上书包上学堂"吗？我父亲没有完整的上学经历，但从小我几乎每天都看到父亲读书读报，这样去想这次拍照，应该是父亲有些"望子成龙"的愿望吧。还有，是不是与我父亲和我爷爷从没有过一次合影经历有关？我父亲在他不到两岁时，我爷爷就因为急症去世，父爱对我父亲来说完全缺失。虽然无法确定这张小小黑白照的来历缘由，但我深信，方寸之间浓缩了无尽的爱和无言的情。说它是我和父亲生命中的一个仪式，一点都不为过。

1983年10月下旬，在我考入宁夏大学不满一个月，父亲搭乘便车，从300多公里外的固原，第一次来银川到学校看我。当天下午我陪父亲在校园转了一大圈儿，就赶到老城东环路的民乐旅馆住下来。此行他搭乘的送货便车来去匆匆，第二天就要返程。

第二天天亮，趁着司机仰躺车底下维护车的空隙，我带父亲就近走到南门广场。当年见证银川之行的地标，就数"南门城楼"了。有好几个照相的摊主，胸前都挂个大相机，纷纷跑过来要我们以城楼为背景照相留念，并提示看他们摆立着的"照片样架"。我主动要求跟父亲照一张，父亲欣然同意。这一年父亲四十岁，我二十岁，我的个头都超过父亲了。少年拍照时的那样的板凳，这次用不上了。这次搬过来一把大椅子，让父亲坐上，我站在他身旁，完成了我和父亲的第二张合影。

这张黑白照的尺寸当然变大了，应该是五寸照。我以为，这张变大了的黑白照，就是我的"成人礼"。联想到因父亲引导我从少年起养成的阅读习惯,数次高考落榜后父亲坚持鼓励支持我不要放弃,尽管基础教育差但通过持续努力终于考上大学……我深深感到,我与父亲的这张合影,饱含着父子间的心灵契合、诗与远方。

目送父亲乘坐着的便车轰轰开走后,我步行来到鼓楼西北侧的书店。跨门进入前还得踩台阶上去。从浩瀚的书架上发现一本《傅雷家书》,翻阅时让我着迷。封面上"傅雷家书"四个字是蓝色行楷,配有一幅线条简洁的傅雷画像。出版页上标注着:生活·读书·新知三联书店出版,1981年8月第1版,1983年6月北京第3次印刷,定价0.95元。

我伫立在书架前,将这本《傅雷家书》读了很久,最终用父亲这次给我的零花钱,花0.95元把它买了下来。我捧着这本书兴冲冲跑到南门广场,搭乘2路车返回宁大。这本《傅雷家书》,从此就成了我最为珍贵的藏书,在枕边伴我度过四年。毕业后工作期间数次搬迁中,这本书怎么弄丢了,记不起了。不过,我现在的办公室书柜和家里书柜,至少还存有4个版本、装帧不同的《傅雷家书》。

记得2007年冬天一个周末,我和上高二的儿子逛鼓楼书店,一起将选好的十几本书结账时,儿子指着我选中的《傅雷家书》说,咋还买呀,家里有两本呢。我没有去解释,还是买了下来。作为父亲,傅雷也好、我父亲也好,他们的身份、阅历、表达等,当然不同,差距很大,但他们和天下父亲一样,对儿子的疼爱、期待、雕琢等都是一样的。我也相信，随着我儿子长大成人，他一定也会有同样的认知和感受。

从 2008 年起，我的父亲母亲搬到银川生活了。他们居住的丽水家园离我工作单位宁夏日报报业集团不到两公里，工作日我每天中午下班都会走过去，一起吃饭、聊家常、午休。常常会说到过去的人和事。当我讲起小时候的难忘细节，他们不仅愿意听，还会补说一些细节。这两年，他们每次回固原老家串亲戚、搭情，回来都会感叹，连个说话的人都找不着了。听到这些，我也心里难受。

我时常还能碰到父亲在中山南街 47 号我工作单位门口的阅报栏前看报纸。他背着双手、前倾着身子，阅读玻璃橱里《宁夏日报》的专注样子，在我还未上小学不识字的那时候，就熟悉了。那时候三营镇文化站门前，父亲就是阅读栏前的常客。没上学前他还教我认"宁夏日报"四个毛体大字，因此，我与同龄人最先认得的字有着不同。

这些年，父亲平时爱跟住在附近的退休老记者们聚在一起，看戏喝茶聊天。2020 年 7 月的一天，我提示父亲，你也可以跟你自己"说话"呀，给你带几个笔记本还有笔，把你从记事起的故事写出来，每一天写几页，坚持写日记，把70年有意义的事情写完，就能出一本册子，让家里人读，让熟悉的人看。

我的心愿是，父亲有个喜欢干的，特别是写写字，能活动脑子，对老年人有益。父亲表示同意，居然趴在桌前坚持写了。有时候我也会"抽查督促"父亲写"日记"，翻看时会发现不少"闪光之处"。比如，写到家庭亲人中最先改变命运的我的大伯，说他是靠实干苦干和与人为善，荣幸地成为了国家干部。1957年、1958年，我大伯先后当选了甘肃省第二次党代会代表和宁夏回族自治区第一次党代会代表、第一届人民代表大会代表。父亲写道，我大伯因为识字不多、文化水平低，限制了事业发展。写到1967年修建青石峡水库时，父亲负责现场发放证明完成劳动量的票证并记工分，他经常趁人不注意时偷偷给不擅体力活的人塞一些票证，帮助他们完成任务。若干年后，遇见过几个当年受到帮助的人，他们都提起往日情景，很感激，记着好。我父亲的"日记"一天天在变厚，字里行间，往事悠悠，我从中读到许多不为我了解的"父亲故事"。

我讲这么多，就是想说明，我父亲与他同时代许多的父亲一样，耽误了学业耽误了职业，但没有耽误他们的"生命成长"，没有耽误他们的"美好愿望"。我觉得我就是父亲的一个"人生项目"，他总是用心尽力、默默无语地呵护着我推动着我，以期通过我实现和完成他的梦想，补足他一生的"短板"和"遗憾"。

2013年夏天，我去上海出差，在一家商场选购了两件T恤，一件我穿，另一件准备送给父亲。出差回来，我穿上新T恤，带着另一件，去丽水家园父母家。父亲穿上和我同款同色的T恤，合体又好看。我把手机对着穿新衣、坐沙发的父亲调好，交到母亲手里教她怎么点按钮。我跨过去挨着父亲坐下，"咔咔"，母亲帮助完成了我与父亲的第三次合影。

2017 年 7 月 3 日，我们大学同学在"贺兰山 1958"聚会，纪念毕业三十周年。其中有一个场景是，每人提供了几张老照片放大尺寸并展出，这个创意唤起大家"再回首""三百六十五里路""请跟我来"的情愫和温暖，增添了难忘初心、再踏征程的力量。我提供的照片中，就有七十岁父亲和五十岁我的这张合影。我给这张照片配写的说明是："1983 年父亲推了我一把，我终于考上大学。人到中年，唯有感恩！"

与前两张黑白照片不同的是，我和父亲的第三次合影，不光是带彩了，照片上的表情也有变化，唯有这一张是欢笑的脸满足的脸。当然，我和父亲的体形也变了，也就是都"发福"了。同款同号之撞衫，你看父子的脸，真是应验了一句歌词：长大后我就成了你！

我与父亲的合影，大概是天下所有父子合影中最少的了。细看我与父亲的三次合影照片，既为珍贵留存而高兴，也为拍照之少而遗憾。生命中有些"仪式"一定要重视，比如与亲人的合影。这样的合影，其中的亲情、融汇、给予、化解、支持、珍惜等，怎一个"丰盛"了得？还有，重要时刻，拍照也要有"仪式感"，不要用手机随便拍。那么，我与父亲的第四次合影呢？

2023 年 11 月，我将在完成自己的工作职业旅程后办理退休，我父亲则迎来他的八十岁寿辰。八十岁的父亲，六十岁的儿子，一定得盛装出场，要选好照相馆，选好场景背景，选好摄影师，好好地来拍这张合影！想想这个令人鼓舞和期待的"场面"，我就激动。我与父亲拍这张照片时，他会想起与我曾经的三次合影吗？即便是他没有想到，我也会当场讲出来。我在想，我讲这些过往的情景时，父亲听了，一定会爽朗地哈哈大笑。

微弱与单薄

林　混

　　我念到初中的时候，发生的一件事，让我有些愕然，这世上竟然还有不会写情书的人。同学小陈喜欢上了班里的小沙，想写一封情书送给小沙，无从下笔。看到我的作文常被老师当范文读，便央求我写一封充满柔情蜜意的情书，企图打动小沙的芳心。这其实也没什么，我应该成人之美。可问题是我也悄悄地喜欢着小沙，我在不知如何是好中，迅速做出决定：写吧。写一封情书算什么，我就把小陈当作我，是我给小沙写情书，而不是小陈给小沙写情书。

　　冥思苦想了一个晚上，现在还记得其中几句："那天看着雨滴落在你的发梢上，我真想砸碎我们之间的距离，为你轻轻拂去。""看着你的背影，窗外的小鸟知道我在看着你，教室里的

　　林混，固原市原州区作家协会主席，出版诗集《幸福生活》等。

空气知道我在看着你，只是你不回过头看我一眼。"

小陈看了我的草稿，非常高兴，说我好像在他心里走了一个来回，这些话全是他想说的，就是写不出来。我心想，我是太有才了，我是借机表达我的感情而已。

小陈誊写的时候，我在一旁又修饰了一番。大功告成后，小陈像个地下党一样，秘密地注视着小沙的一举一动，终于找了个机会把我"炮制"的这封情书送到了小沙的手里。小沙接到这封情书后，是不是有些心慌意乱、满脸绯红，我是不知道的。看到小沙给小陈的回信说：尔离勿忘吾，信亦友见证。我心里就有些酸酸的，这封信应该是小沙写给我的，更没想到这小沙还会诌两句诗，我也是会写诗的。那时，我已在《少年文史报》《语文报》发表了几首不成样子的小诗，我俩应该是一对的呀！

他俩联系了一个月便没了下文，原因是小沙在和小陈的交谈中，觉得这封情书是有问题的。大家都是一个班，平时谁学习怎么样，写作怎么样，都是知根知底的。依照小陈的表现，是个可能写出这么有文采的情书。他俩出去约会的时候，小沙对小陈说：你给我写的那封信很感人，你背一下，让我听听。

这小陈这会儿正在激动中，他早已被刚刚开始的一点胜利冲昏了头脑，哪里还记得这封信的只言片语。结果在小沙的步步紧逼中，只好从实招来，说是找人代写的，把我供了出来。

我知道此事后，装作大骂小陈：你真是个叛徒。其实，我的内心是无比激动的，这下小沙终于知道是我写的，应该对我另眼相看才是。果然，小沙以后看我的眼神是柔柔的，让我有些想入非非。只是那时我有心无胆量，没有勇气去表达。机会稍纵即逝，我这么一厢情愿地想着，然后与小沙擦肩而过。

我的同学小韩就更有意思了，他补习的时候，遇到一个叫小唐的女同学，眉来眼去一番，开始互传情书。如今想来，这学生之间写情书，也没什么错，起码能够锻炼措辞造句的能力，提高写作水平。

小韩是会写情书的，不需要我来帮忙。我看过小唐送给小韩的一张彩色照片，小唐确实是很漂亮的，含情脉脉地望着远方。我念书的那个时候生活条件是很困难的，学生之间互赠照片，都是大拇指头大的一寸黑白照片。小唐能给小韩一张彩色照片，这对于一个学生来说，要攒多少天，才能攒下冲洗彩色照片的钱。由此可见，小韩在小唐的心中还是有一定地位的。

只是命运不济，他俩最后双双落榜。各奔东西后，小韩也实在没有勇气去寻找小唐。

我回老家的时候，常和小韩在一起喝酒。有时，喝多之后，小韩就追忆他和小唐的往事，说我在外面，认识的人多，帮他打听一下小唐在哪里。我起初并没有当真，我说你孩子都上初中了，打听着也是没有用的。小韩说，这十几年了，我一次也没见过她，就是想见一下，看看现在成什么样子了。

小韩一次又一次嘱托，让我打听小唐的下落。可这对我来说，我不认识小唐，实在不好打听。我便挪揄小韩，你如果真有此心，你老婆给娃娃在城里做饭去了，剩下你一个在家里很方便的，咱们村里还有漂亮的姑娘，你发展一个不就行了。小韩说，你理解错了，我不是那个意思。

后来又在一次喝酒中，小韩喝多了，央求我打听小唐的情况。我也喝多了，看着小韩急切的神情，有些不忍心，便吹嘘说这是很简单的个事情。我开始把手机里的电话从头开始往下看，觉得有可能知道小唐的，一个一个问，让他们给我打听小唐的下落。

功夫不负有心人，在我拨打了三十多个电话后，终于有一个人说知道小唐的情况，但是具体情况要问别人，问好了给我回话。我每打一个电话，小韩都认真地听着。希望一直在升起，又在不断地破灭。这下听到有情况了，他两眼直直的，像一堵墙一样直立着原地不动。

小韩这时迫切需要知道小唐的消息，酒也不喝了，一直看着我的手机。

手机铃声终于在期待中响起，小韩急忙说：快接快接。接听之后才知晓，这小唐嫁到了邻村，都是地头连地头的。

小韩颓然地靠在沙发上，喃喃自语，这十几年了啊，我在种地的时候，她在种地的时候，应该能碰上的啊，怎么就碰不上啊！

怎么就碰不上啊，看着他追问的表情，我又喝下去了一杯酒。

对于我的同学小李，我不愿想起他。我希望在时间的磨砺中，能够淡化他的一切。

我和小李念书的时候，关系是比较好的，参加工作后，我被分配到了一个偏远的乡镇，交通不便，慢慢地联系不上，就不太来往了。后来知道他结婚了，工作也从乡下调进城里了。有次碰见小李，他对我说：你应该想想办法，往条件好的地方调一下。我说一个人也不认识，找谁调呀！他给我想了几种办法，让我怎么认识人，怎么找人。那时我觉得他的话简直是天方夜谭，根本不可能实现的。后来我才晓得，他的那些话是有用处的，只是我没有去实践。

几年时间过去了，我还在老地方待着。坐了一辆破旧的面包车回家，碰上一位同学，给我说小李有病了，问我知道吗，我说不知道。

他说小李得了骨癌，住了几次院，人可能不行了。我大吃一惊，急忙说要去看望一下。我辗转找到小李的时候，他在一家医院的病床上，一条腿已经被截掉了。我们已经有几年没有见过面了，他可能没有想到我会去看望他。看到我，他眼泪夺眶而出。在给我泣不成声的诉说中，我才知道西安的西京医院都不收治了，只好回来到这家医院，这家医院和上海的一家医院有联系，上海来的一位医生刚刚给他做了截肢手术。

小李说老婆一直和他吵架，不来照顾他。他的哥哥我是认识的，在一旁静静地听着。我想说一句久病床前无孝子，有的人连他父母都不管，何况是结婚几年的夫妻，这病要花很多钱，还能怎么管。觉得这话对他打击太大，没有说出来。他说看病向亲戚朋友借了三万多，单位借了一万。把我吓了一跳，这个数字对我来说是不可思议的，我那时的工资只有八百元。我老家一个长辈给我说过，他如果得个癌症，就不看了，等着一死算了。

在我离开的时候，经过一番谈话，小李的心情好了一点，强装笑颜对我说，过几天就出院了，好了之后他就是一个拄着拐棍的"铁拐李"了，有时间了到他家喝酒。

我不忍回头，也不敢回头。我心想，还喝什么酒啊，这一去可能谁也见不着谁了。

再听到他的消息的是十几天后，小李已经埋在土里面了。

同学对我说，小李出院后，媳妇知他必死无疑。便不让他住在家中，要把他往老家拉，小李不愿回去，说死就让他死在家里。媳妇说，你死在家里很晦气，让我以后怎么过。

此时的小李已是奄奄一息，没了一条腿，不能动弹，哪有什么力量去反对别人，他的一切只能由别人来做主。小李被送回老家，老家的弟媳也不让他死在自己家里，便让他住在门前荒置的一个瓜棚里。几天后，他就离开了人世。

同学说他去送葬的时候，看到小李五六岁的孩子和别的孩子在一起追逐蝴蝶，没有掉一滴泪。同学给我讲小李的这些情况。我觉得一切都静下来了，风也静了，鸟也静了，那是一种没有呼喊的微弱与单薄。我置身其中，我熟悉的这个人，已从我的眼前消逝。

回头一想，这事都过去十年有余了，我已经不愿过多地去回忆。

写完这些已是深夜，我家的灯光像光辉一样泼洒在我身上，我觉得这是温暖的。

后记：

有时候坐下来静静地默想，觉得这世上的一切东西、事物都是按一种既定的程序排列着、生长着、存在着。无人能够突破这种设计。

我在大棚看到刚刚结出翠绿欲滴的杏子，伸手摘了一个准备放进嘴里。这时，一只蜜蜂在我面前飞来飞去，我就有些纳闷，这里面这么热，怎么会有蜜蜂存在？大棚的主人给我解释，这些蜜蜂是专门从养蜂人那里租来的，蜂箱放在大棚外面，蜜蜂就会飞进来给开出的花朵授粉。

我的常识告诉我，田野里的蜜蜂、微风、蝴蝶都是传花粉的使者。大棚里的杏树、葡萄那是反季节生长的，竟然还是无法逾越这一秩序，像人类一样都有雌雄之分，这世界真是太神奇了。

我想刨根问底，这到底是谁设计的一出好戏？没有答案告诉我。即便有解释，那也不能让我信服。

这时，我就觉得写作能让我信服，写作太有好处了，好多事情如果离开写作，没有多少天，就会灰飞烟灭，不留痕迹。唯有写作能和这个世界发生记忆，也就是说写作能和这个世界去恋爱、去争吵、去愤怒、去忧伤……

关于母亲的一些记忆

马天堂

母亲 33 周年忌日在腊月初六，在 2022 年，是岁尾的 12 月 28 日。几日前，儿子儿媳来固原说，还定在银川过吧。这样好！孩子们都在银川，加上四弟、五弟和几位侄子几家人，便是很大的一家子人，亲人们借此聚一聚，追缅一下老人，聊聊天是很好的事。

我们也开始做准备。然而计划赶不上变化。最先阳了的女婿女儿还没有康复，回银川的儿子儿媳也阳了，接着我们老两口又出现了一些症状，浑身酸痛、发低烧和咳嗽。看来母亲的这个忌日不能按原计划过了。

马天堂，60 后，宁夏作家协会会员，固原市新闻传媒中心主任记者。著有《高歌思语》（上下册）、《固原发展纵横论》、《记者的维度》等。发表散文、杂文、文艺评论等百余篇。

人在病中，情绪也是低落的，思虑较平日要多一些，还会伴着无名的忧伤。青少年时我只是在常年患病的母亲身上目睹了这些，近两年多来却成了我的切身体验。亲人们不能聚在一起给我的母亲过个忌日，我的心里歉歉的，好像我给母亲许了一个心愿却不能兑现，就不由自主地想及母亲病中的一些情形来。母亲大概有先天性心脏病，成婚后长年累月的劳作之苦与生育之苦，加上在家庭变故中受到的惊吓及长期的营养不良等原因，使她的心脏病日益严重起来。

我能清楚记事的20世纪70年代初，母亲也仅是30岁刚出头，就经常是一副病容，时不时病倒，有过从陡坡上晕倒滚落的事，有过突然在院子里瘫倒的事，吓得我们兄弟姐妹哭叫呼喊泪水涟涟。在那个贫苦艰难的岁月，母亲是孩子心头最温暖的家，一旦失去了母亲，我们该怎么度过那艰难的日月呀！

而今我常常做这样的思考，在你少年时拥有一位健康的母亲该有多重要！我的性格中有着过多的敏感、柔弱、忧伤和善良，有许多就是来自那个时期脸上挂满忧戚之露的母亲。母亲病故时也才50岁刚过，真是太早了！虽然几十年过去了，但一想起来总是心痛难禁。

我从上了小学开始，和母亲相处的日子就少了，上了初中后就更少了，从一两周见一面到几个月才见一面。在我们兄弟中，我是身体最弱最瘦小的，母亲对我格外疼顾，经常跟我说，你是下不了笨苦的，要多念书吃一碗轻松饭。一旦我们母子有难得的相处机会，她总要让我把头枕在她的腿上给我掏耳朵或者梳理头发，给我讲述我孩童时期的事。

"养下你的那年，麦子成坐（空前大丰收）了，五更天下地半夜里回家，有时你饿得不会哭了，嗫不动奶头了，我先给你嘴里挤上一点奶，慢慢才能缓过气来。""那时才几个月，你浑身上下是黄水疳疳，没有药就熬些黑豆油，烫得小手手像断气时的老鼠爪爪乱抓呢，现在头发咋还这么歪！"

…………

她在咕叨时往往落下泪珠。我结婚不久后接她来治病，她还让我枕着她的腿，给我边掏耳朵边跟我说过去的事。那时的她已病入膏肓，面容紫胀，气喘吁吁，时常说上几句就要歇一会儿，这时候她的神情总是忧戚而呆滞的。她已清醒知晓了自己的生命已经快走到尽头了，所有的努力都是徒劳无益的，她说她东奔西跑的就是为了"躲命"，然而那个幽灵却如影随形，她的惊惧和忧伤是可想而知的。

母亲于绝望中不放心的还有两位尚未成年的弟弟，她时不时和我说起，总是垂泪叹息。有天下午，我的邻居金爷爷突然跑到单位找我，他表情惊慌："你妈晕倒在门口了，快回家看去！"等我到家时，母亲已经在金家奶奶的帮助下苏醒过来了。她跟我说："你明儿早早送我回家，小心完（去世）在你家了咋办呢，你们刚刚才成家。"

今年秋天，有位朋友在群中传了几张照片问大家，谁认得这是哪儿？我仔细辨别后确定，那是海原县原罗川乡的乡政府旧址，撤乡并镇，移民搬迁，这里已是残垣断壁、面目全非，显得破败荒疏。已经几十年过去了，我是凭着对乡卫生院和学校旧址的残存记忆辨认出的。

这些记忆于我来说，是有些难过的。40多年前我在罗川学校念初中，每年季节转换时母亲都来乡卫生院住院治疗。她会从供销社买几束挂面，炒点洋芋或萝卜犒劳一下念书的我。她借来在卫生院工作的我堂兄的一盏小煤油炉，用一把水果刀切好菜料，蹲在地上翻炒，淡蓝色的火苗舔着小锅底，也映红了妈妈那宽阔慈祥却总带着病态的脸盘。她总要我连吃两碗饭才作罢。

2021年的8月22日，我本打算专门驾车从贾塘乡出发经瓜瓜山，去寻访罗川乡旧址。这天我还拍发了一段小视频，题目叫《我想唱首歌：哦，慈祥的母亲》。在路上停车向北眺望，从这里可以看到我老家。几十年前，少年的我总会在放学回家或由家返校的时候，从这里向北眺望。

虽然沟壑纵横，但偶尔会看到倚墙而立的母亲！那天午后，初秋金风，大山翠披，阳光明丽。寻梦故土，再作远眺，重温那些渐行渐远的人事，耳畔一下响起了降央卓玛唱的那首歌《哦，慈祥的母亲》，我流下了激动而感伤的泪水。遗憾的是，由于时间仓促，没能去罗川乡旧址寻访一番。

哦，我慈祥的母亲，像白度母一样心地善良的母亲！2020年我们为您的30年作祭时，我鼓足劲安慰弟弟们说，黄土隔人心，

30年一过思念就淡了。然而，远逝的岁月和深厚的土层并未使我如释重负，母亲留在我心底的记忆刻痕总会让我难禁心头的痛楚，诚然我知道谁都是躲不了那条归宿之路的。

我有两位族兄曾跟我讲了两件事。一位族兄叫作天贵，已作古，那时在乡拖拉机站工作。有天黄昏时他给我送来一袋干粮，临走时看了看我说："你妈为了叫我给你捎点干粮，追着拖拉机跑，晕倒在路上了。娃娃，要对得起这些干粮呢！"几十年后，天贵兄病重在固原住院时我去看望他，他再次提到我母亲为给我捎点干粮跑晕过去的事，还感叹了良久。

另一位族兄名叫天海，他也是我的老师，多次跟我讲："我八妈妈（我父亲老八）对你的疼爱超出了一般，先时每去你家说到你总见我八妈妈抚摸你的头，后来你上学了，每次我放寒暑假回家总是走上几里路来问你的情况。"他念叨，"我八妈妈在你的上学上真是把心操了的。"

是的，那时在乡村学校，寄宿学生的吃住条件相当艰苦，睡的是没有任何取暖设备的冷库房铺麦草，一日两餐是黄米饭或高粱米和玉米面，配着没有一点油腥的青菜，平日就得从家里带点炒面、干粮。母亲总是给我精心备好这些熟食，我不时会从炒面袋里吃出意外的惊喜，比如，炒面里或有几枚剥了皮的鸡蛋，或有一只鸡腿，或有几块牛羊肉。

那时哥哥已有了工作，买给她的饼干之类的吃食，她就埋在炒面中给我吃，有一次炒面袋里还有几个苹果。母亲给我的炒面，一类是拌了白糖的，一类是加了些肉丁和牛羊油脂葱花的，我们叫油面子。正是父母亲的疼顾和供养，让我顺利地走完了艰苦的求学之路。令我伤感的是，当我开始有了工资收入，她却那么早地离开了我们。

受新冠疫情的影响，亲人们不能相聚在一起共同为我的母亲过个祭日，我的心情既无奈又忧伤，就将这些心头残存的琐碎记忆记写下来，以表达我对母亲的一些缅怀和感恩。

看 校

虎西山

　　四十多年前，我父亲在本村的小学当民办教师。我那时候正上中学，一放寒假，晚上就和几个差不多同龄的伙伴替父亲去看校。

　　这是一所在方圆几十里都算得上很有些历史的学校，据说建校至少也有一百多年了。不过毕竟处在穷乡僻壤，学校似乎并没有出过太有成就的人。在我的印象中，最早的老师都是从村子外面调来的公办教师。他们无一例外骑着自行车，戴着手表，也有的戴着眼镜，大都梳着分头。这在当时非常闭塞的一个小村庄里，是很时尚的。大概到我念小学三年级的时候，才有本村的人以民办教师的身份当老师。我父亲便属于这种情况。

　　虎西山，宁夏隆德人，中国作家协会会员。有诗歌、散文见于《诗刊》《十月》《星星》《朔方》等刊物。

外面来的老师一般都很年轻，基本是刚刚从师范毕业的学生，知识面比较广，不仅能教语文，还能教算数，有的甚至连图画、音乐和体育一起教。虽然小学没有物理化学课，但他们偶尔露一半手这方面的知识，也会让我们大开眼界。记得有个老师上算术课的时候，大概是有感于每天还要烟熏火燎地烧火做饭，便不由自主就讲起了电灯电话，楼上楼下，讲到高兴处，免不了比比画画，说电除了照明，还能做饭，如果有电的话，老师只要打开开关，用不了几分钟，一顿饭就熟了。那种感觉，仿佛他当时下了课就可以插上电，再悠闲地抽一根烟便能吃上热饭似的。

或许是受到老师的感染，我们也开始向往有电的日子，虽然看起来这样的日子遥不可及。那时正是冬天，农民家烧炕都用的是牛粪，而生产队上的牛粪常常不能按时分配到各家各户，就算能分到，也无法满足漫长的冬天里一家人取暖的需求。因此我和大多数同学一样几乎经常睡在冷冰冰的土炕上，当然非常希望将来有一天电也能让炕热起来。然而老师却自始至终都没有讲电能暖炕的事。下课以后，大家都争吵了起来，有的说能，有的说不能，不知是谁就问老师电能不能暖炕，结果被正在洗衣服的老师瞪了一眼，之后便没有了下文。这件事多多少少让我有些纠结，难道神通广大的电没有办法让一面炕热起来？

通常情况下，外面来的老师都以校为家，吃在学校，住在学校。只要有他们在，就不存在看校的问题。可是一旦放了寒暑假，他们都骑着自行车回家了，看校便成了本村民办教师的事。村子里最多的时候有三四个民办教师，但他们并没有把一个假期分成三四段，然后一个人一段去看，而是随便谁有时间谁去。有时候甚至一个人一个假期看到底也没有什么。一般而言，暑假期间只要白天有人到学校去一下便可，其余时间把大门锁好就行。寒假则不同，白天倒不必有人去，晚上却少不了要人住在学校里。

其中的原因也好理解。暑假正在农忙时节，忙过白天，还得捎带着忙大半个晚上，披星戴月的一天下来，人困马乏，谁还有心思打学校的歪主意。寒假就不一样了，又在农闲时节，闲人一多，免不了会出些状况。白天还好，众目睽睽之下，就算有人有些歪念头，也不敢轻易"冒天下之大不韪"。天一黑就是另一回事了，有鉴于此，晚上有人守着学校就成了共识。

不过我们愿意看校，有一半儿原因和学校里那间办公兼卧室的房子中有一面热床分不开。

和冬天用牛粪烧炕的农民相比，小学的老师是不用牛粪的，他们用的是细煤末子。由于土炕封闭严密，炕洞又在屋子的外面，用煤烧炕并不怕煤烟中毒，所以不存在问题。以前老师都睡炕，但后面来的年轻老师都不大愿意睡炕，他们都喜欢睡干板凉床。要说睡床的好处的确要大于睡炕，一是夏天不怕返潮，二是床铺干净，平时收拾起来也比较简便。睡炕正好相反，土炕上铺盖不容易收拾干净还在其次，最大的问题是动不动就有了潮气，睡在上面实在不够舒服。但睡床有一个问题，那便是冬天无法取暖。

为了解决这个问题，有人"三思而后行"，居然把炕和床结合在一起，形成了一种叫作炕床的设施。这种叫法有些不伦不类，但细想倒也准确。炕床的基本构成是先用青砖砌出一个长宽和床板的长宽尺寸相当，高约七十厘米的槽状结构，再将床板置于其上，只要天气一冷，首先在槽内垫上厚度约三分之一且无杂质的细灰，平整后用手在灰垫上从一头到另一头勾出深约十五厘米，宽约十五厘米的 S 形灰沟，接着从头至尾绵延不绝填上煤末，并且以干草点燃一头后用细灰将灰沟中包括已经燃烧的煤末在内严密覆盖。

接下来的一段时间内，燃烧的暗火将沿着 S 形的路径在细灰的封锁中缓慢爬行，直到另一头。这个时间需要十六七天，也就是大半个月。大半个月后，再扒开灰沟，将一头还没有燃尽的火种留下，将 S 形的灰沟中已经燃烧过后的煤灰清理出来，重新续上煤末仍然以细灰覆盖，暗火就会沿着相反的方向一路又燃烧回去。只要冬天还没有结束，寒冷还在继续，就将这个过程如法炮制即可。

当然这样做必须小心谨慎，不容马虎，以免煤烟渗出，造成煤气中毒。

说实话，以这种办法取暖，到现在仍然颠覆着我的认知。因为用细灰覆盖的煤末，煤烟都无法渗出，理论上外面的空气也应该被隔绝，那么在缺氧的情况下，煤末还能燃烧，的确算是奇迹。我后来曾向村子里的人打听过这种取暖的方法是不是还在使用，结果都一脸懵懂，不知所云。我想了想，觉得自己问得无趣。

四五十年前，村民们烧不起煤，而之后能烧得起煤的时候，时过境迁，老师们都用起了电褥子，谁还记得这样的方法。

不过对于我们这些农家孩子来说，其实是床是炕倒无所谓，只要暖和才是硬道理。当然除了一面热床，我们愿意看校，另外还有一半儿的原因似乎更为重要。

那时候我们十三四岁，一天到晚有用不完的精神和力气，如果不找一点事情便有度日如年的感觉。而利用晚上看校，不仅可以挥霍精力，也可以挥霍时间，可谓两全其美。

在那些日子里，我们有好多不知天高地厚的想法，似乎只有在夜色的掩护下才能实现。正因为如此，虽然名义上我们要去看校，不过晚上出了家门的第一件事往往不是急着去学校，而是先要到队上的牛圈里转一转。我们担心那里会有我们想不到的什么热闹正在发生。因为差不多一个冬天里另外还有一群精力同样旺盛但却耐不住寂寞的人，他们大都二三十岁，也常常聚在一起，有时候打牌，有时候说笑，至于有时候他们守口如瓶，接下来会作什么怪，就不得而知了。

尤其大冬天，在没有什么农活可干的时候，他们往牛圈里钻，无疑也是看中了饲养员住的小屋里有一面热炕，并且从来也不用发愁烧炕的牛粪。当然我们和他们在一起，有时是面和心不和，有时心不和面也不和，如果他们要打什么别的主意又不愿意让我们参与，就会毫不留情地把我们赶走。我们自然也有不愿意他们知道的事，他们休想知道。

于是经常会有这样的情况，当我们走进牛圈，推开饲养员住的屋门，昏暗的灯光下，能看见隐隐约约弥漫在屋子里的旱烟飘来飘去。这时挤在炕上的一群人，既没有打牌，也没有说闲话，似乎早就等着我们的到来。借着微弱的灯光，能感受到他们看着我们的眼神像盯着贼一样。不过初生牛犊不怕虎，我们并没有望而却步，而是打算要和他们周旋一番。

那时候虽然我们还没有长大，在他们的心目中，我们无论在心智还是体力方面，根本就配不上和他们打交道，被认为是"不够人"的人，但拍着腔子说大话的勇气已长了不少。然而他们早已看透了我们的心思，不等我们站稳脚跟，先是用语言威胁，见我们无动于衷，便干脆跳下炕来驱赶。遇到这种情况，一般我们也信奉好汉不吃眼前亏的道理，只好三十六计走为上计，转过身便落荒而逃。在上气不接下气地跑了一阵后，才有工夫坐在一道土埂上，一边咳嗽一边咒骂，骂过以后又笑作一团。

我们总是千篇一律地嘲笑他们的丑态，说谁的脸像萝卜，谁的脸又像鞋底，谁像蚂蚱，谁像野狐。当然他们鬼鬼祟祟究竟会做些什么，我们最终一无所知。我们唯一的猜测是他们在炕洞里烧着不知从什么地方弄来的洋芋，赶走我们一是怕我们分食，二是怕弄得满城风雨。而得出这个结论的证据仅仅是我们当中有人闻到了一缕洋芋将熟时的香味；或者什么也没有闻到，只是说其中有个人的脸像洋芋一样模棱两可，引起了我们的兴趣而已。

当然，我们和他们之间并不总是这样水火不容。比如夏天，他们晚上放哨看护庄稼的时候，就十分乐意喊上我们。如果他们在夜色中摘了谁家的果子，是绝不吝惜会把其中的多一半儿送给我们的。这时候的他们一个一个就像大哥一样暖心。

事实上我们的确没必要去搅大人的浑水，但实在无聊又无所事事的时候，就只有惹是生非了。于是这类不愉快的遭遇，就像喝凉水一样经常发生。我们总是有当没有，过了就过了，从不放在心上。甚至有时候为了寻开心，会故意制造一些堵心的事，然后神不知鬼不觉一走了之，让他们去烦恼。但有一点，我们也不会干那些吃不了兜着走的事。比如有一天晚上我们同样被从牛圈里赶出来以后，立即就设想了一个损人不利己的报复计划，并为此居然兴奋地在雪地里嘎吱嘎吱地消磨了一个多小时，一直到晚上十一点认定后果不堪设想，不得不自动放弃才去了学校。

推开房门那一刻，一股热气扑面而来，摆在桌子上的钟表一如既往"嚓嚓嚓嚓嚓"地响着，似乎永远都没有停过，而那只啄食的公鸡仍然在转动的指针旁无休止地啄食。那一刻，好像之前发生的一切都飘到了九霄云外。我们先摸黑点着了罩子灯，灯光迅速塞满了这座被烟熏火燎弄得有些发暗的小屋。然后，大家围坐上温暖的炕床，各自从怀里拿出带来的吃食，放在一张旧报纸上，有洋芋摊饼，有灰菜馍馍，还有什么记不清了。

显然，这样的聚餐，只有我们这些毛头孩子才可能有。我们出门的时候从家里偷偷拿一点吃的，就算被发现，最多被责骂几句也就算了，是从不会被追究的。而把我们从牛圈里撵出来的大人是没有权力这样做的，因为他们的肩上都有养家糊口的压力。这也使得我们从心理上常常有些战无不胜的感觉。

我们随便吃着似乎略嫌寡淡，有人说要是有一口酒就美死了。我们都笑了。吃过几口以后，又有人从衣袋里掏出了一把旱烟叶，于是都放下吃的，一人卷了一棒旱烟，乱七八糟躺在热乎乎的炕床上吞云吐雾。嘴上除了抽烟，实在闲得慌，便这个一句，那个一句，说些不沾边的闲话。我们甚至说到了未来，说到了老师说过的电灯电话，都认为如果能活到那一天，就拾到大便宜了。虽然我们这个年龄段的人总是不招大人们的待见，但我们相信有一天终会长大成人。说着说着，瞌睡来了。临睡之前，我们没有忘记把床板的一边抬起来，一个人举着罩子灯，其他几个瞪着眼睛查看一番炕槽中的细灰有没有露出气眼。都说没有看见，这才把床板放平，一口气将罩子灯吹灭，呼呼大睡起来。

不知过了多久，有人被尿憋醒，含含糊糊说要撒尿，就往起翻，谁知还没有站直，便一头栽倒在床上，再起来，又栽倒。其他的人被吵醒，也说要尿，同样翻起来栽倒，栽倒了翻起来。这时才觉得头痛，说不得了了，叫煤烟"打"了，便赶紧往院子里走。几个人连滚带爬到了院子里，横七竖八把自己搭在一堆不知有什么用途的木椽上，竟不觉得天寒地冻，只说头疼得要炸了。

我迷迷糊糊看着满天的星星，却不像星星，而像一团一团的花朵，忽大忽小地盛开着。我想起老师说的话，电能点灯，能做饭，却没有说能烧炕暖床，觉得有些遗憾。至于最后我们怎么又回到了屋里，怎么连屋门都没有关一直睡到天亮，谁都说不清楚。

　　第二天我们回家的时候，都说好不把当晚发生的事告诉大人。

　　当时我们曾发誓以后要小心小心再小心，然而类似这样的事仍然时有发生。直到有一天，我们再也不愿意去看校的时候为止，那时我们感觉自己好像又长大了许多。

南华山下

马卫民

在南华山下的乡村岁月里，我无数次感受到的是一种超凡脱俗的幽静。风是静的，尽管它吹得人目光迷离，脸面生疼。月光是静的，像流水从山的沟腹淌过。

野菊花和山丹丹花，开在不为人知的角落，微微蜷曲的花瓣，羞涩、甜美。花瓣们挨在一起，低声私聊。我侧耳倾听，很难明白它们的轻声细语。我知道每一朵花、每一株草都有自己的语言和特性，人之所以听不懂花语，或许就是因为无法破解它们的密码。

蝴蝶的翅膀在花海中舞动，缤纷、绚烂，眼前的景象亦真亦幻。

马卫民，生于 1963 年，宁夏海原县人，研究生学历。宁夏作家协会会员，鲁迅文学院第 22 届少数民族创作培训班学员。先后在《朔方》《宁夏日报》《深圳特区报》《新消息报》《银川日报》《固原日报》《中卫日报》等报刊上发表作品五十多万字。出版散文集《赴闽挂职杂记》《我的村庄我的家》。

蜜蜂飞来又飞去，羽翼扇起一股甜滋滋的气味。脚下的青草铺成一条绵软的毯子，向远处无限地伸展。

站在南华山的最高处，周遭的一切都是山峰和白云遗留下的一种亘古不变的静谧与安详。被雨水冲刷过的石头，静静地镶嵌在大山的腹部，担负着阳光与时间的重量。

南华山下的坡地上，曾经衍生出由母系氏族向父系氏族过渡时期的人类文明，五千年的岁月，刀耕火种，打磨了一种举世闻名的"菜园文化"。

透过厚重的历史烟云，我看见先辈们留在尘世的痕迹，他们与当今的我们，共同拥有一个寂静而神秘的家园，在依山挖掘的窑洞里，迎来送往每一个黎明与黄昏。

在一片考古队发掘的墓葬里，先辈的头骨像山坡上的石头一样坚硬，陪伴他们的石刀石斧，完成了开天辟地的使命，静候生命中某个神奇的时刻。沉埋在原始沙土中的陶器，浸满了细密的年华，纹理清晰，脉络分明。那些曾经鲜活的智慧与思想，依然在时光深处熠熠生辉。

我记得很清楚，我在爷爷奶奶家，以及其他亲戚家，曾经看到过一些陶罐，它们静静地立在碗架上，和其他日常用具一样，承担着极为普通的作用，谁也没有把它们当回事，也没有人知道那就是文物。后来，村子里所有的陶罐，都被外面来的人用一些廉价的锅碗瓢盆换走，去向不明。

我从来没有想到，在家乡这片厚重的黄土地上，先民们早就繁衍生息，辛勤劳作，依靠自己的聪明与智慧，创造了光辉灿烂的史前文明。天地孕育万物，古人类在菜园留下了自己的痕迹。时间可能会抹去一些东西，但也能在一些痕迹上刻画出另一种存在。他们曾经居住过的窑洞，已经被专家证明为世界窑洞之祖。

山门是南华山的北大门，跨过这道门槛，只见突兀奇峰，山势绮丽。每遇春夏之交，林木青翠，花香馥郁。五桥沟的山泉，清冽醇香，甘甜爽口。泉水滔滔滚滚，昼夜不息，自南向北而去，犹如母亲的乳汁，滋润山城万余生灵。为了报答南华山的润泽之恩，海城的父老乡亲把它称作"母亲山"。

我一直喜欢五桥沟深处的那种氛围，置身于林木齐拥、泉水叮咚的境地，耳边缭绕着百鸟争鸣和风过密林的清音，突然就有一种超然于世的感觉，内心澄明，怡然隽永。

海城自古以来就是一片充满神秘气息的土地，如《乾隆盐茶厅志》所书"厅地形势壮阔，山水清佳，笃生人材，必当有异"。海城八景"华山叠嶂、东岗夕照、古寺疏钟、清池朗月、天都积雪、灵光散花、五泉竞冽、双涧分甘"，更是独具奇特，卓尔不群，令人叹为观止，留恋难舍。

南华山下，有我熟悉的草地和羊群，有我熟悉的姑娘和野花，也有我熟知的传奇与古今。

小时候，听爷爷讲过一个故事，海城有个姓单的富汉，牛羊满圈，骡马成群。有一天，富汉骑马巡山，只见通往南华山的土路上，牛羊塞道，风尘滚滚，前面的牛羊已经抵达山坡，后面的还在源源不断地从圈里涌出。看到这样的情景，老单喜不自禁，撂下一句大话：若要我老单穷，五桥沟的水干石头红。话音一落，只见山头上乌云密布，雷声滚滚，一场暴雨不期而至。一时间，老单的牛羊被冰雹砸死或者被洪水淹没。从此，老单由富汉变成穷人。

仰望高耸入云的马万山主峰，它的冷峻与孤傲，让人肃然起敬。千百年来，马万山像一个若有所思的智者，俯瞰脚下的芸芸众生，脚步匆匆地行走在奔赴死亡的路途中，然后进入各自的墓穴，享有永久的安宁。一个人活得多么伟大，都无法超越一座山的高度。

多年以后，我依然记得那个少年时期的夏夜，它像一叶苍凉的扁舟，停泊在我滚烫的体内。

野狐坡是南华山脚下一个小村庄，我一直对这个地名充满好奇。小时候，我问过父亲：野狐坡有野狐吗?

第一次去野狐坡是跟着父亲去的，我坐在摇晃的毛驴车上，沿着山脚下一条蜿蜒的土路，向东南方向的那个村子缓缓而去。

沿途的风景不时地闯入我的视线，苍鹰在山顶盘旋，野鸡在草丛中奔走，牛羊悠闲地啃着遍地的青草，庄稼在山坡上随风徜徉，一派迷人的田园风光扑面而来。

父亲是一个不爱说话的人，一路上沉默寡言。他牵着缰绳，背着药箱，走在前面。毛驴拉着架子车，吭哧吭哧地向前，脊背上渗出细细密密的热汗。车厢里装着一麻袋小麦和几个老洋布缝的面袋子。

山路弯弯，我们走得异常缓慢。

临近中午，到了野狐坡的水磨坊。磨坊建在村子北边的山崖下，房子的根基是青石砌的，四周的墙都是土坯抹上黄泥修建的，屋顶上铺了松木椽子和灰颜色的瓦，瓦沟里冒出来一些野草。远远望去，磨坊倒像是一个茅草屋。

磨坊外边有一个巨大的水车，从山上飞流而下的溪水敲打着水车的木轮，水车带着石磨快速旋转，从磨眼里溜进去的小麦被碾成粉末，在两片石头的缝隙里倾泻出来，洋洋洒洒地落在磨台上。

野狐坡的队长把我家磨面的事安排在晚上。白天，队长领着父亲去给几个生病的老人和孩子看病。父亲在世时，是我们大队的赤脚医生，医术在周边的十几个村庄有很大的名气，尤其擅长给小孩子看病，基本上是药到病除。给野狐坡人看病，父亲只能偷偷摸摸地进行，因为不在同一个大队，跨界行医是不允许的。

太阳落山之后，磨坊外面的天空释放着星星微弱的光芒，整个村庄沉浸在陡峭的夜色中。父亲忙碌的身影在昏暗的油灯下摇晃。

我坐在磨坊外湿漉漉的青石台阶上，无所事事地盯着苍茫的夜空发呆，耳边不时地传来哗啦啦的流水声和轰隆隆的石磨声，偶尔也会听到一两声乡村夜晚清凉的狗吠。

牛堡村是我的朋友杨平献的老家。

牛堡是一个相对僻静的小村庄。村庄不大，只有几十户人家，散落在河水两岸的山坡上。秋天的牛堡，给人一种错觉，仿佛春天还没有走远，金色的油菜花，粉色的土豆花，以及其他许多细碎的野花，开得正是时候。

本来说好要在春天来牛堡的，按照平献的说法，春天是牛堡最好的季节。春天一到，满山的毛桃和山杏就开出紫色和粉白的花儿，那段时间，牛堡肥沃的土地上，遍地开花，山风一吹，花枝妖娆，香气弥漫。牛堡的春天，是一个色彩斑斓的世界。

相对于春天的喧闹，我更喜欢秋天的沉稳。秋天是一个厚重的季节，所有的物事经过时光的过滤，变得不再轻浮。

临近中午，我们抵达牛堡。平献带着我们，沿着狭窄的巷道，缓缓地走向村子东边的山坡。村道两侧的土墙，已经承载了过多的风雨，早已是苔藓斑驳，苍凉不堪。

牛堡的山脉与西吉火石寨相连，属于丹霞地貌。高悬在头顶之上的峭壁，如火如荼，模样凝重而热烈。我曾经去过几百公里之外的张掖，专门看过丹霞地貌，早知道牛堡有这样一处丹霞胜景，何必舍近而求远呢？

行走在牛堡的沟沟坎坎上，感觉到秋日的时光一下子慢了许多，一天的时间竟然可以拉得那么长。在慢的时光里去感受一个村庄的恬美，把疲惫的灵魂安放其中，自然就能养就心中一段诗意。走着走着，突然就想起苏东坡悠然的慢生活来，"起舞弄清影，何似在人间"，东坡先生的闲散，夹存在漂泊的一生中，是在生活的缝隙中觅得的安然娴静。

秋阳暖暖地照着，我静静地坐在铺满青草的山坡上，耳边传来草木摇曳和蝉鸣鸟叫的声音，身心彻底放松，只想这样悄悄地坐下去，一直到永久。把生活的脚步放慢一些，懂得欣赏，学会平常，给自己留一段时间读清风明月，也可留一行脚步给瓜豆田园。想一想，也不是什么艰难的事情。所谓的慢生活，就是不管世事如何纷繁，总会找到一处清静之所在，让自己的心变得从容淡定。

牛堡周遭的山坡上，到处都是遮天蔽日的原始森林，风来似一片绿色的海，风静如一堵坚固的墙，美丽的牛堡，万物鼎盛，这是大自然留给牛堡人一笔无价的财富。茂密的林木造就了一处天然的氧吧，清澈的空气里饱含着草木的清香，美美吸一口，顿觉神清气爽，滋心润肺。此时此刻，此情此景，我忍不住内心欢喜，放开嗓子唱起了一首很煽情的花儿："杨树上的麻雀一对对，到死也不分手，想起了尕妹你的模样儿，清眼泪刷啦啦地淌……"

离开牛堡的时候，秋阳斜下，风从远处吹来，又向更远的地方吹去。青翠的草木间，总有一些羽毛鲜亮的山鸡，起起落落。秋天的牛堡，到处洋溢着温婉与和顺的气息。一条蜿蜒的河水，哗啦啦地自南向北而去。河滩上的草地里，几头黄牛淡定地卧在蓝天白云之下，静静地反刍一段美好的时光。

与牛堡挥手作别时，我告诉平献，明年的春暖花开，我一定再来一趟牛堡，为牛堡明媚的春，奉献几行温暖的字。

我要保护好这种情绪

何晓晴

其实，过年是一种情绪。

一年中忙忙碌碌，已然按照既定工作生活节奏，日复一日地行进着，平凡充实，偶尔慵懒散漫，没有更多惊喜和确幸让人高兴或者心生欢喜。

然而，腊八就是一个节日按钮，当一碗浓稠的腊八粥喝下时，年的序幕就此拉开了。在每个人的意识深处，心底里会升腾起一种浓浓的情绪，四散弥漫，人们被这种情绪裹挟着，神游在各种年俗里，无法自拔，只好跟着年的节奏和步伐，大踏步地向新年走去。

曾作过一首腊八诗，表达过当时的心情。

何晓晴，宁夏作家协会会员、宁夏诗词学会理事。作品散见于人民网、光明网等网站，以及《中国诗歌精选》《朔方》《六盘山》等刊物。

腊八

清香一碗慰残年，素锦查收坎坷千。

旧事雪封不问讯，新题梅写孕春妍。

雀台高古难攀附，金谷常违断续缘。

日暮乡关愁又起，与谁共享薛涛笺。

过去，腊八一过，乡村的集市上最早出现了喜庆的大头娃娃年画，这是新年的第一个响亮信号，她打着旗帜，引领着年货排着队，袅袅娜娜向庄户人家走来。随之花花绿绿的墙帷子成了年货的主角之一，挑选墙帷子成了主妇审美的比拼，拿一卷花色各异的墙帷子，就是请一把吉祥进家门。那些漂亮的图案，如缤纷的梦，伴着孩子们度过童年时光。

随着墙帷子的进门，我们做新衣服用的棉布也一同被带回家。母亲在艰苦岁月里，省吃俭用也要让孩子们对生活充满希望，她用细腻的心思和巧手将长短不一的棉布做成每个人的新衣服，哥哥们的衣服虽然是单调的军绿或者蓝色，然而这些色彩却代表着坚强和勇敢。女孩子的衣服是不同颜色碎花布做的，母亲希望艰苦不要扼杀生活的美好，而一件新衣服绝对是在孩子心底根植一片绿意盎然的希望。

母亲就这样默默地在我们心里播种着希望，让我们在成长过程中，有勇气面对各种困难，也有信心等待美好的到来。母亲在做过年新衣服时，我们竟然毫无知觉，就像春天到来时人们看不见春天的脚步一样。而母亲半夜在昏暗的灯光下一针一针纳鞋底的影子却嵌在童年岁月的最深处，成了我们努力学习、工作、生活的最大动力。

随后，我们会跟在母亲身后，按部就班地按时序节奏来履行过年的每一个程序。腊月二十三白天扫房子，晚上则跟着母亲去祭灶王爷。母亲说，灶王爷管着一家人的平安，一定要让他在玉帝面前说好话，来年一家人才会平平顺顺。母亲嘴里说着祈福的话，在锅台后面献上馒头。我还看见二哥写的"上天言好事，下凡降吉祥"的小小对联挂在锅台上方。

这世上有没有灶王爷在小小的我看来无从得知，但自此后，每年腊月二十三这天，心底会自觉涌出这副对联，也养成默默为一家人祈祷平安的习惯。

随后，过年的节奏就顿然快起来了，杀猪、煮萝卜、蒸馒头、擀长面、炸油饼、剪窗花。伴着这些年俗长大，年俗就长成身体和记忆里的一部分，每到腊月，它们就从记忆深处跑到眼前来，想回避，也回避不了。想忘掉，一个环节都忘不掉。父母在世时，我们就按时帮他们完成年俗任务，父母不在了，我们会自觉地遵循父母的方式方法，做一些事。这样做既是对父母的纪念，也是从精神上自觉传承着一种年俗文化。人们把文化定义为无需提醒的自觉，在这一点上，我们确实做到了，也体会到了。

对于年俗，曾以诗寄咏：

千古礼俗绘春韵

桃符更换古今同，年俗承传九礼中。

珍馔仍遵秦晋味，绿醪赓续宋唐风。

踏新守岁祈千福，祭祖焚香护幼翁。

诸事遍经知世故，人情积淀国魂融。

过去，过年最开心的事是盼着父母三十晚上的压岁钱。每到过年，我们在守岁时嗑着瓜子吃着水果糖，半夜一定要啃一顿猪骨头，这才是庄户人家所谓的过年。

啃完骨头，我们会心满意足地睡去，连梦都浸着油花儿和香气。这时候父母会给每个孩子枕头下面或者新衣服口袋里装上一毛或者两毛不等的新钱，早上醒来，母亲像变戏法一样会给我们姊妹拿出大小不同、花色不一样的新衣服，这让我们无限满足，无比高兴。再从口袋里忽然掏出平时根本见不到的几毛钱，简直兴奋极了。

艰难岁月里，父母含辛茹苦为我们准备新年的一切，我们没有理解和体会父母的艰辛，只觉得朴素的日子里，新年带给我们如此大的惊喜和快乐。所以，小时候天天盼着过年。

人到中年，对年的内涵有了新认识，年节中就生出这样的句子：

新年随感

四时日出景殊同，天地有情理难穷。

目读山川书慧字，心师万象境不空。

走亲合俗皆遵脉，访友投林得费功。

百事何逃尘劳网，晓阳酾酒满斟盅。

　　长大后，慢慢体会了生活的艰辛，反而将过年视为一种负担。收入好时，可以大包小包地和全国的春运大军一道，千里万里赶回家过年，那是一种衣锦还乡的感觉。如果收入不好，日子捉襟见肘，就不愿回家过年了。虽然过年的情绪在心底升腾弥漫，但现实的逼仄让人难堪，想回家和父母团圆的强烈心愿被现实的窘境击打，一种难以言表的惆怅在过年时产生，大家说它叫乡愁，而我说，那是心意不能畅达时的窘迫和无奈

　　工作后，我们也开始为父母准备压岁钱，可是给压岁钱和收压岁钱的感觉完全不一样。给压岁钱，没有幸福感和满足感，而收压岁钱让人心生欢喜，并被一种甜蜜的感觉包裹着，许久迟迟不散，犹如噙在嘴里的糖，甜蜜的感觉伴随着成长的全过程。每年过年时，那种感觉就在心里滋生。有了孩子后，也开始给孩子压岁钱，但是从此收压岁钱的快感一去不复返了，只是在机械地履行程序。一种情绪在《除夕》中荡漾。

除夕

熏风解愠寄梅笺，旧俗趁时到舜田。

洒扫祓除门曜日，烹�馔玉户储鲜。

锦盘摇曳鸣春曲，杯盏交辉兆瑞年。

四序杳然幽步去，团圆守岁古今传。

如今，每年过年前，被一种浓郁的情绪绊住腿脚，无法从中解脱。只能遵从内心的呼唤，遵照既定的程序祭灶、祭祖、做各种吃的。年三十吃搅团，晚上吃拉魂面，年夜饭做各种各样的美食，还是会啃骨头。

时代在前进，年俗在变化。但深入骨子里的过年情绪始终无法改变，它像一只虫子，蛰伏着在意识深处，到一定时间，像惊蛰过后冬眠的动物惊醒一样，撕咬你，让你把一些传统自觉地转换成行动。比如你可以不买新衣服，但一定要买一双新袜子，寓意着踏新。你不想去超市挤在人群里大包小包地办年货，但你一定会想方设法买一条鱼、几斤骨头，让年夜饭丰盛无比，年年有余，团圆吉利。

中国汉语的美好寓意，在过年中一一尽显，担当这一重任的首先是对联。各种仁义礼智信、忠信孝悌廉、平安吉利顺、家国团圆乐等内容，薄薄一纸书联，让美好如种子在人们心底发芽生根，直至变成内心神圣的敬仰和自觉的遵守。在这方面，春联一直扮演着成风化人的作用。曾经看见过对联的功用，以一首七律歌咏过：

咏春联

秀门立户喜眉融，锦语良言纳庆隆。

两脊云轻担重任，万人瞩目自来功。

三阳广布新桃换，四序初开旧象穷。

祥瑞放歌和乐顺，乾坤咏志故园鸿。

社会在发展，年俗在更新。不知不觉中，压岁钱被微信红包代替，发抢红包似乎是一种游戏，不仅限于亲人之间，甚至在各种微信群里都可以抢到红包，但是抢到的红包已然没有了压岁钱的味道。

如今，可能更多人不太知道和遵守一些传统年俗了，可是留在我心底不变的还是浓浓的过年情结。似乎一年的艰辛可以在几天的过年中抵消，一年的希望在过年中诞生。我要保护好这种情绪，让它成为流淌在血液里的传承，也让它成为一种无需提醒的自觉。

过年，不仅是一种情绪弥漫，更是对古老传统年俗文化的传承和守护。沉浸在这种美好的年俗气息里，每个人的心里会有希望升腾，觉得生活虽然艰辛，但终究会有甜蜜和美好在过年时让人体会。

回到梦中的德令哈

王　瑞

日子平淡地过去，唯有内心天天风暴，日日波澜。

——李银河

我有一个高中同学，因为读到海子的诗歌《日记》中的"姐姐，今夜我在德令哈"，他突然决定去看一看想象中的那座荒芜的城——德令哈。

2012 年冬天，我大二，他给我寄了一张明信片，上面写着：夏天，我骑自行车环青海湖，走到刚察的时候，看到一个指示牌，距离德令哈 230 公里。疲惫不堪的我扶着自行车默默注视着远方，那是我距离这座梦里的城市最近的时刻。

王瑞，1993 年生，媒体记者。

我们在高中几乎没有交集，唯一的联系，应该是我曾写过一篇周记：海子梦中的德令哈。

近日看到作家马金莲写的随笔《寻常人间烟火里，愿与挚爱相珍重》："常常以惊诧好奇的目光静静打量外界的光影声色，然后一点一点把它们内化为幽暗深处的种子，用心血一点点滋养，呵护，裁剪，打磨，最后化作故事，讲述在文字里。"

字里行间如同孩童般纯粹、棉花般温柔的忧郁感，让我想起了那位同学，想起了海子的那声"姐姐"，想起了海子的《日记》：

姐姐，今夜我在德令哈，夜色笼罩 / 姐姐，我今夜只有戈壁 / 草原尽头我两手空空

马金莲笔下，写作的人与文字的关系，就像一个人在深夜里对着天空与旷野，温柔地诉说敏感、幽微、难言的情绪，在稀少的时刻，会夹杂几声呐喊、啜泣，剩下的便是长久的静默。

每个作者的忠实读者，如同旷野里无边的草原，草原尽头，还是草原。读者喜欢的那位作者，就像同学心中的德令哈，当他在明信片上写下"那是我距离这座梦里的城市最近的时刻"，德令哈就在他的手心。

——这种素昧平生的奇妙缘分对写作的人来说，应该是一件幸福的事。

第四章　远山的回声

苦寒的生活之树开出诗意的文学之花

王岩森

改革开放以来，宁夏西海固地区的社会、经济得到了快速发展，其深厚的文化底蕴与潜力亦因之得到了激活与释放。经过四十余年的苦心经营，西海固文学不仅成为西海固的文化名片，而且成为当代宁夏乃至中国文学版图中一个独特的存在，一大批优秀的作家作品从这里走向全区乃至全国。越来越多的评论者、研究者认为，考察改革开放以来的中国文学，无法绕开西部文学；考察改革开放以来的西部文学，无法绕开宁夏文学；考察改革开放以来的宁夏文学，无法绕开西海固文学。这实在是西海固文学地位与影响的最好证明。

然而，相对于西海固文学创作的强势，西海固的文学评论和有关西海固文学的评论则显得有些沉寂：评论者人数少，非常有

王岩森，宁夏大学文学院教授。

影响的成果不算多。到目前为止，有关西海固文学的评论文章中，真正有分量、有影响的，大多出自西海固之外的评论者、研究者之手。这从一个侧面说明，西海固的文学评论者、研究者对本土文学的关注程度还不够，对其独特的存在价值还缺乏充分的认识。

值得欣慰的是，《西海固文学艺术丛书·评论卷》的问世，在一定程度上弥补了这种遗憾。集子中的作者，除雷达、李建军、王春林等少数几位著名评论家，其他作者大多数来自区内，甚至直接出自西海固地区。

集中所收文章，多属作家作品专论。尽管写作者的身份、背景不同，但多数作者不约而同地选择了印象式、感悟式批评的路子，或"知人论世"，或"以意逆志"，正是中国传统文学批评的本色。其间略有差异的是，那些出自作家之手的篇章，多以印象感悟为主，见情见性，文字清通；那些出自学人之手的文字，多以文本细读见长，沉稳厚实，细致绵密。可谓各擅其长，各有千秋。在很大程度上，能够反映西海固文学评论的实际与实力。

正如其特点、成就是鲜明的一样，其缺憾与不足也是比较明显的。

概而言之，其一，需要加强宏观的视野。四十年来的西海固文学，是改革开放以来宁夏文学、中国文学的一个组成部分，其成败得失与宁夏乃至中国文学的成败得失息息相关。因此，只有将其置于改革开放四十年来的宁夏文学，特别是中国文学的发展背景之下加以观照，才能真正发现和充分展示其特殊意义与价值。

对此，我们的不少评论者、研究者还缺乏应有的认识，以至于相当一部分评论文章只是就西海固文学论西海固文学。

其二，需要加强理论的开掘。作为改革开放四十年来宁夏乃至中国文学的一个特殊存在，西海固文学在其发展进程中，在诸多方面对既有的文学观念、文学理论构成了挑战。比如，曾经生活苦寒的西海固人笔下的文学何以会如此饱含诗意。其间的种种，需要我们从文学与文化、地域、历史、经济之间的关系入手，做出理论上的诠释与回答。对类似一些重大而有意义的问题，在我们的文学评论中并没有得到应有的重视，反映出我们的文学评论者问题意识的相对缺乏。

当然，上述种种问题与不足，并不能影响这本集子的意义与价值。而且，我们有理由相信，这本集子的出版只是一个开始，真正的成功已经离我们不远了。

何必如此画蛇添足

庄电一

"国家一级作家""国家一级演员""国家一级导演""国家一级美术师""国家一级XX"……无论是在一些自我介绍的材料中，还是以第三人称介绍某人的身份和业绩时，我们常常都能看到或听到类似的表述，其中的一个共同点是：都有"国家"二字。

看得多了，听得多了，人们不免心生疑窦：他们标注"国家"是何用意？是以示此人不同凡响吗？是想说此人是隶属于中央团体或部门吗？是想说其职称是国家权威机构授予的吗？

这样的称谓，不免让人产生一些联想，既然文学、艺术类的职称可加"国家"，那么是否可以以此类推，"创造"出更多类似的称呼：如"国家教授""国家研究员""国家主任医师""国

庄电一，光明日报高级记者。

家高级工程师""国家高级记者"……然而，我们在现实生活中并没有见到或听到这样的称呼。如果留心观察、稍做统计就会发现：被冠以"国家"的好像仅限于文学界和艺术界，也仅限于其中的一部分人。即使在文学界、艺术界，也不是所有人的职称前面被冠以"国家"。

问题来了，如果比照"国家一级作家""国家一级导演"之类的表述，那么，似乎还应有"等而下之"的"省级作家""市级作家"，甚至"县级作家"，但实际上并没有这样的称谓，也没有哪一级机构有过这样的授予。试问：哪一位导演或作家是"国家"的？哪一位导演或作家又是省级的、市级的？恐怕没有人能分得清。我们总不能认为在国家级文学、艺术团体工作就认为是"国家"的，不在国家级文学、艺术团体工作就是"地方"的吧？大家都属于一个国家，那么，"国家"二字，你能加得，我就加不得？我们看到，在中央级别的文学、艺术团体工作的人中，有加"国家"二字的，在地方同类团体工作的人中，也有毫不谦让地加上"国家"二字的。

我们国家有很多种职称系列，各系列之间也有相互对应的关系，不外乎正高、副高、中级、初级几个档次，文学界、艺术界也不例外，何以要"独出心裁""与众不同"？依我看，在职称前加上"国家"二字，纯属画蛇添足，是正高就说正高，是中级就说中级，去掉"国家"两字，不仅对本人毫无影响，而且对什么都没有影响，也不会给人造成误解和歧义。就算言必称"国家"，也只能糊弄一下不明就里的人，真正了解内情的人也不会因此而高看你一眼。

现在，我们想问一问：到底是谁最先，又是何时在职称前面加上"国家"二字的？这样做是想要表达什么意思？联想到一个时期以来"大师""泰斗""文豪""××家"等"大帽子"漫天飞舞的现象，我们就会觉得这种表现不是孤立的了，就会觉得"拉大旗作虎皮"已经不是个别人的所作所为了。

任何称谓，都要力求科学、准确、规范，不能随意掺杂"私货"、扰乱视听，这个原则应该推而广之。

自然科学是务实的，来不得半点浮躁和虚夸。同样地，社会科学乃至文学界、艺术界也应该是务实的，更不能让浮躁、虚夸之风泛滥。是不是"大师""泰斗"，还是要用自己的研究成果、创作作品来说话，是"全国著名"还是"全县著名"，不是由自己说了算，个别人的恭维也不能成为定论。既不能拿"大帽子"吓人，也不能拿"大帽子"压人，因为"大帽子"既吓不住人，也压不住人。与其热衷于那些虚无缥缈的东西，不如脚踏实地、不懈努力多创佳绩。有了令人信服的成果，自然就会有相应的称谓，也会得到应有的尊重。否则，名头再大也没用，即使穷尽所有赞美的词语，用完所有崇高的称谓，也是徒劳的。

务实，务实，务实，无论是在一些界别，还是在全社会，我们都应该倡导务实之风，多干实事，少说空话。

读书是最好的"驻颜术"

杨欢春

"最是人间留不住，朱颜辞镜花辞树。"女人如花，但再美的花也会凋谢，再美丽的容颜也有老去的时候。女人对衰老似乎有一种与生俱来的恐惧，从古到今，热衷于各种"驻颜术"，直到今天，随着科技的发展，各种医疗技术应运而生，不少女同胞乐此不疲。

一天，碰到一个多年没见的美女姐姐，她打扮得非常年轻，脸上没有一丝皱纹，但看她的脸总觉得哪里不对劲，说到开心的事，她很想笑，但是笑不出来。据说，她为了除皱，经常注射玻尿酸，所以脸部僵硬。听着她喋喋不休地抱怨婆婆的不讲理，女儿的不懂事，领导的刻薄，看着她50岁没有一点皱纹的脸，我没有一

杨欢春，生于1981年，硕士研究生，宁夏疾病预防控制中心卫生检验主任技师，热爱写作。

丝羡慕，反而觉得有些可悲。

曾国藩说："人之气质，由于天生，本难改变，惟读书可以变换气质，古之精于相法者，并言读书可以变换骨相。"可见，读书对美容养颜的重要性。

一个人的容颜，不等于五官的堆积，还有充盈其中的气质。而气质，其实就是诸多细节累积成的整体感受，年龄越大，气质就越发超越外表成为他人第一眼看到的、感受到的东西。而气质的修炼，读书是最简单、有效的途径。

当我们翻开书籍，可以赏阅万千风景，体验万千人生，我们在阅读中，看到更大的世界，看到不一样的人生，看见最好的人性，也看见最坏的人性，让我们对人生和人性的理解越来越透彻，我们的心也因此被打开了。

也因此，当我们面对他人时就多了些理解与体谅，少了些求全责备。当我们面对挫折与困境时，就少了一份抱怨不甘，多了一份豁达从容，而这些会在不知不觉中滋养我们的容貌，并通过表情、神态、风度显示出来，成为一个人的气质。就像叶嘉莹、杨绛等老学者一生坎坷奔波、命运多舛，但她们却老得非常美。

读书不仅让我们气质美好，还令我们自信从容。非常喜欢的央视主持人董卿，她连续八年被评为央视年度十佳主持人，被鲜花与掌声包围的时刻，她停下所有工作，潜心去进修。学习期间，除了精进专业，更是博览中国古典名著与诗词。随后，她主持了《中国诗词大会》，在节目现场，诗词歌赋信手拈来，名著典故脱口而出，一颦一笑尽显魅力，她的自信与从容征服了亿万观众，让我们看到什么是腹有诗书气自华。

我深切地感受到读书的力量，感受到女性成长的能量，我看到化蛹成蝶的蜕变。"若有诗书藏心间，岁月从不败美人"，你读过的书、见过的人都在潜移默化地改变你的气质和容颜。我们与其沉浸在对衰老的恐惧里，不如静下心来读读书，在书香中，优雅、从容地慢慢老去。

研究院的入口

刘建华

对于很多朋友来说，要想快速准确地找到中国新闻出版研究院，即使不能说比登天还难，但也的确颇费周折。哪怕你专门坐镇指挥行进路线，他们还是会一脸茫然地问：研究院的入口到底在哪？

研究院坐落在三路居路一隅，周围没有可依傍的名楼名景，要想找到它，不要说陌生人，即使是作为城市向导的出租车司机，也未必都清楚。研究院的入口之难找，我是领略过的：一是初来研究院时，人事处卉莲老师把研究院的路线图不厌其烦地告诉我，但最后我还是在丽泽桥、丽泽路、各种大小胡同中寻寻觅觅、进进退退、曲曲绕绕，二三百米的距离却耗费 40 分钟；二是有个师弟来应聘时，在 50 米处的河岸折腾了半小时之久。

研究院的入口之难找，切肤之感肯定不限于我。但是，入口

刘建华，中国新闻出版研究院传媒研究所研究员。

又是何其之重要！数字技术与网络技术时代，入口已成为一种战略资源，可以决定企业的兴衰存亡。"得入口者得天下！"当我们一度哀叹互联网市场被新浪、搜狐等综合门户网站所垄断，根本没有进入空间的时候，以BAT为代表的三大互联网企业却可以一夜之间令江山变色。百度掌握了搜索的入口，阿里巴巴掌握了电商的入口，腾讯掌握了社交的入口。这些互联网大佬之所以如此看重入口，是因为入口就是用户寻找信息、解决问题的方式，成为入口，即意味着大量用户的到来。通过入口，先把用户笼络在一起，搭建一个巨大的平台，再在这个庞大的用户基数上做文章，寻找盈利模式，"先圈人再想办法圈钱"，成为互联网大佬们经营的重要法则。

这让我想起了小时候掌握入口的亲身体验。一是捕鱼。井冈山老家的瑶溪山区，植被茂盛，是天然大氧吧，久居其中，固然是感受不到她的奇特，但凡在外有什么身体不适，当你对医生感到极为失望时，回到老家休息最多一周，立马病痛遁形、生龙活虎，那是由于那里有奇妙的山泉。曲溪江就是在我家门口蜿蜒流过的一条美丽小河，沁人心脾的山间清泉中，小鱼儿显得格外精神可爱、身手敏捷，要想抓到它们可不是什么易事。于是，我们用石头和木头拦溪做成一个栅栏，中间留一个豁口，鱼篓放置其中，你就可以安静地坐在一旁，看着鱼儿们沿着鱼篓的入口，把竹篓肚子填满。二是捕兔。在野径纵横的茶山上，选择小路狭窄处，挖一个洞，安放好夹子，细泥毛草一撒，路面恢复如初，只要野兔踏中机关，便会成为我们的猎物。但是，这么多的小路，如何使猎物走进我们的埋伏圈呢？就是要为其设置入口，用树枝挡住所有的岔路口，为兔儿设置了类似今天各种影视节上明星们走红地毯的专道，请君入瓮，只要一走进入口，必然会走向我们的餐桌。

其实，自古以来，入口一直存在，也一直重要，只是网络时代尤其是移动互联网时代显得更突出而已。入口其实就是到达目的地的一扇大门，它决定了你的前进方向。方向的对错，也就决定了事业的成败。大到一个国家一个民族，小到一个行业一个机构一个个体，在时代的裹挟中，需要不断地寻找入口，寻找方向。我们要么被他人创造的入口所影响，要么自己创造入口去影响他人。个体、公司、组织与国家就是在影响与被影响的过程中生活、工作与发展。

三路居路毕竟是一条小街，可以说是弹丸之地，再怎么难找，我们依然可以找到研究院的入口，这是一种地理位置的概念。更重要的是，研究院要有自己的科学研究自身定位上的入口，需要找到进入为政府服务、为行业服务、为社会服务的入口；同时，又要自己去创造入口，让他人可以沿着这个入口聚集在我们旗下。这就需要我们进行科学的定位、高远的规划、认真的研究，创造出真正让政府、行业与社会信服的科研成果。届时，研究院即便隐迹三路居路，也会有"其身正而天下归之"的效果。

这其实就是一种品牌效应，品牌效应就是一个入口，是一个更重要、更便捷、更有效的入口！

文艺家要提高自身修养与艺术操守

许 峰

习近平总书记在第十一次全国代表大会、中国作家协会第十次全国代表大会开幕式上的讲话引起热议，总书记心系文艺，与广大文艺工作者畅谈心里话，鼓励广大文艺工作者在向第二个百年奋斗目标进军的新征程中出大师、铸高峰。讲话充分体现了总书记对文艺工作、对广大文艺工作者的亲切关怀、深情厚谊和殷殷期待，使我们广大文艺工作者倍感温暖、倍感振奋和倍受鼓舞。在此，我谈几点自己的学习感受。

首先，文化是民族生存和发展的重要力量。文化兴则国运兴，文化强则民族强。作为一名文艺工作者，要重视文化的价值引领作用，尤其是作为一名文艺评论者，更要树立正确的价值导向，对那些弘扬以爱国主义为核心的民族精神和以改革创新为核心的

许峰，宁夏文艺评论家协会理事，宁夏社会科学院副研究员。

时代精神，书写民族伟业的文艺作品要给予肯定评价、正面宣传、积极推介。对那些倡导娱乐至死，充满颓废情绪，丑化劳动人民的文艺要坚决抵制与批判，不能让那些价值观扭曲、脱离人民的文艺作品有市场，真正让文艺评论成为人民心中的一面镜子，一把尺子。

其次，总书记在讲话中对广大文艺工作者提出五点希望，这既是对广大文艺工作者的期许，也是鞭策。五点希望归纳起来，就是希望广大文艺工作者增强文化自觉、坚定文化自信，以强烈的历史主动精神，承担起"举旗帜、聚民心、育新人、兴文化、展形象"的使命任务，展示中国文艺新气象，铸就中华文化新辉煌，为实现第二个百年奋斗目标、实现中华民族伟大复兴的中国梦提供强大的价值引导力、文化凝聚力、精神推动力。一个时代有一个时代的文艺，一个时代有一个时代的精神。推动社会主义文艺繁荣发展、建设社会主义文化强国，我们民族的古代优秀文化、现代革命文化和当代先进文化都是文艺工作者创作的底蕴与底气，当代人民群众波澜壮阔的生活画卷都是文艺创作取之不尽的源泉，因此，广大文艺工作者要义不容辞、重任在肩、大有可为、大有作为。时代赋予了文艺工作者使命，需要文艺工作者凝心聚气为之奋斗。

最后，文艺工作者要苦练内功，提高自身修养与艺术操守。文艺工作者的自身修养不只是个人私事，文艺行风的好坏会影响整个文化领域乃至社会生活的生态。文学家、艺术家是有社会影响力的，一举一动都会对社会产生影响。近期，许多娱乐明星因为道德沦丧被抵制封杀，广大文艺工作者要引以为鉴，努力提升自己的品德修养，珍惜自己的社会影响，认真严肃地考虑作品的社会效果。要心怀对艺术的敬畏之心和对专业的赤诚之心，下真功夫、练真本事、求真名声。坚持以人民为中心的创作导向，坚定文化自信，强化精品意识、创新意识，用文艺精品满足人民文化需求，增强人民精神力量。

宁静的力量

武淑莲

美国学者利奥波德的《沙乡年鉴》被誉为"自然文学三部曲"之一，这里讲的自然文学是指在一个更为广阔的自然与人类的关系、人类与生态的和谐背景下产生的文学。

《沙乡年鉴》以第一人称的表达方式，用写实的方式描述作者由文明世界走进自然环境中那种身体和精神的体验。在价值取向上，类似我国古代庄子的齐物论观点，以自然之眼观物，以自然之舌言情。利奥波德在价值观念、叙述重点、文体风格与审美倾向上有独特的视域和取向。

武淑莲，1966年11月生，宁夏师范学院文学院教授、硕士生导师。

1

在价值观念上，利奥波德的自然文学放弃了以人类为中心的观念，提倡构建人类生态环境共同体的人与自然和谐共处的"土地伦理"。《沙乡年鉴》叙述了土地金字塔、食物链等原理，说明人类只是由土壤、河流、植物、动物所组成的社区中的一部分。在这个社会，所有成员都应彼此相互依赖。无论人类有着何种企图，都必须把自己与自然合为一体。利奥波德呼吁人们对我们赖以生存的自然环境有一种伦理上的责任感。利奥波德还明确提出了"土地伦理"的行为标准："任何有利于保护生物社区的完整、稳定和美丽的行为都是对的，反之则是错的。"

在广袤无垠的大地上，它们才是大自然和这块土地上最有价值的生灵。在这里看不到高高在上的人的身影，"人"像是隐居者、陪伴者，与这些大地上的生灵相伴相生，互为依赖。

2

《沙乡年鉴》的自然世界中渗透着强烈的"荒野意识"。在自然文学中，对荒野价值的认识是作者叙述和描写的重点内容。利奥波德把从荒野中得到的精神享受视为一种比物质享受更胜一筹的高质量生活。美国自然文学家奥尔森认为，我们每个人的心底都蕴藏着一种原始的气质，涌动着一种对荒野的激情。这种原始的荒野意识，包含着理性与感性的双重价值。因此，利奥波德叙述的主角是土地以及土地之上的动物、植物和各种自然之物与自然之景。利奥波德要人"像山那样思考"，自然生态与土地要保持健康的状态，人就要像山那样培养一种"生态良心"。但是人还远远没有学会"像山那样思考"，因此，我们得到了沙尘暴，而河流也将我们的未来冲进了大海。

3

《沙乡年鉴》的文体风格是散文化的风格，语言方面尤其诗性自然，是有气息的鲜活语言。书中随处是散文诗一样的句子，与神奇的各种动物、植物、景物融合在一起，共同构筑了荒野与文明、土地与文化、自然与艺术相结合的独特画面。

在审美倾向上，《沙乡年鉴》呈现了优美与壮美并存的境界。植物们自然生长的状态，鸟儿们自由地栖息飞翔的姿态与自然的雄奇、高迈、荒蛮、野性十足营造的壮美，共同形成了独特的精神境界，带给人独特新鲜的审美愉悦。利奥波德的《沙乡年鉴》里的自然文字所追求是"宁静"的艺术。在美学上它展现了一种自然清新、别一格的审美倾向。

新时代，我国提出了建设美丽中国的奋斗目标，要实现人与自然和谐共生，构建人类生态环境共同体，"我们要站在对人类文明负责的高度，尊重自然、顺应自然、保护自然，探索人与自然和谐共生之路，促进经济发展与生态保护协调统一，共建繁荣、清洁、美丽的世界。"在人们思考人与自然关系时，迫切需要构建一种可以深度影响甚至改变人们生产生活方式的新思想新观念。《沙乡年鉴》中蕴含的"宁静的力量"是一个可以借鉴的文本典范。

新形势下文艺批评的责任与坚守

赵炳庭

文艺批评作为一门学科，是一种具有创造性的精神劳动，不仅需要作者的才气、智力、学识，更需要作者的人格历练和节操修为。它不仅仅是对文艺作品好坏的简单评判，更是对文艺创作者的引领与指导。

当下，在报刊、网络中，批评家的身影几乎无处不在，遗憾的是，其中一些文艺批评，要么浮光掠影，蜻蜓点水；要么隔岸观火，隔靴搔痒；要么只见个案，不见全局；要么大而化之地提几点"仅供参考"的意见，更遑论深度分析的"批评"。还有一种现象是，真诚的批评，成了文坛上的"稀客"，即使有些"对

赵炳庭，宁夏西吉县人，宁夏作家协会会员，中国当代文学研究会校园文学委员会常务理事。作品入选《小品文选刊》《散文选刊》《海外文摘》等多种文学选刊。

事不对人"的批评，也常常会触发被批评者的敏感，惹出种种麻烦来。在一些人眼里，搞批评是得罪人、吃力不讨好的事。这种现象，小而言之，放弃了文艺批评的社会担当，对创作百害而无一利；大而言之，混淆了文艺审美的标准，给文艺批评生态带来一定的隐忧。

文艺创作和文艺批评犹如车之两轮、鸟之双翅，缺一不可。文艺批评不仅仅是艺术的镜子，也是写作者的一面镜子。优秀的批评家之所以优秀，在于他以真诚的阅读体验，直率敢言，说出自己的分析判断，进而从历史和美学的维度对作品进行把握。真正的作家也并不畏惧批评，相反，能从坦诚中肯、有价值的批评中受益，检视自己的创作，深化文学思考。优秀的文学批评文章能够带给作者与读者以艺术审美，会点燃读者的思想，点亮作者的心灯，给作者以全新的启迪。

文学的繁荣离不开作家和批评家的共同努力。19世纪俄国文学的天空之所以群星璀璨，是因为不仅有屠格涅夫、陀思妥耶夫斯基、托尔斯泰、契诃夫、果戈理、普希金、莱蒙托夫等文学巨匠，而且有与之比肩的别林斯基、车尔尼雪夫斯基等大批评家。倘若没有那些批评家的精彩演绎与阐释，俄罗斯众多伟大作家的光辉会黯淡许多。

优秀的批评家应该是社会弊病的批评者和美好人性的追寻者。考量一个文学家是否合格的重要标准，是看他有没有一种能负载起整个人类苦难的情怀，有没有悲悯万物的真诚的心灵，正如巴金所说的那样："我的写作的最高境界、我的理想绝不是完美的技巧，而是高尔基草原故事中的'勇士丹柯'——'他用手抓开自己的胸膛，掏出一颗燃烧的心，高高地举在头上'。"一个写作者只要能最大限度地对自己的文字真诚，把心交给读者，就已经很好。

文艺批评是一种富于担当、良心和勇气的职业。要有批评家独到的眼光和文笔，实事求是地论成绩、说问题，"以中正之眼光，行批评之职事，无偏无党，不激不随"。批评家要具有较高的审美眼光和敏锐的判断力，要出于公心，论从史出、高瞻远瞩、严谨客观、洞幽烛微、褒优贬劣、激浊扬清，绝不可跟在创作后面亦步亦趋地寄居或寄生。要抛开人情羁绊，分清优劣、明晰善恶、辨别美丑，坚持好处说好，坏处说坏，讲真话，摒私情，维护艺术真理的标准。

鲁迅先生曾将文艺批评形象地比喻成"剜烂苹果"，"把烂的剜掉，把好的留下来吃"。从某种意义上讲，写作者能够听得进批评之声，是胸襟开阔、虚怀若谷、坦坦荡荡的表现。如此说来，营造良好的批评氛围，不仅需要作家从自身做起，更需要批评家用理性、客观的评论反映人民对文艺精品的呼唤和人民大众的审美要求，讴歌真善美，鞭挞假丑恶，给人民以信仰的坚守、精神的力量和美好的启迪。

在当下的文艺批评中，要尽快改变"贫血"和"缺钙"的现状，打磨好文艺批评这把"利器"，推出贴近创作实际、内容深入浅出、语言新鲜活泼、风格质朴清新、篇幅短小精悍，且能凝聚社会共识的评论文章。这样，才可能繁荣当代的文学创作与批评，才能彻底发挥好文艺评论"引导创作、多出精品、提高审美、引领风尚"的重要作用。

从《浪漫的黑炮》电影改编看张贤亮小说创作形式

王琳琳

张贤亮的小说《浪漫的黑炮》改编成电影《黑炮事件》后受到广泛关注。剧本偏重于小说故事内容的选取，完全删减了文本中独具魅力的叙述形式，这也间接导致作品评论更注重剧本而非小说文本的现象。电影剧本并非张贤亮的小说，是将小说叙述内容剥离出来的再创作，主要讲述了一个有关寻找丢失的"黑炮"而导致巨大经济损失的故事。而小说文本中是以作家如何创作一部小说的主要叙述线索讲述了一个黑炮丢失故事的案例。可以说，在此部小说的创作中运用了较为复杂的叙述结构，颇具创新，这在 20 世纪 80 年代是极为少见的创作方式。

王琳琳，宁夏大学人文学院教授、硕士生导师，宁夏文艺评论家协会理事。主要从事文艺批评、宁夏文学与学科教育等方面的研究。

巴赫金的复调理论就是说一种"多声部"的现象。一个作家，作为一个叙述人，也就是一个讲故事的人，他的意识独立，在文本中呈现主人公之间，主人公与作者之间平等的对话关系。张贤亮在小说《浪漫的黑炮》中就运用了"复调"叙事，在文本中不仅出现了"隐含的作家"，也出现了"叙述人"，而且两者在互不干预的状况叙述各自的话语。隐含的作家在文本中是以一种介绍小说创作的讲授者身份出现的，其中讲述了一部小说应该如何创作，以及对于小说创作的思考，因而隐含作家的叙述内容决定这一叙述身份并不是作品中故事的主宰，而是作品中关于如何进行文学创作的讲述者。

同时，叙述人从另一条线索入手，讲述赵信书因黑色的"炮"丢失而造成的诸种误会的故事。具体来看就是隐含的作家代替作家进入文本讲述了"如何创作小说"，从小说的创作缘起、篇章设置、情节悬念选择、主题立意、素材整理、结构要素等方面一一讲解，并配以故事的例子，让读者抑或创作实践者懂得小说如何写作。结尾处更是直接用"记录者的话"来替代章节名称，这是故事的尾声，但却把故事与隐含作家的讲述剥离开，让读者读起来误以为这不是一部小说，更像是一部如何写小说的教材。另一条叙述线索，是如何写小说的具体教学案例，也就是电影《黑炮事件》的全部故事内容。电影拍摄的是小说文本第二条叙述线索的内容，即赵信书因黑色的"炮"丢失而造成诸种误会的故事，在这个故事的叙述中，电影镜头也采用了复调方式叙事，但这里复调的两条线索是叙述人的两种声音，即叙述人讲述相关部门对"赵信书的黑炮事件"的调查和叙述人讲述"赵信书的黑炮事件"的始末。事件的悬疑与侦破的曲折显然使影片颇具观赏效果，相较于小说文本"写小说"和"小说案例"这两条叙事线索的交替叙述，受众似乎更愿意接受的是一个故事线索，这也许是黄建新导演、李唯改编的电影《黑炮事件》删除了小说中第一条"如何创作小说"叙述线索的原因之一。

小说《浪漫的黑炮》与小说《法国中尉的女人》略有相似，都是复调叙述线索，都是隐含的作家跳到前台的叙事。但在《法国中尉的女人》电影拍摄中，导演在电影镜头中添加了演员真实生活与故事中扮演人物的生活的对比，这一情节的添加可谓是利用电影图像的叙述更好地传递了作家在艺术形式表达方面的独创性，可以让读不懂小说的人们，理解小说中隐含作家与叙述人的复调叙述，就如同真实的人物与电影中扮演的人物的区别，电影图像利用其可视化的优势帮助欣赏者思考并理解小说中文字媒介的间接性。在张贤亮这部小说的改编过程中，电影虽然也用了复调叙事方式，却回避了作家讲解如何写小说方面的叙事，作家叙述形式的创新并未得以呈现。相比于《肖尔布拉克》的电影文本对于小说文本的贴合来看，这部小说文本中张贤亮大胆的形式创新造成了拍摄中的困难，虽尽量还原作家创作初衷，但也只是将小说文本的一重叙述线索抽离出来的拍摄。由此观之，张贤亮在小说文本中大胆的文学创作实验方法被电影中强大的叙述内容所掩盖，尤其是在改编后的电影所获得的各种奖项以及剧本的光环下，张贤亮在那个时代超前的小说创作意识被忽略，因而，其创作形式的独特性仍然需要文学界重新审视与评估。

坚守与创新
——漫谈格律诗词创作

杨森翔

　　一种纯正、健康的民族文化和艺术，必须既要坚守传统，又要有所创新。比如"当代诗词"，首先是"诗词"，其次才是"当代"。我国传统"诗词"的基本特征是有固定的程式和要求：必须是文言（与白话相对）；必须讲格律（与自由体相对；古风虽不讲平仄对仗，但这不影响大判断）；必须具有古典美（与现代美相对）。在这个基础上，表现当代人的社会生活和气息，这便是"当代诗词"。

　　"人造卫星天上过，跳着舞儿唱着歌……"即使将它改得完全符合格律，它也只是民歌而非诗词，因为它是白话而非文言，

　　杨森翔，宁夏灵武人，曾任银南地区文联副主席、《文苑》杂志主编、吴忠日报总编辑。

不具古典美。这在毛主席诗词里早有定论。毛主席写过《八连颂》：

"八连好，好八连……"这只是民歌体而非格律诗。而他的《沁园春·雪》《七律·长征》等，这些用文言写就、符合诗词格律和古典美的作品，才是诗词名篇！

但这并不是说，诗词只能墨守成规，不要创新了。

我们应该怎样创新呢？最核心的问题是意境要新。诗词的生命和价值就是它创造了独特的意境。即使李白、杜甫重生，要表现下岗、医保、独生子女等问题，也须另辟蹊径，不能套用唐朝模式。也就是说，当代诗词作家必须纯熟运用古典技巧，写出古人写不来的东西。这里，技巧只是潜力，出新才是价值。

例如毛主席《蝶恋花·答李淑一》："我失骄杨君失柳，杨柳轻飏直上重霄九。问讯吴刚何所有？吴刚捧出桂花酒。寂寞嫦娥舒广袖，万里长空且为忠魂舞。忽报人间曾伏虎，泪飞顿作倾盆雨。" 表现的是 20 世纪 50 年代新中国成立以后人们对革命先烈的思念和高度评价，词牌和格律全是旧的，但意境和感情全是新的，特别是"忽报""泪飞"等语，用得极妙，说明消息来得极快，既反映了革命先烈对革命生死不渝、无限忠诚的高贵品格，也表现了作者的革命乐观主义精神。这首词原题为《游仙》，后改为《答李淑一》。但 "这种游仙，作者自己不在内，别于故之游仙诗"。其艺术手法既有继承，又有创新。我认为当代格律诗词就应该这样写。

例如于右任《望大陆》："葬我于高山之上兮，望我大陆。

大陆不可见兮，只有痛哭。葬我于高山之上兮，望我故乡。故乡不可见兮，永不能忘。天苍苍，野茫茫，山之上，有国殇！"熔国风、楚辞、乐府于一炉，又全部化为自己的个性化语言，突然爆喷而出，把思念祖国之情表现得如此强烈、感人至深。我认为当代古风就应该这样写。

创新也包括语言要新。意境新、语言新本是不可分割的，分开来讲是为了引起大家格外注意。不要以为文言是一成不变的，并无新旧可言。你只要比较一下《论语》《阅微草堂笔记》便可发现它们的区别。事实上，文言也是随时代的变化而变化的。作为传统诗词，不只是要求语言晓畅流利，表意鲜明、准确、生动，更要求作"弗经人道语"，即摈弃陈词滥调，要有意造成"熟悉的陌生感"，这才能强烈吸引读者。袁枚说下笔前胸中必须有古人，下笔时胸中必须无古人，是至理名言。

语言创新的路子有两条，一条是自作语，一条是点化语。自作语又有二法，一是吸收当时口语，一是自创新语。都很难，因为必须与文言整合，如枘凿相拒，则将招致失败。如李太安《农民技校》："新月含羞柳上藏，农民技校夜辉煌。阿娇卖菜归来晚，一嘴馒头进课堂。"巧妙地把口语嵌入文言框架中，真实地反映了现实生活，颇有新意。所谓点化，就是把前人的成句精致化，即人们常说的"后出转精"是也。如把"雄鸡一声天下白"改成"一唱雄鸡天下白"就是。现在最常用的办法是对成句改动一二个字，使意义陡然生变，给人出乎意料的惊喜。如讽刺某些作家，用"语不丢人死不休"；讽刺贪官，用"一寸光阴一寸金"就是。

要想搞诗词创作，就应该把"坚守"与"创新"作为当代诗词文本的必备条件。有一位教授说过，不懂诗词规律就乱写一气的人是"妄人"；以古人的思想为思想、徒事古人意境的人是"庸人"。妄人与庸人都不可以与之言诗。这话虽然尖刻而严厉，却是实话。

社会变迁与坚硬现实中的心灵隐痛
——《奔马图》里的世界

赵炳鑫

读《奔马图》，让我有了想说点什么的冲动。这几年，好的小说不多，特别是能触动人心，让读者有"痛感"的小说就更加少了，但是当我读到陈继明的《奔马图》时，就有这样的感觉。

一篇不到万把字的短篇小说，却涵括了深广的社会变迁和现实生活，精致、唯美、饱满，元气淋漓，意义丰沛，可谓短篇小说中的佳品。

一个是名为"疯子"的美女坐在车顶上哭泣。开着一家文化创意公司，开着玛莎拉蒂，抽烟喝酒，靠创意赚钱。以"疯子"

赵炳鑫，60后，宁夏西吉人。中国作家协会会员，中国文艺评论家协会会员。出版《不可碰触的年华》《哲学深处的漫步》《孤独落地的声音》《批评的现代性维度》等。曾获《人民文学》2016年"近作短评"金奖、宁夏第九届文艺评奖一等奖等。

自况的原因，应该说与她爱哭有关。哭本身没有问题，但爱哭就有问题。她哭的原因很多。想念妈妈了哭，坐在妈妈怀里也哭；创意想不出来，就会孤独委屈地哭；想出来了，找合作商，请吃劝酒，费尽口舌后也会哭。最可怕的是创意竟然成了她的一种本能，一种强迫症。"可是，现在的我想哭不一定能哭得出来，你猜为什么？因为，连哭都需要一个好创意，真他妈要命。"

陈继明的这个画面精致典型，活灵活现。它展示了现代商业社会精致白领体面生活背后不为人知的心灵隐痛。有多少现代人为"虽然心是我的，但我却无法操控它"这惊人的悖论而饱受煎熬。"疯子"本身就是一个隐喻，它的象征意味很浓，金钱在某种程度上把有些人已经逼成了一个个"疯子"，难道不是吗？所谓成功者的背后有多少不为人知的付出和辛酸。资本的积累往往是一场残酷的战争，对于一个身陷其中的现代人而言，往往要付出身心创伤的代价。我们说，任何文学类型，它的核心肯定是人，而城市文学，"它所面对的核心问题便是，一个脱离了物质困扰的人，在现代发达的都市生活中，究竟患上了什么样的精神隐疾"，这正是"疯子"背后所要表达的存在真相。

故事中的老人是社会变迁中乡土社会形塑的典型个体。他一生以农为本，马作为农本之一，在传统的农业社会举足轻重。正因为有了它——奥登堡瞎马，他家才在1978年的包产到户后过上了好日子。他与瞎马相依为命，这种人畜相依的关系是农耕社会的典型关系。后来，老人由西北而东南，由一个彻头彻尾的农民一夜之间变成了城里人，这种身份的遽然变化是他始料未及的。来到了城里，土地失去了，他再也不能失去瞎马。这是传统农业社会向现代工业社会转型过程中，作为农民必须经历的精神苦痛。他的颠沛流离，本身就是当代农民的一个缩影。进了城，没有土地了，就像丢了魂一样，回不去的农村，安不下家的城市。他的魂灵游走在城市的边缘，游走在城乡的灰色地带，他们有着魂归何处的焦虑与无凭。老人尚可有年迈的瞎马相伴，而那些失了土地而又无以为继的农民靠什么？

　　故事中的少年小可是一所贵族学校的初中生，五岁时父母离异，他一直在乡下跟爷爷奶奶生活，虽然缺少父母照顾，但有爷爷奶奶，他的童年还算比较快乐。但十岁以后进了城，一切都改变了。这是一个缺失母爱的孩子。虽然他因为是家中唯一的男孩而得以在贵族学校上学，但他从来没有得到过父亲的关心和母亲的呵护。他多么想见到妈妈。"听说妈妈就在这座城市，但她从来都没有联系我。""在这座城市里，我觉得每一个女人都像我妈妈。我总能轻易发现，一个女人身上的某一部分特别像我妈妈，走路的样子，看人的样子，笑的样子，哭的样子。大街上随便一个女人身上，都有我妈妈的一两个特点。哪怕在一个同班女生身上，我也能找出和我妈像的地方。看见任何一个相似点，我都忍不住想喊一声妈妈。"这是一个在精神上孤苦伶仃、无依无靠的孩子。母爱的缺失让小可的内心一直潜藏着找妈妈的冲动。"梦里，我骑着马向市中心一路飞奔，是为了让妈妈看见我，起码让她知道我长大了，会骑马了。果然，大街上，有个女人大声喊着我的名字。"于是，小可就将这个梦搬到现实中来了。小可骑着爷爷的瞎马，在车流滚滚的大街上飞奔，一直冲向市中心，只是为了让妈妈能看见他，喊他的名字。妈妈出现了没有，小说没有交代，但我们看到了一颗孤独和挣扎的心。城市很繁华很美好，但坚硬的现实怎样才能弥合一个孩子心灵的创伤，如何给予缺爱的灵魂以爱的温暖。幸好还有爷爷，还有那匹瞎马，但他们终究无法替代母亲。

其实，宏大的桥与微观个体的人的对照，本身就有诸多欲说还休的话题，在此不再多论。关注现实和心灵是文学永恒的命题，陈继明的小说创作，能紧扣时代脉搏，回应时代留给我们关于人之为人"存在"的命题，直击人心，体现了文学的终极使命，这也是他不断能引起读者关注的原因之一吧。

看见土地的人

——评季栋梁新作《苦下到哪达哪达亲》

刘　均

　　季栋梁的小说、随笔总是透出对家乡故土的深厚情谊。新作《苦下到哪达哪达亲》一如以往淳朴可亲，细细读过其中的《家口》《绰号里的童年》《苦下到哪达哪达亲》多篇后，发觉季栋梁实在是用心良苦。

　　季栋梁文章的好处是朴实无华，看不出太多的心思，没有刻意雕琢的字句，没有高高在上的那种姿态，更像是在黄土朝天的乡间地头、农家院落、田垄沟渠之间的散步，走到哪里想到哪里就写到哪里，自然单纯，更像是和朋友聊家常，字里行间透出亲和感、平易感。读者一路跟随，徜徉在田间地头、村街巷陌，随着作者的脚步、目光走进乡村，那种乡村生活几乎快被人们遗忘，譬如早已消失的粮票，譬如那些有着各种绰号的童年玩伴，譬如

　　刘均，宁夏作家协会会员，宁夏诗歌学会会员。

许久不见的牛驴猪羊……在季栋梁的笔下，这些被人们忘记、忽视的过往里透出浓浓的人情味，在那个物质匮乏的困难岁月中，这种熠熠生辉的人情味照亮前路。

季栋梁的写作方向是尝试把握人在困苦环境中的情感，作品与现实生活没有违和感，更多的是一种代入感、亲近感。譬如那篇《绰号里的童年》。同学聚会，往往记不住真名，却总能记住年少时的"绰号"，就像文中提到的"筛子头""水蛇腰""谎溜子"等。当童年小伙伴喊出一个个"绰号"，彼此之间的疙疙瘩瘩的小情绪便消失不见。作者不仅写出了孩子之间的淳朴与童真，更写出了逝去岁月与人的关系。仅仅写人还是不够的，季栋梁更在意的是人与土地。正如书名所昭示的——"苦下到哪达哪达亲"。主人公"我"曾经多次劝父亲进城享福，但父亲一直不肯，即使母亲去世后，也不愿随着儿子进城，即使选择在庄稼收割后的秋季卖地进城，老父亲仍旧不愿意，原因仅仅是："正是犁地的时候，不犁地让地荒了……把荒地撂给人家？"短短几句话，说透了一辈子在土地上劳作的农民对于土地难以割舍的感情。土地，就是农民的一切。对于老父亲来说，再贫瘠的土地也留存着自己的念想与希冀，土地里面有他对于生活全部的理解、希望，仿佛那片土地放着他的魂儿，离开了那片土地，就没有了精气神。

这就是作者试图告诉读者的——土地的哲学。只有深切了解土地与农民的人、对农村生活了如指掌的人，才会有这些细致入微的感受。他知道土地何时播种、何时需要施肥，土地的时间节点对于有些人来说只是生命的一个标记，但对另一部分人来说却是所有的生命刻痕，农民与土地生死相依、血肉相连。

季栋梁有意识避免过多繁复的描写或者单纯的赞颂，防止读者因此产生对农村、农民、土地的各种误解。也没有刻意回避、隐瞒、掩饰，甚至是美化贫穷。看似写得很实，其实很写意。看似没有任何写作技巧，平铺直叙，却是一种没有技巧的技巧，正像人们常说的"大巧若拙"，文章却是清明透彻，呈现出农村、农民的整体风貌和精神状态，朴拙与沉静尽在其中。他也没有将朴素无华的叙述上升到某种高度而大发感慨，博取读者的同情心。季栋梁对写作的理解，就是自然。这种自然伴随作者写作状态的放松，完全没有任何负担的松弛、从容。于是，朴素就成了最明显的特征，而这与农村的日常生活相一致。自然、放松看似容易，实则很难。心中杂念太多、想法太多，就会加入太多没有直接关联的文字，忍不住大段大段抒发感情。文字如果过于流畅、顺溜，就要有意识地加入一些钝、涩的东西，使文字整体清晰、澄明。这就是"大巧若拙"的魅力所在。

季栋梁怀着一颗赤子之心，将点滴的记忆变为阔大的"大江大河"，仿佛这是他的使命。生命无常，曾经改变我们的一切都可能湮灭，什么才会留下来？那应该是生命的感动。我们活着的时候被什么感动，什么时候做了一些感动别人的事，所有这些感动将形成一个个循环，代代相传，不会湮灭，终将是平淡深处的绚烂与璀璨。

暗夜里的微小晨光

——王安忆《长恨歌》王琦瑶形象解析

徐婧纯

"对面盆里的夹竹桃开花，花草的又一季枯荣拉开了帷幕。"小说的最后一句话和开头呼应，起初王琦瑶还是弄堂里的懵懂少女，匆匆的一生随着上海这座城市的起伏而转换。

王琦瑶是《长恨歌》的中心，她的存在是女人自由意识的展现，许多人说她悲惨，一生依靠男人而活，可我却不这么觉得，我反倒觉得王琦瑶与不同的人交往时很会拿捏分寸。

起初看她和吴佩珍的相处模式时总会有点不耐烦，觉得她的算计太多，相比吴佩珍的真挚与热情，王琦瑶的情感总有一点心机和算盘，为吴佩珍付出的真心觉得不值得。但是当王琦瑶的身边人变成蒋丽莉的时候，这种感觉变化了，只觉得王琦瑶在为人

徐婧纯，华侨大学文学院2020级学生。

处世方面有自己独有的一套。

即便两人身份悬殊，蒋丽莉自觉高人一等，但王琦瑶从未接受这种目光，出身贫寒的她保留着自己的态度，维护自己的尊严，这种态度延续于她的每一段人际关系中，无论是处理与程先生的感情还是和电影导演的聊天，她总是不卑不亢。小说没有细致入微地描绘她的容貌，而是带有一种"疏离感"，多半是从他人的言语以及其他物品的衬托上进行展现。

最让我有代入感的描写是王安忆为王琦瑶刻画的光影。在生命的不同阶段，都有为她打造的光影。

是初入电影拍摄场地时的那道刺眼的光，让盖着罩头的王琦瑶有些惶然无措和小心翼翼。

也是"上海小姐"决赛的那个夜晚的灯光，有些晃眼也有些不知所措。

是王琦瑶在爱丽丝公寓里消磨时间的光影，那光影又长又多，好像怎么也数不过来，从黎明看到黄昏，一天一天都在看，风吹窗帘的时候光影会微微动几下，王琦瑶的眼神也会跟着飘忽几下。

也是在平安里的那些下午的光影，是王琦瑶一个人干坐在家中，看着午后阳光打进来的光影，那时候觉得日子好像这么过也没有什么不好，曾经也辉煌闪闪发亮过，现如今也不一定非要在过往里重新做回自己，就这个样子也不错。这些光影总有它们存在的意义，就像王琦瑶的生活一样，别人总要扯些是是非非，但她心里有着自己的打算，无论世道怎样变化，她也不会在这个繁华的都市里乱了步子。

王琦瑶是时尚的女人，虽然她不是领头人，但她的时尚是融入骨子里的，是让人看不腻的，也是常看常新的，几件简朴的羊毛衫或者是几年前的旗袍，穿在她身上不会感到突兀或者是老旧，而是舒服，是百看不厌。她承认岁月在她身上所留下的痕迹，但她从不觉得自卑和不安，反倒有自己的化解方式，而且化解得巧妙不留痕迹。

相比于张永红，王琦瑶的"美"在举手投足间的大气，她从不需要别人刻意地迎合，无论张永红怎样追赶，都无法超越。

作者王安忆为王琦瑶铺设的大背景是上海，并且是流动的上海，感受到时间的流逝和变换，不单单从王琦瑶的人生轨迹来看，从一点一点不断转变的社会环境中也看得清清楚楚，这也是王琦瑶的又一魅力之处，无论在怎样汹涌波动的社会大潮流中，王琦瑶总会很快找到自己的位置，不盲从且格外坚定。在她的身上感受不到任何颓败、苍茫或者是郁郁寡欢，总是恰到好处的温柔。

而从王琦瑶后期的生活状态中，也读出了一种生活的美学，不俗也不艳，没有什么大起大伏，就觉得格外美好，在一点一点之间还隐含着一层美感。她日日准备的下午茶，虽不昂贵但也可口美味，配上她特意买的镶金丝边的茶杯，不让客人觉得刻意，又在家常中透露出她独有的待客之道，是一种舒适感，也是一种长久感。当康明逊突然地来访撞破有些破败的王琦瑶，王琦瑶也将这种突如其来的相遇变成了一种"慵懒美"，让康明逊更加欲罢不能。出现在王琦瑶生命中的一些人，总爱去她家，我想眷恋的也是这一份来自心底的安定与安宁。

因为是女性作家的缘故，王安忆将王琦瑶刻画得格外细腻与自然，使得女性读者在阅读时格外有代入感。她写王琦瑶那种出其不意的美感，让康明逊刻意追逐的那些破碎的美感，写得模糊却也真实。王琦瑶一生中经历了太多感情，哪怕有些感情令人难以捉摸，它也是美的，美得让人觉得这一切也都是自然而然发生的，不必去过分追究什么。

《长恨歌》中的女人们羡慕王琦瑶，人人想成为王琦瑶，但王琦瑶终究是独一无二的，她曾经拥有过辉煌的人生，也经历过低谷，享受过最平凡最普通的朴素生活。人们总是在议论她，但很少有人真正懂她。王琦瑶本身就有某种魅力，即便她只是书中的一个人物，是合上书便会消逝的人物，但她的一生却让人念念不忘，映照在现代都市女性的身上。

突破或抵达：罗贵荣版画的抒情性叙事性

周　鸣

罗贵荣左冲右突的状态始终呈探究性、多变性、丰富性。他是宁夏版画的骄傲，中国版画的惊喜：一是他创作的作品数以几百计，凭借鲜明的艺术特点成为中国版画界的获奖专业户——1992 年他才 30 岁，就横空出世获得全国版画作品金奖。其后获奖不断，斩获包括观澜国际版画奖等 20 多个国际国内金银奖。二是他是中国国家画院版画院最早的 23 名院士之一，年逾 55 岁又以耀眼的创作实绩破格调入中国国家画院，从事专业创作。三是他的版画绝技已经后继有人，在他的言传身教下，他的嫡传弟子俨然有了矩阵模样，成为中国版画界不容忽视的宁夏力量，宁夏版画由罗贵荣独步塞上、孤寂、傲岸的一棵树，衍生成郁郁葱葱的一片森林。

周鸣，宁夏灵武人，喜读书，爱好文学。

罗贵荣的技法有原创性的突破，主题丰富多元，风格卓然超拔。他对版画艺术有两点独特贡献。第一是辨识度极高的抒情表达。他钟情的题材在版画中赫然共通：民族风情、土地、阳光是他作品气脉贯通的三原色，他冲破版画的局限，将原本以复制为基本的表现固化、限制创造的画种，变成表达情感、评判、文化、思想的载体。肃穆庄严的民族风情、区域性明显的土地，在他的刻刀下，具备强烈的抒情新功能。《红坎肩》等作品，数量多，风格迥异、手法独创，这批作品以浓烈多彩的民族特质、深沉质朴的生活气息、细腻准确的细节呈现等取胜。我认为，这得益于他强烈的文化认同、浓烈的情感投入、坚实的创作积淀、敏锐的观察能力、新颖的表现手法，更难得的是他自信坚定严肃的思考判断。在这几组作品中，罗贵荣充分调动版画元素，通过庸常的民间生活、司空见惯的服饰、看似不经意的镶边和饰物，以及眼神、鼻梁、嘴巴等人物特征，将其放到精心设计的图式中，完成了抒情：立体多元地表现群众幸福安宁、坚毅内敛、自信乐观的生活现状。这批版画集中体现的是罗贵荣对中华民族多元一体的观察和思考、评判和刻画。我坚信，这些作品会因深度观照当代社会现实而历久弥新，将在中国美术史上留下鲜亮的一页。

　　其次就是罗贵荣对黄土地的深情和热爱。《我和我的土地》《美丽的秋天》雕刻的是宁夏山川原生态的普通场景，他化腐朽为神奇，戈壁、沙丘、雪地、荒滩……这些宁夏大地特有的地貌风土，在罗贵荣的调度下虽然以具象出现，却是更为沉郁地抒情——是土地和人民共生共存、和谐相处甚至挣扎、冲突的诠释和表达。普通人因劳动而光芒闪烁；劳动者因辛劳付出而美丽美好；土地因劳动而多姿多彩。观者也因熟悉而产生共鸣，因元素多元、切入深刻而深度感动。《美丽的秋天》是罗贵荣的名作，画面明净，结构简单，主人公是一位充满现代感的农村女性，作者有意隐去人物面部，秋收后女主人公惬意地躺在草堆上，体态恬静、安然、舒适，凌乱的草秸充满生机、力量和光芒。这件作品的抒情性让我久久回味：普通劳动者对劳动的尊崇，收获后的怡然自得，丰收的喜悦安详，劳动者自带的芬芳、耀眼的光芒。这件作品成功昭示：歌颂劳动者是艺术家不竭的动力和永恒的主题，好的作品就应拒绝浮躁、消沉和驳杂、肤浅。

第三是倾尽热情地歌颂阳光。黄土高原的阳光强烈炽热，罗贵荣的刻刀大胆直接，阳光是他作品中歌颂和运用的主体之一。《我和我的土地之一》中，阳光铺天盖地的绚丽，连枯草都有阳光的颜色。《美丽的秋天》中，暖阳是画面主基调，作品洋溢着满足和幸福的阳光气韵。罗贵荣对版画第二个独特贡献是赋予版画宏大的叙事性。他承担了很多重大主题创作，如反映给水团事迹的《我和我的土地之七》，表现扶贫主题的《姚磨村的秋天》等，都以宏大叙事性赢得好评。但我以为最能表现他叙事、创作能力的是他2021年完成的《人民楷模王有德》。王有德是全国治沙英雄、全国优秀共产党员、改革先锋，以这样的人物进行主题创作极具挑战：一是王有德宣传普及面广，他的事迹家喻户晓；二是王有德典型事迹多，不宜版画立体表现；三是治沙题材相对老旧难出新意。但正因如此，这幅画令我惊奇不已——画面很丰富，感染力极强，王有德形象生动传神：泪光隐闪的眼睛，挺直的鼻子，粗糙的皮肤，坚毅的嘴角，日常的装束，活脱脱就是我所熟悉的王有德。背景是连绵的山丘，是王有德几十年流汗流泪工作和战斗的阵地，前景是在王有德呵护下苗壮成长的树苗，概述的是王有德的治沙经历，草方格、水池呈现的是战天斗地的成就，这些实物在罗贵荣的刻刀下叙事阔大而深情，历史感沧桑感立体丰满。画面中王有德伸出艺术化的双手，像在怀抱过去的岁月，怀抱沉甸甸的治沙使命、责任和义不容辞的担当。版画中的亮点就是这双毛茸茸的极像沙丘的手，粗粝、硕大、夸张却充满蓬勃的生命力。这应该是罗贵荣将具象由实化虚、虚实相生的艺术创新，呈现出特有的力量感，使画面有了夺目的光芒，使这幅主题创作产生了奇特的艺术价值。

第五章　人间烟火气

归来还是少年的胃

张　强

　　母亲拉扯长大，少年滋味悠长。胃这一辈子，是小时候就被妈搞定的。有的人，人心变了，口味还是"那个少年"；有的人妈没了，"妈的味道"犹在唇齿。

　　西海固无数个普普通通的母亲，她们最大的幸福和底气，就是能为家人做一手粗茶淡饭，做饭的手艺被邻里乡亲佩服。我的母亲就是这样的人，她识不了多少字，但饭做得绝对好。2000 年前后那几年，我弟张伟在石家庄工作期间，我母亲去给他带孩子，每天还给他一家人做饭。有几次张伟把朋友约到家里，吃到了我母亲做的长面。他们吃完，眼睛发亮，表情夸张，都说吃到世界上最好吃的面了。后来张伟一家迁居到银川工作和生活了，他每

　　张强，60 后，宁夏固原人。高级记者。入选宁夏"313 人才工程"，被授予"宁夏首届名编辑""塞上文化名家"等称号。

次去石家庄出差，朋友都会问候我母亲，有的还说能不能把我母亲带过去，给他们做一顿好吃的长面，有的还表示愿意把机票钱掏上，也要请我母亲去做面。每次张伟回来说这些，我母亲都笑得合不拢嘴，成就感跟我们在工作上获奖一样一样的。

除了长面，我母亲的拿手饭还有搅团、摊馍馍、油饼子、酒麸子、凉粉、凉面等。长面分干捞、带汤两种；搅团以荞面为主搅成，配上汤菜、油泼辣子、蒜汁、醋，这个"套餐"能把人吃美。这些配料蘸汁，需饭前下功夫备好，比如蒜汁，一定是用木制罐捣碎的，油泼辣子一定得是自个儿碾出的辣面。还有两样吃头：猪肉臊子、酸菜，也能体现我母亲的厨艺。每年四五月青黄不接，能吃上用猪肉臊子做的长面，那可真是口福啊！数九寒天下午放学归来，饥肠辘辘，捞一朵酸菜吃掉，就能顶饭解饿。原生家园原生饭，原生家庭原生胃——我们的家庭、我们的母亲，从小就把我们的胃口"惯坏了"。

其实都不是什么名菜佳肴，也摆不到大席大宴上，但这些家常便饭，却是生命中最好的营养和滋味。以食为天，尽在日常，甚至在过年几天，大鱼大肉仍然拼不过长面搅团。就拿今年过年说吧，我的吃饭纪录是：除夕中午，驾上车带全家人，去父母家吃搅团，晚上吃长面，初一早上再吃饺子。搅团我会吃掉两碗，长面干捞一碗、带汤一碗，饺子是萝卜大肉馅的，吃了既解馋又顺气。吃过饭，老母亲会把油泼辣子、蒜泥、油饼子、肉方子等，包好装好，让我带走，我母亲是既贴辣子又费油。

我在想，这么多好吃头，除了我母亲手艺厨技高外，食材之好也是保障，比如过年的猪肉，是我妹夫路满雄在固原的大姐用粮食喂养出来的，面是我堂兄张平家磨坊磨出来的，胡麻油是我表兄蛮牛开的油坊榨出来的，葱是海原李旺堡的，粉条是西吉兴隆的，牛肉是泾源的黄牛肉，醋是隆德四兴牌子的，辣子是自己家晒干的，土豆萝卜都是固原亲戚送的，等等。就是说我父母搬到银川快二十年了，过年甚至平时，吃的都是老家西海固的食材，我活到快六十岁了，过年甚至平日里吃的，还是老母亲做的饭。

　　有一次，与父母亲一起吃饭聊天，还聊出了我的"吃饭碗"。1973 年与二伯分家，大人们在盘点家产，我只惦记着我的小小搪瓷碗，生怕分不过来，紧抱着这个东西参与了分家仪式。2021 年1 月"记者新春走基层"，结束彭阳县孟塬乡草滩村的采访后，返程路过三营时，我回到老家的"老院子"，看到了"尘封"的各种物件。打开厨房锈蚀的铁锁，看到不少当年的厨具，风匣、笼屉、捣蒜罐、面杖、饭碗菜盘之类，当年母亲做饭的情景全跳出来，我甚至闻到了母亲做饭的味道。猛然间发现我少年双手紧抱着的那个搪瓷小碗，已斑驳不堪，像个古物。我不仅用手机一遍遍拍了它，还用报纸包好拿回来，置放于家中书柜。家人认为极不着调也不和谐。他们都不知道，这个生锈了的"古物"，盛过母亲做的长面、搅团以及老家的咸水，还有岁月时光，还有家亲慈爱，还有我的成长！

　　原生水土，一方饮食。我的看法是，以黄河之隔，吃不到黄河水的宁南山区，与喝足黄河水的卫宁平原、银川平原等，不仅人居环境有别，饮食习惯也不同。归纳起来，西海固的饭，做饭的人更讲究一些，吃饭的人滋味更浓一些，即所谓"重口味"。西海固的饭菜里，盛着中原文化的传承和陕西、甘肃饮食文化的融汇，银川这边的饭多有移居的"速成"和"拼凑"。

1987年我大学毕业后，在固原日报工作了五年，对固原城里几道好吃头记忆犹新。南河滩附近的荣味斋，店面不大，也就摆四五张小桌子。老板姓马，曾是当年固原地委食堂的厨师，改革开放后辞职创业开店，靠厨艺和人缘，迅速在固原爆红。荣味斋早上泡馍、中午酸汤饺子、下午烩面炒面，货真价实，味道鲜美。记得我和赵云山1990年春季被当地军营请去培训通讯员，因为有讲课费，我俩在三天培训的每个清早，骑自行车去军营路过荣味斋，都舍得连吃了三回牛肉泡馍。今年4月初我去固原，陈学伟请我到比当年能大十倍规模的新荣味斋吃饭，他把老板马强喊到桌上，说是介绍认识一下。我当场描述了对马强他父亲和当年荣味斋的记忆，并提起老荣味斋每天三个饭点上卖的饭，马强一脸惊讶，对我说："哥，我爸都去世了。你能记这么细，我认你这个哥！"

那几年，南河滩市场有一对卖包子的老年夫妇，着装干净，气场不同，二人每天从家里各提着一个篮子，把蒸好的羊肉包子盖实捂住，徒步到南河滩市场来卖，常常是他们一出现，一会儿工夫包子就被抢光了，可遇不可求，能吃上二老的这个包子，你得提早守着等着。

南河滩市场大门口，有个卖牛头肉、牛蹄筋的摊铺，我从那儿买过好几回，摊主都把我认下了，每次去买，都笑脸相迎。1990年6月意大利世界杯期间，在海原兴仁中学教书的刘中，搭班车南行一百多公里，来到离他最近的大城市固原找我来了。他说把当天的课调了，就是想一起在电视上看场比赛。我就骑上自行车，骑到南河滩市场，买了牛头肉、牛蹄筋，还买了一个苤蓝，回来拼了三盘菜，打开一瓶陇南春，我们就开喝开看了。这场比赛是联邦德国对阵阿联酋，结果5：1，阿联酋输惨了。去年我在银川唐徕市场买菜，一眼发现了苤蓝，当即买了一个，并给这个苤蓝拍了照，发给刘中。见面交接苤蓝时，刘中光是抿嘴发笑。今年1月我回固原，得空走到南河滩市场，看能不能见到当年卖牛头肉、牛蹄筋的摊主。摊子找到了，搬到搭了棚的市场里头了，不过摊主变成了儿子，跟他父亲长得极像，他说："我爸老了，走不动了，干不动了。"

那几年在固原工作，我结婚成家，过上小日子，柴米油盐、买菜买肉的事，很快就掌握了。关于买肉的细节是这样的：买羊肉得去南河滩市场，摊主都是将羊肉剔骨卖，不像银川都是带骨售。剔过肉的"羊架子"，挂在那儿，一副卖五元，看上去没有肉，但经慢火炖两小时，肉就从骨头缝隙冒出来了，加上骨头里的骨髓，一锅炖好的"羊架子"，其营养价值，不亚于几斤羊肉。所以，大冬天每隔两三周，我都跑到南河滩市场，花五元搞到一副"羊架子",让摊主砍断剁碎,骑上车子,哼着小调,满载而归。当时,宁夏日报的苏保伟在固原驻记者站,不知怎么也掌握了这个"路数",常常整回"羊架子",用电炉子、电饭锅炖好,跟几个同事就着小酒喝羊汤、吸骨髓。他不止一次对我说:"香得很啊!"

割猪肉的地方在电影院坡子下,约摸十几家摊位排开,看上谁家的尽管砍上一刀。固原人卖猪肉,都不剔骨头,而且顺茬砍,不得"挑三拣四",不像银川市场上,猪肉都是剔骨卖,且各部位分别有各的价。总而言之,固原的猪肉吃起来比银川的香,这应该跟喂养的方式、饲料有关。如今回固原采访工作,有时返程,我还请司机开车绕道到电影院坡子下,停下来,找一家肉铺了,说好价,付了款,砍一刀,带回家。有几个摊主,看上去都是熟脸,他们在这里卖了三四十年的肉了。

从固原往银川带吃头,这几乎是所有在银川工作、生活的固原人习以为常的事情。固原人与银川人的饮食习惯多有不同,从食材上就有区别。比如:牛肉,固原人基本上都吃泾源黄牛肉,银川人没有这么专一,哪儿的牛肉都行;葱,固原人喜吃红葱,银川人喜吃白葱;固原人爱吃烤馍锅盔,银川人爱吃葱花饼、茴香饼;中秋节固原人家家户户蒸月饼,银川人买几块"老苗"就把节过了;金秋时节,固原人门庭窗前,挂满了红辣子干蒜头,银川人基本上不去费这些力气……

当然,固原一些土特产也被银川人"青睐"。以前,很多银川人喜欢从固原捎带土鸡蛋。固原农家土鸡蛋好吃,这是公认的事实。1988年初秋，在固原兼任记者站站长的宁夏日报总编辑助理余光仁，喊上我去南河滩市场，陪他买土鸡蛋，要带回银川。一位包着咖色头巾的农村中年妇女，蹲在市场大门外路边，她的面前摆着一篮子鸡蛋，其成色、数量正好符合余光仁的需求。讲好价后，这个女人把篮子里的鸡蛋，一个一个小心翼翼地取出来，又一个一个吹掉蛋皮上的草屑，工工整整地置放到余光仁备好的纸箱里。她说："这都是我个人下的蛋。"余光仁纠正道："这都是你养的鸡下的蛋！"女人一本正经地辩解："鸡是我养的，蛋是鸡下的，我把心都操碎了，咋说都成！"余光仁很感动，再说不出话来，多付了她五元钱。

我的朋友白军胜，1988年固原师专（现更名为宁夏师范学院）中文系毕业后，被分配到红庄乡盐泥中学任教。白军胜课讲得好，还喜欢写诗写评论。我当时在固原日报当副刊编辑，为白军胜编发了好几首诗。一次他收到稿费很高兴，跑到农贸市场上买了两只活母鸡带回来一起吃。他说："母鸡带回来了，心痛得不行！"我问咋回事，他说："卖鸡的是个老太太，她把钱接到手里，我提起母鸡要走，她哇一声哭开了，说是母鸡养了两年了，舍不得。"我听了，也心痛得很。

西海固的家常便饭里，饱含着日子的艰辛，融会着光阴的不易！

有过多少往事，仿佛就在昨天；有过多少滋味，永远留在胃里。如今我在银川下馆子，每次都要去找寻固原风味的馆子吃，这是胃的"顽固"导致的。在银川，谁家馆子里聚的，就是谁家的人，一看那些吃饭的人、吃饭的脸，就知道一定是"原生家园原生胃"，一开口讲话，更印证了老乡见老乡，一碗牛肉汤。比如宁味楼，比如老白师傅泡馍、永禄饭庄，去这些馆子吃饭，说不定会遇上发小和同学呢。

讲一讲我在银川推介"少年味""家乡味"的经历吧。从2020年7月6日到2021年11月23日，我在朋友圈介绍了3次"隆德大馒头"。

一、好馒头是蒸的，两口子是真的。

长城路海基亚医院再往西150米，有个"国长馒头店"。店主叫裴国长，隆德县温堡乡人，蒸了好些年馒头了。他说过去在隆德县城开馒头店，县城的人都知道他，来银川开馒头店已经五年了，每天上下午各卖三个小时，馒头一个都不剩。我说给你们两口子照个相吧，他俩就站起来，满脸欢喜，站在一幅书法背景墙下，只是不往一起靠。我说挨得紧一些嘛，难道是假的吗？女主人赶紧说真的真的，就靠一搭里了。这一逗，他俩更乐了。紧接着，来了一个女顾客，买了三份各两个大馒头，说是她两个、一楼老奶奶两个、对门两个，都是让她捎的。

二、国长馒头店一天卖掉一千多个。

国长馒头店靠馒头的分量大、有特色（碱面）、做工细，不仅在银川很快立足，还赢得一大批回头客，每天上下午固定时段能卖掉一千多个。我下午路过，买了四个（我也算回头客），顺便聊了几句，才知道"国长馒头"使用面粉挺有讲究：专门采用的是河北面粉，全是冬小麦面粉。裴国长说，冬小麦面粉蒸的馒头好吃，宁夏面粉杂得很，市场上春小麦面粉多，冬小麦面粉都是从陕西等一些地方凑来的。哦，做馒头也有文章和学问！

馒头上为啥还有红喜字？裴国长答：有人预订的，共 12 个大馒头，准备定亲用。预订的人是银川人吗？不是，是隆德老乡。这年月保留着类似这样的生活习俗，还会有多少人？！

三、货真价实是永远。

国长馒头店近日不见了，搬迁了。搬到哪儿了？今天让我给闻到了（路过时闻到了馒头的麦香）。原来就搬到原来的店旁边，店面比原先的稍小些。店主裴国长说，原来年租金五万多，现在三万多，少了两万元。裴国长的笑脸上，写着三个字：很满意。

光顾国长馒头店的都是老顾客。因此，新店面没有挂招牌（仅在门玻璃上做了小提示），人照常来买馒头，不影响生意。这年月，肉没有肉的香，菜没有菜的香，馒头也没有馒头的香，今天我却闻见了馒头香，算是稀罕。

我每次在朋友圈发文介绍"国长馒头"，都会引来很多留言和点赞，不少人留言说要去找要去买。后来听我们单位好几个人说，他们都找到了，都买了，确实好吃。其中闫凤英说她经常去买，有一天她还把四个大馒头带到单位，两个送给杨媛媛，两个送给我，说她家离店近很方便，我和杨媛媛家离店远，不方便去买。国长馒头还多了这一份"传奇"！

最近，我又发现了一家"彭阳特色饼子店"，也在朋友圈"宣传"了，我是这样写的：

好吃不过油饼子，抗疫还得小门店。近日发现一个小门店——彭阳特色饼子店，位于凤凰北街快到上海路的西侧（北安小区附近）。该店专门做白饼子、油饼子，号称"家乡味"。刚炸出的油饼子，看上去就美得很，拿回家吃一口，吃出我母亲炸的油饼子的味道，确实印证了是正宗的"家乡味"，没一点麻达！

买油饼子时，还跟小店主人聊了一会儿，记录如下：老板是一对彭阳夫妇，四年前从老家来银川创业，在海宝小区那儿开了"家乡味"饼子店，质量杠杠，辛勤劳作，童叟无欺，把事干成了！今年春节后，又在北安这儿开了分店。人不识货嘴识货，吃了都成回头客，如今这个店每天卖两千个白饼子、一千个油饼子。一个白饼子一块五，一个油饼子二块五，算下来收入可观。海宝那儿的老店由男主人打理，生意更好些。北安这个店由女主人打理，开了三个月，她忙不过来了，就把姐姐的儿子从老家喊来当帮手。油饼子用的是山东冬小麦面、彭阳老家磨出的胡麻油。这面这油，加上人勤奋，手气好，诚心干，就把这个小店开稳了。

我隔着橱窗给店主人照相，她说咋遇上这么好的人了；我夸她家的油饼子好，吃出妈的味道了，她说家乡味就是妈的味；我说把小店开成了就是本事，她说大的干不了就能干个小的；我说大店都关门了，小店才抗疫情呢。她和她外甥就哈哈哈笑。

再说几句我母亲炸油饼子吧。小时候除了过年，平时很少吃上肉，不过端午节中秋节过年都能吃到油饼子。记得炸油饼子那一天，母亲的脸是专注的脸肃穆的脸，开炸的时候不仅不让我们兄妹进厨房，还喝令不能大声说话，说话声大了费油得很。我和弟弟妹妹就老老实实地闭上嘴，都缩着身子安静地等着。炸完油饼，母亲走出厨房，脸上的严肃不见了，变成了满足的脸赢了的脸。我们终于捧上油饼子吃，咬一口，比肉都香啊！即便是如今过年，吃上老母亲炸的油饼子，还是觉得比吃肉香。我母亲几十年间，每年都将她炸的油饼子，包好裹好，送到二十里外的"小河子"，给我外爷吃，每次送回来，她都会高兴地学我外爷的声调："娃娃，比肉都香啊！"这样的回娘家送油饼，直到我年届九十的外爷去世才停下来。

几天前与彭阳籍的吴涛等人在一个小馆子吃饭，上了一道"烫面油香"，我说这个咋能跟我们老家的油饼子比呢。吴涛说老家炸油饼，是三天的策划和仪式。我说那真是光阴的仪式母亲的仪式，烫面油香是不下苦、走捷径的吃头，咋能比得了老家炸油饼的仪式呢。我们在对话中神清眼亮气爽，嘴还吧嗒，仿佛品咂到当年母亲炸的油饼子味道了。

在朋友圈发了四张彭阳夫妇和他们的油饼子图片，还有以上文字后，立刻引来一大波点赞，还有不少留言，都说第二天要去找这个小店，买油饼子吃。陈凤兰说她去买了十个，回到小区就被邻居老太太们"抢"了，只剩下一个。冯剑华说她派人去买了五个，回来吃一口就吃出她曾在彭阳吃过的味道了，她说是彭阳的胡麻油好！刘涛的留言是："小时候家里炸油饼子，一般厨房门后面还要立一根擀面杖，我奶奶说怕油把锅炸了。"
我的妹妹给我发了一个大大的赞，估计她一定是想吃我母亲炸
的油饼子了。

"自我确认"内外（节选）

牛学智

1

有个挂搭子朋友，时不时给我传递一些信息。说，当你掀开窗帘，冲一小杯咖啡置于阳光正射着的书桌上，然后二郎腿一架，翻开一本闲书，那是什么感觉？还有一些低头不见抬头就见的熟人，照样不吝赐教，说，虽然多少有点雾霾，然而感谢吧，你看某某地雾霾多严重啊，我们的天到底还是蓝的，知趣吧你。另有些似乎真理在握的微信常客，当仁不让，也会经常显示出某种扭

牛学智，1973 年生，宁夏社会科学院文化研究所所长、研究员，入选宁夏哲学社会科学领域领军人才培养工程，宁夏回族自治区宣传文化系统"四个一批"人才，享受宁夏回族自治区人民政府特殊津贴。获第二届茅盾文学新人奖，中国文联文艺评论奖三等奖，《文学报》优秀论文奖，宁夏社科优秀成果一等奖，首届《朔方》文学奖等。

转乾坤的架势，反复宣告的是，世界真相其实就在他或他们的文字结构中，你不看那你就是个不合格的后卫……

本人天生愚钝，对于这一切，仿佛有着与生俱来的"抗体"。

喝一小杯咖啡，或经常喜欢喝咖啡，不可谓不优雅。我记得作家路遥就有这个嗜好。转战榆林、延安等县镇的窑洞写作《平凡的世界》时，饭食完全可以一包咸菜、两颗馒头将就。但就是少不了咖啡，而且还要浓的。正如他自嘲的那样，干的是牛马活，耍的是洋排场。几千万人口的巨型城市，有雾霾不奇怪，按照商业思维，我们还可以启动防雾霾口罩生产流水线作业，抑或从云顶山制造空气罐头，因为同样是GDP增长，这与现代化有矛盾吗？你还能看见天是蓝的，你不感谢你不就是活脱脱一忘恩负义之徒吗？翻开微信，满屏疼呀痛呀孤独呀寂寞呀一类的文字，你顿时才感觉，哦，怪不得你跟不上时代的步伐，人家已经进入到所谓灵魂的深水区了，而你还在最基本的层面打转转……

情况是这么个情况，道理是这么个道理，然而，现实却并非如此。

现实是什么？你有心情营务一小杯咖啡，或只有一小杯咖啡的满足；你随便打开一本无关痛痒的闲书，或只有一本无关痛痒闲书的认识；你有足够的愉快瞅着巴掌大一片天空望洋兴叹，或者只有打扫自家门前三尺雪地的胸襟；你有把自我的一点小利益得失经常挂在嘴上的疼痛感孤独感，或者只有自家情场失意官场失宠是天大事的内在性体验指标。可是，假如世界只有你或你的一小杯咖啡，社会只有你的二郎腿或你的一本闲书，时代只有你门前三尺宽那点雪地的风雷，生活只有与他人比谁更坏的标准，意识观念只有你五十步笑百步的自我确认……你不也很孤单吗？你不也太落寞吗？你不也缺少掌声吗？你不也孤掌难鸣吗？你不也因失去参照而无法突出吗？

所以，限于这个层面的自我确认，其弊端不是一定有多么小，而是有多么功利多么自私多么狭隘。

2

寻找自我定位，确定自我定位，巩固自我定位，乃至于把活动半径划定在自我，并终其有生之年恪守意识疆界绝不越雷池半步，等等，这种严把死守的程度，即自我确认。好的一面是，这人不影响别人、不干预别人，显得纯粹、麻烦少。当然，这种自我划限，只是听起来合情合理，一旦走出卧室，走出小家庭，可能马上会崩溃。因为人不可能一直是自然的人，几乎从三岁上幼儿园开始，就注定是社会的人。

号称生活纯粹的在校学生，就典型不过地表征了这一点。抬头看黑板、埋头做作业，然后课间出教室去厕所，即便谨小慎微，凡与同学正面遭遇皆侧身躲闪，但毕竟有此需求的不止你一个人，教室门口、楼梯、走廊皆公共区域，上下的楼梯、穿梭的走廊、出进的门口，难免推推搡搡，摩擦的概率非但不会减少反而还会骤然增多，不就与本未打算黏糊的同学产生关系了？这意味着，实际生活中其实并不支持理想状态的自我确认，至少把理想状态下的自我确认置于纷繁复杂的琐碎日子，并按那个约定去行事，是很成问题的，除非你不考虑那个问题。

那么，伴随我们的其实是它糟糕的一面。举个简单例子，比如上下班晚上在小区停车。按黄线范围停靠，理论上没有问题。可是，如果两边的车均有一半车身是压着黄线的，平均计算当然也是在圈内，可是，有了两边这个停法，中间的车就不可能驶进去。毕竟，停车是靠车的总体体积，而不是靠一堆计算数字的平均值。这时候，问题其实也好解决，不就是搬一下方向盘吗？但谁肯搬呢？一般压黄线，平均值也是合乎规范的，这是两边车主的理由，你停不进去只怪你技术不过硬。这是观念上自觉的自我确认在实际生活上的延伸。我没犯你的河水，你就不能犯我的井水。现在，你通过物业唤来我，耽误了我做饭、看电视、休息时间，就是犯我井水了。

诚然，一番理论之后，停车事宜最终能得到解决，大不了面红耳赤罢了。不过，生活中更深的关联，恐怕不如此简单了。

比如，在通常的思维定式中，老鼠夹子、蛇、大肥猪、老母鸡、小黄牛、家庭主妇之间是不会有必然联系的。可事实上，它们之间不但有联系，而且还是深度关联。

粮仓有老鼠活动，这需要立即"捉拿归案绳之以法"，于是主妇便放一老鼠夹子进去，等待老鼠就范。隔几天去看，果然应验，老鼠夹子夹着东西了。主妇摸黑去取夹子，不料所夹不是老鼠而是蛇。提老鼠不成反被蛇咬，主妇受伤，补身子需要鸡汤，老母鸡被杀了。然不想蛇伤岂是躺几天就能好？于是只能住院治疗，一旦住院，近邻就要前去探望，这就欠下了人情。丈夫为了答谢，只好杀了大肥猪以示款待之诚意。等妇人出院，医药费又是债台高筑，没办法，小黄牛只好牵去卖了。

按理说，鼠有鼠道，蛇有蛇道，猪有猪道，牛有牛道，鸡有鸡道，也就是说，鼠只负责觅食就行了，猪只负责长膘就行了，牛只负责犁地就行了，蛇只负责捉老鼠就行了——各司其职，不正是它们的自我确认吗？

之所以它们的自我确认被迫打破，正是社会性，是复杂的关系把它们最终牵扯进同一问题了。

那么，如何取得自我确认，不过是围绕此而展开的因人而异的个人内在性诉求，大的方面属于自然人状态下的内容，而非社会人应该起码关注的焦点。因此，今天普遍受用的自我确认，根本不是哲学上的"我是谁"式探索和实践，而是基因的隔代遗传。

水生与土生

王西平

古人日常馔饮讲究一个"格"字，其实就是所谓的啖食之美，用现在的话来讲，就是吃饭的"调调"，即"食格"。

什么是"食格"？熏于常味而偶染于它尔。比如说，喝惯了乡野泉水的农夫，偶尔喝一口马爹利，那就是升格，如若一个吃惯了山珍海味的城里人，偶尔跑到乡下饮一口纯正无污染的山泉水，那也是升格。汪曾祺说，荸荠比土豆高一格，理由是，荸荠是水生的，而土豆则是土生的，虽有情理，但也牵强。毕竟此一时彼一时嘛。

当代烹饪艺术就完全可以打破汪先生的说辞。前不久受一位餐厅老板邀请，品尝了他家美食，席间端上一盘烤土豆，且不说

王西平，诗人，曾荣获第二十届（2011年度）柔刚诗歌奖。著有诗集《弗罗斯特的鲍镇》《赤裸起步》《西野二拍》，散文诗集《十日或七愁》，饮食文化随笔集《野味难寻》等。

味道如何，光是烤制与包装就令人叹服，一个个土豆被削成四方四正的立方体，用锡纸包裹入箱烤制，出炉高温热烫，剥开品尝焦脆可口，真是人间美味。往微信一晒，惊出众友"口水四溅"，深圳一位诗人说："这下可好，拒绝吃土豆的人，可以改变想法了。"

汪先生无口福享用我毛家湾土豆，如果时光倒流，他一定会说："非也，土豆虽为土生，如若热箱烤之，定会胜过水生荸荠，哦也，西吉土豆扳回一局，我也给你们点赞吧。"

行笔至此，读者兴许不解，其实不是替家乡土豆做广告——退一万步一讲，就算是广而告之，又有何妨，拿文字换口饭吃，古而有之，并不降格。

宋人赵令畤笔记小说《侯鲭录》里讲了这么一个故事：有个名叫韩宗儒的人，非常喜欢吃羊肉，而且与盖世文豪超级吃货宇宙厨神苏轼先生交情很深。于是，他借机隔三差五给苏轼写信，苏轼回信后；他就拿苏轼的手迹换钱，买羊肉吃。这事让黄庭坚知道了，见了苏轼就奚落道：古有王羲之以字换鹅，今有老师以字换羊啦！苏轼听完哈哈大笑。有一段时间，苏轼忙于处理公务，韩宗儒一日之内连写了几封信他都无暇顾及，这下可憋坏了韩宗儒，"立庭下督索甚急"，情急之下，韩干脆派一个专人守在苏府门外等候回函，苏轼告诉来人："回去告诉韩宗儒先生，本官今日断屠！"哈！韩宗儒傻眼了吧。虽为沉钩趣史，但对于苏轼、韩宗儒而言，以字换羊并不可耻，反而格调齐升。

刚才谈到水生土生，以及有关"格"之升降。那么就此，我再列举两物，即水生的虾与土生的糯稻，这两种食材在不同"食境"下的格调变化。

对于从小吃惯了土豆的我来说，按照汪先生的理论，水生的对虾自然高出一格。对虾引人遐思，在这个崇尚讲故事的商业时代，多少有了几分迷幻色彩，光是关于对虾的名称说法，就很有趣，长于名物训诂及考据之学的清代学者郝懿行在《记海错》中说，海虾"两两而合，日干或腌渍"，谓之对虾。民国徐珂《清稗类钞·动物类》这样记录："产咸水中，大者五六寸，出水即死，俗亦谓之明虾。两两干之，谓之对虾，为珍馔。去其壳，俗谓之大金钩。鲜者味尤美。"这两人一前一后，均提到了"两两"，可见这个词，对"对虾"这个名称起到了塑形的作用。

同样是虾，吃法不同，格调也不同。远在唐代，就有吃虾生的说法。唐代刘恂所著的《岭表录异》描述了当时广州人吃虾生的情景：那些甩着长袖，摇着蒲扇的广州先祖们，先在食器里撒上香菜等佐料，然后加入适当的酱醋，再把活虾扔进去，食器上盖个热盖子焖上几分钟，待活蹦乱跳的虾安静下来时，揭开盖子，举箸夹之，啖之。果然如刘恂所言，此为"异馔"，这样的生吞食习至今仍在南方沿袭，而且借商业机遇，演绎为特殊的食文化。

有一年四月我在江南某地出差，满街爆竹声不绝于耳，非迎亲出嫁也非上梁立柱，打听之，原来正赶上龙虾上市，每年这个时候各家餐饮都要为龙虾举行隆重的仪式。不论异馔虾生也好，为虾举仪也好，此另类格调"杠杠的"，这在被土生风物滋养而大的北方人眼里，肯定是不可想象的。

为什么要将水生的虾与土生的糯稻混为"一谈"呢？这当然源于古人对虾的想象。《尔雅·释鱼》中说虾"青色，相传芦苇所变"。到了明代，人们仍然认为"稻虾，是稻花所变"。

这让我想起，小时候村口河里的鱼长得壮如水桶，也没人去捕着吃，因为大伙普遍认为那些鱼是人变的——从它们骨骼里能辨别出一张张人脸来。说到底，我们是土生人，吃水货并不擅长。

真正意义上吃虾是后来的事了，先是从饭馆开吃，吃着吃着上瘾了，就吃到家里了。

前几日从超市购来几斤活虾，最鲜美最原味最有"格"的做法就是白灼了，所谓白灼，即直接倒进开水里烫熟，然后观察它们如何发生"化学反应"，虾尾自然打开，身子慢慢蜷缩，颜色由黝黑变白变红。最有"格"的吃法李时珍早告诉我们了，《本草纲目》记载："凡虾之大者，蒸曝去壳，谓之虾米，食以姜、醋，馔品所珍。"

中国人在三千多年前就发明了酱油，东汉崔实在《四民月令》中说："正月可做诸酱。至六七月之交，可以做清酱"，那么李时珍的食谱里为什么没有酱油，我想大概这位"濒湖山人"觉得酱油这玩意会将自己带向黑暗料理的边缘吧。

酱油传到日本后，目前已经发展为三百多个品种，每种酱油都有独特的吃法，据说光是热烹与凉拌就细分很多种，每一种都有详细的说明书供参考。日本的"龟甲万"酱油，已经传承三百五十多年，成为日本酱油的"精神象征"。

为了吃顿虾，我专门跑到街上花三十多元买了一小瓶增"格"的鱼生酱油，这种源自日本风味的诱惑，味鲜醇厚，色泽红润，最宜于蘸食海鲜，不仅助我找回原料天然的风味，而且还可以令美味在口腔里"滚雪球"，无极限地成倍增大。我一向"重口味"，还得与"点睛"之妙的芥末同食，杀菌辟腥，虽然舌头遭殃，但细嚼紧密瓷实的虾肉，味道再度升"格"。

按照惯例，吃虾喝干白才是王者，这次我尝试用土生的糯稻酿制的米酒搭配，味道清冽甘甜，别有意趣。据说这款米酒是用孝感城关西门外城隍潭的"龙吐水"酿造的。水是万物之灵，这我相信。

家常两篇

张贤亮

1. 理发洗澡

在家长会上挨了老师的训，又同情老师，想使老师呼吸的空气洁净一点，所以我就很注意儿子的卫生。

孩子自小不爱洗澡理发。上幼儿园的时候，为了省事，只好给他留一个所谓的"妹妹头"，不知道的人还以为他是个女孩子。向别人解释，却说这是当下男孩流行的发式。这既是自我辩解，又有点"为亲者讳"的意思。也常带嘲讽地想，等他到了要交女朋友的时候，自己就会爱干净爱漂亮起来。到那时，恐怕成天头疼的倒是供不应求于香波香皂名牌时装之类了。因而也随他头发乱长。

张贤亮，1936年生于南京，祖籍江苏盱眙县。一级作家，收藏家，书法家。代表作有《灵与肉》《绿化树》《男人的一半是女人》等。

我自己小时也不爱理发。那时小孩的发式一律是"和尚式"，虽不用刀刮，但坚硬的金属推子直接贴在嫩皮细肉上拱，滋味也难受。理发，总有一种受制于人，令人摆布的感觉。我从没见过一个爱理发胜过玩耍的孩子，大概是人生来便不愿受制于人。到大了，逐渐知道外表的重要性，所谓人活得要像个人，其中就包括有必须经常理发洗澡这一程序。似乎理了发洗了澡，人便像个人了。在劳改队，队长对犯人实行人道主义最典型的表现，莫过于定期督促犯人理发洗澡。我国的附加工资中还有"洗理费"这项，更体现出我们国家对人民的家长式的关怀，要使我们国家的这些儿女们个个容光焕发。果然，后来条件稍一具备，不经常理发洗澡真感觉到不像个人了。孩子在懂得顽皮但不懂得做人的时候，当然没领会到洗澡理发的必要，更不领会自由有一定限度，做人首先须受制于人的道理，于是，带他去理发店总需威胁利诱一番。上了理发椅，就像上了美国式的电刑，其表情堪怜堪叹。但为了使他像个人，也只得横下一条心来。

先是跟我谈条件：光剪发不洗头。但光剪不洗等于不理，头仍是臭烘烘的。所谓"干燥的阳光味"加汗味、头油味、尘土味等，熏得人退避三舍。所以我们父子俩常常在理发店就争论起来。我儿子还有个优点：他是金钱物质不能引诱的。我也从来没有用"物质刺激"的手段鼓励过他。一次，他拿了一张"大团结"去跟同学换三张贴画，可见他还不懂得钱的价值。所以，谈判也并非在经济范围内进行。他是个自尊心挺强的孩子，已经开始好面子了，针对这种特点，我总是从怎样别讨人嫌这方面来开导他。我并不长于谆谆善诱，本应从卫生学的观点来阐释洗头的必要性的，却常常过分强调了讨人嫌的可怕性。我想，从长远的观点看，这是对孩子将来做人没有好处的。但人总是急功近利，没有办法，从小就灌输了他"他人即地狱"的存在主义思想。

有时是我胜，就洗头；有时是他胜，就带着满头满脸发楂回家。他胜也好，说明他居然不怕讨人嫌，还有直面他人冷脸的勇气。看他满头满脸的发楂竟敢招摇过市，也不禁羡慕他活得洒脱，而我们大人倒是活得累且拘谨了。我们大人怕个人影响不好，别人的印象不佳，怕流言，怕蜚语，怕的事情太多。孩子之为孩子，就是什么都不怕，不是有"初生牛犊不怕虎"的成语吗？什么都怕的人当然仰慕什么都不怕的人，因而孩子有时也会成为我仰慕的对象。但是孩子总归会大的。而我却是不会再变小了。他将来也会变得和我一样，什么都怕。他的变，有我的一份所谓教育在内。而我的教育又是要改变他身上令我羡慕的东西，所以我时常迷惑于父教的价值，就像他拿着一张十块钱的钞票似的。

父亲年纪太大，孩子年纪太小，便会使父亲生出许多迷惑来。年轻的父亲就不管那么多，只管孩子有吃有穿就行了。他自己对许多世事还搞不清，带孩子时顾虑便少，孩子多半是他愉悦的玩具。年纪大的父亲背着沉重的经验包袱，对小小的儿子进行教育时常要掂量自己的每一句话，总要付出很大的心理能量开支。

但带他洗澡却有不同。替他擦背，翻过来掉过去摆弄他瘦小的身体，会想起老托尔斯泰描写安娜抱着他儿子时"感受到一种生理上的愉快"之用语精确。家里虽有卫生间，可是烧热水麻烦，冬天我们都是到公共澡堂去洗。牵着儿子的手，儿子拎着盥洗用具，一边走一边聊，或是争辩洗头不洗头的问题，还没进澡堂就好像已经热水淋身遍体温暖了。有时我们到政府设的内部澡堂，有时去商业性的澡堂。后者设有雅座，父子俩独占一间。这时，孩子与我都有浑然无间的感觉，代沟也不存在了——不是他变大了而是我变小了。人生最大的快乐，莫过于重新体验到儿童的快乐。

平时怕他身上脏，这时反倒觉得他越脏越好。在他身上搓下的泥垢越多，就感到收获越大。洗出一澡盆污水，简直有一种丰收的愉快。

然而，遗憾的是他逐渐地长大了，几年以后他就不会再和我共洗一个澡盆了，更不用我替他搓澡了。真是人生的乐趣愈来愈少！

2. 羊杂碎

每看到骚人墨客介绍自己家乡风味小吃的文章，一面垂涎三尺，一面也暗觉惭愧。我的第二家乡宁夏，可说没有一样具有地方特色的菜肴，而我所偏爱的本地小吃——羊杂碎，似乎是既上不得台面又不能形诸文字的。端到台面上，人们会掩鼻而走，写成文章，徒然引美食家哂笑。然而我一直敝帚自珍，像北京人爱吃臭豆腐一样，嗜好此物不疲。

中国人善吃，对于动物，不仅食肉啃骨，连五脏六腑也要扫得精光。

《礼记》中还有古人"茹毛饮血"一说。但毕竟时代不同了。现在血虽然还饮着，"毛"大约已经没有人去"茹"了。"羊杂碎"即羊的内脏。心肝肺肚肠，皆切成小块，一齐倒入锅内。煮熟后浇以羊油炸的辣子，再撒点香菜即可。制作过程极为简单，刀功火候、放入锅内的先后次序以及作料等，皆无讲究。稍微费事一点的，不过是"吹面肺"。也就是说，要将面粉调成的稀糊灌进羊肺的空隙里。下锅煮熟后，羊肺就成了介乎面食与肉食之间的东西，洁白如玉。用宁夏话说，吃起来很"筋道"。

这当然是种原始的食品，和流行于西北地区的"手抓羊肉"一样，看起来人人都会做。但是，这里面大有学问在。怎么会出现这么大的差别呢？可能是因为我们所说的"手气"。譬如腌咸菜、泡泡菜、腌鸭蛋之类，它们的制作过程都是极为简单的，谁都知道，各个人制作出来的味道却因人而异，有的人还搞得一团糟，简直不能入口。我在宁夏各地都吃过羊杂碎，各地各人所做的绝不相同，不像有成套工艺程序的松鼠鳜鱼，在哪个饭馆都有同样味道。这里，起作用的不是别的，就是各个人的"手气"了。"手气"，不同于摸彩和摸牌时那种带有运气意义的手气。也不在于那人是男是女，健康与否，干净与否或长得模样如何。究竟是什么，现在谁也说不清楚。说不清楚的东西，不算学问，却又比学问更高级。譬如，"营养学""烹饪学"这些有规律可循的，是学问；"手气"，无规律可循却又实实在在起作用，就属于玄学了。

因为制作简单，全凭"手气"，羊杂碎本身就好像无话可说。但怎样吃却有文章可做。我在宾馆、招待所里吃过羊杂碎，怎么吃怎么不是滋味，觉得不管是哪家小桌上的也比这里好。仔细琢磨以后方知道，吃羊杂碎需得吃它的氛围、食具和本人的打扮。一张油腻腻的桌子，最好是连桌子板凳都没有，蹲在黄土地上，身旁还得围着一两条狗。氛围就有了。捧的是粗糙的蓝边碗，抓着发黑的毛竹筷，就得使用这样的食具。本人呢，最好披着老羊皮袄，如果是夏天，就要穿汗渍的小褂。这样吃，才能真正吃出羊杂碎的味道和制作者的人情味来，你和制作者的"手气"甚至"灵气"就相通了。

当然，这样的行头和氛围，吃苏州的蟹黄包子或广州的凤爪，不仅很不像样子，还会食而不知其味。但对羊杂碎，还非这样吃不可。浅而言之这是"食相"，深而言之就是属于文化中饭食的方式。什么是"风味"呢？风味就在这里！如同苏轼的"大江东去"，不能让二八娇娃持牙板启朱唇来唱，非得请关东大汉引吭高歌，听起来才过瘾。

我怎么爱吃起羊杂碎的呢？其实不过是逼出来的而已。劳改和当农工的年代，肉是没我的份儿的，但凡队上宰了牲畜，我只能分得一点下水。羊牛马驴骡猪骆驼以至于狗，等等，好像除了人的下水（这样说有点大不敬的味道），没有我没吃过的。而羊杂碎在宁夏又是一种普通的小吃，于是，经过一段被迫性接受过程，再逐渐适应，最后竟成为一种嗜好了。这倒和某一个人成为某一种学派的信徒的过程相同。

生活条件变了，环境变了，社会地位不同了（这里所说的不同仅指我也可享受动物下水而言，并无其他含义），但我还是爱吃羊杂碎。遗憾的是，我再也吃不出那种完全沉浸在杂碎汤中的销魂滋味来了。现在人们爱说文化的断裂，这是不是也算一种文化的断裂在个人身上的体现呢？

这种断裂是挺痛苦的，并经常使我留恋过去的饮食方式。因而造成我在文化上时常出现某种返祖现象，就像过不几天就要跑到小摊上去吃碗羊杂碎一样，尽管那羊杂碎已经不同于过去的羊杂碎，大大地串了味了。

后记：

此文写于一九九三年。一九九四年春，谢晋先生将我的《邢老汉与狗的故事》搬上银幕，片名《老人与狗》，特邀著名影星斯琴高娃、前辈表演艺术家谢添主演。影片在我创办的华夏西部影视城（今镇北堡西部影城）开镜。其中有一场外景戏是高娃随着谢添扮演的邢老汉赶集，宁夏一个小镇重现了七十年代初的情景，虽然贫穷却也熙熙攘攘，摊贩云集。谢晋先生知我爱吃羊杂碎，令我充当一次临时演员，在卖杂碎的摊上一快朵颐。我吃完羊杂碎后，一抹嘴，撂下钱，站起来，给高娃和谢添让座。虽然一闪而过，导演和剧组全体都很满意，说我演得"地道"，一上来便进入了角色。我吃杂碎的"吃相"居然上了银幕，可见技艺之娴熟。

哐搅团

闵生裕

最近在抖音上看美食，有各地做搅团的各种视频，唤起了我许多关于吃搅团的美好记忆。其中有一个老陕西人做的打搅团视频，还有老生眉户伴唱：

"人生就在天地间，各人命运不一般。有人生来哐好饭，有人生来哐搅团。"

饥者歌其食，劳者歌其事。陕西人的秦声秦韵从来不忘对生活的诙谐讴歌。民间说"男人嘴大吃四方，女人嘴大吃家当"。幽默的老陕由一餐搅团感慨个人命运，说来多少有点自嘲。万般皆是命，半点不由人。同样是人，人家楞屄地哐大餐，你娃逼苦

闵生裕，1970年生于宁夏盐池。出版文集《拒绝庄严》《都市牧羊》《一个人的批判》《浮生三侃》《书香醉我》《闵庄烟火》《杂文：宁夏十人集》（合集）。现为宁夏杂文学会副秘书长、银川市作家协会理事、中国硬笔书法家协会理事、宁夏硬笔书法家协会副主席兼秘书长。

地在这咥搅团——

老陕对一锅搅团能有闲情自嘲，关键是咥舒服咧。这不是苦中作乐，而是乐在其中。

中国是个多灾多难的国家，我们经历了太多的饥饿与苦难，所以，对吃的事非常看重。民以食为天。虽然说这口福也是命中注定。但是，会吃的人往往是自求多福。一部《舌尖上的中国》讲述了多少与吃有关的中国故事。什么是好饭？过去，对于富贵人家，山中走兽云中雁，陆地牛羊海底鲜，猴头燕窝鲨鱼翅，熊掌干贝鹿尾尖。这自然是好饭。但是，这似乎奢侈了点。

在物质生活相对充裕的今天，大部分人吃饱吃好不是问题。你看看抖音、快手上那些晒吃肉的人，或拎着螃蟹龙虾，或掂个羊腿牛排，甚至抱个猪头胡吃海塞。虽然吃得豪放，但吃相着实难看。当然，我知道这些吃货主播醉翁之意不在酒，这样吃是为了吸粉为了流量为了刷礼物，有的也是为了营销。否则，以这种吃法，用不了多长时间就会把自己吃废。轻者"三高"：血压高、血脂高、血糖高，另外还有尿酸高；重者把自己吃成二师兄，大脑满满、大腹便便。

对寻常百姓来说，吃固然重要，但它不是生活的全部。即便是你有条件，也不可能每顿饭都七碟子八碗子。其实，人的食量是有限的，吃多好并不重要，重要的是可口，吃得舒心。所谓口腹之欲，入口时得要有口感，咽到肚子里得舒服熨帖。有时大鱼大肉吃腻了，还真需要一顿返璞归真的特色茶饭调剂。这或许是我们崇尚的极简主义生活方式之一。

搅团是穷人的饭食。从来没有人认为它是好饭。准确地说是粗茶淡饭。西北人爱吃，在宁夏可能西海固、盐池、同心等山区人爱吃。因为搅团的主要材料是粗粮，比如苞谷面、荞面、豆面等，相对细粮而言，粗粮糙，适合粗加工。搅团为什么是穷人美食？因为是可以将就的饭菜。比如头一天或上一顿剩下的米饭不好处理，加水熬粥，合理利用。这也是勤俭节约的传统。

粗茶淡饭做出风格，亦能成为美食。相传朱元璋在打天下的时候，有一次打了败仗，逃到了一个农户家里，农妇把自己家仅有的冻白菜帮子和一点冻豆腐，还有捡来的土豆放到锅里炖了。朱元璋饥饿之极，狼吞虎咽，觉得吃得从来没这么香过。就问吃的是什么，这么好吃？农妇不好直接说是边角料做的，就说是珍珠翡翠白玉汤。后来，朱元璋做了皇帝，美味山珍吃得腻了，觉得没有胃口。一日，他忽然想起来，当年落难之时吃的那顿救命饭，于是派人到那家。农妇按着吩咐为朱元璋又做了珍珠翡翠白玉汤，可是他再也吃不出当年的味道了。为什么呢？物是人非。

正如《芋老人传》里说的，犹是芋也，而向之香且甘者，非调和之有异，时、位之移人也。

1. 搅团

就像狗肉不上台杆秤一样，搅团一般是不用来招待客人的。

原因可能是搅团是穷人家用来度饥荒的保命饭，登不了大雅之堂。在陕西当地还流传着一个关于搅团的笑话。说是20世纪80年代初有一个村子赶庙会唱大戏，村民轮流给演员管饭。一般来说，应该拿家里最好吃的款待，最次也得咥碗羊肉臊子面。一名演员中午在一农户家吃的是搅团鱼鱼，认为对他不尊重，甚为不满。于是在下午唱折子戏《杀庙》时，这名演员扮演韩琦，他手提大刀，对着秦香莲母子三人来了一句"我一刀即可把你肚子里的搅团鱼鱼给捅出来"，引得全场哗然。管饭的这户人家因此受到了大家的一致谴责。

过去人们吃粗粮是细粮不充裕。如今，当人们把好吃的吃腻了，就想吃点粗粮。从食不厌精、脍不厌细，到现在的吃粗粮、嚼野菜成为时尚。现在宾馆饭店吃大餐往往上几道粗粮，比如窝头、搅团、燕面糅糅、黄米糕等。看来人们的饮食理念也在悄悄发生着变化。我在网络视频上看那些人做搅团，无论是荞面的、莜面的，还是苞谷面，都与我老家盐池的做法小有出入。陕西人做搅团全部用面，而盐池人做的搅团是米面混搭。也就是说，先用黄米或大米熬粥，熬糊了然后再加入干面用擀杖搅，搅团搅团，就是把面搅成团团。

2. 打搅团

农村人打搅团方便，因为那口大铁锅坐在灶台上四平八稳。

尤其是一大家子人吃搅团，量相对要大。搅那一大锅虽然是件体力活，但挥舞个大擀杖搅搅团，说来也是一件很威武的事。

有的人把打搅团说得有点玄，说什么搅七十二下、三百六十下云云。虽然搅到位的搅团质地细匀，口感好，但我以为过分强调搅多少圈，多少有点故弄玄虚。用陕西话说，你就楞戾地搅，直到搅不动，那软硬就合适了。

城里人的小锅小灶，吃个搅团挺费劲的。我只做过一次搅团，但搅的时候得有一人把锅稳住，要不然会把锅搅到地上。为什么打搅团要用米熬粥？我以为这样做的搅团很少稀软，吃的时候好夹。放在汁子里相对清爽。纯面搅团把不好或许太软。那样夹不利索，而且放到汁子里像和稀泥，品相不好，口感要差点，影响吃相。稍稍硬点，夹一团放在汁子里，再分夹着吃也有形。即使一次吃不完，待下一顿吃时，晾得更硬一点，切成有形的丁儿，做成炒疙瘩亦是美味。

就像文无定法一样。搅团搅好后，它的味道取决于汁儿，陕西人称醋水，盐池人称盐水。汁儿可繁可简。复杂点可以用新鲜鸡肉羊肉或羊杂碎做汤水。但是，一般人认为搅团命贱、寒碜，与肉不是标配。它天生就是配炒土豆丝、炒酸菜。简单了炝点酸汤、浆水，调点咸菜酸菜即可。有的调点辣子油、蒜泥醋或柿子汤也行。

了曰："贤哉，回也，一箪食，一瓢饮，在陋巷，人不堪其忧，回也不改其乐。贤哉，回也。"如此说来，把粗茶淡饭吃出滋味，才是天底下最幸福的人。我现在常常想起当年在家里吃搅团的情形。夏日一家人去地里干活。天黑才到家，待母亲做好搅团已是掌灯时候。此时，凉风习习，无蝇无蚊，把小炕桌摆在当院，一家人围坐在一起借着月光吃搅团，是件非常惬意的事。

三秦大地，文脉厚重。以至于老陕吃顿搅团，能显示出某种无以名状的霸气。比如那种简易吃法，虽然就是油泼辣子加上蒜泥和醋调的汁儿，但他要的是酸和辣的那股子爨劲，爨得老陕都出声了："哦，我滴个尻神！美日塌咧。"陕西人就是这样，话语间故作夸张，坏坏的赖赖的，有股子嘹劲和扎气。当一顿饭吃得如此销魂，如此惬意，我也是醉了。贾平凹写咥搅团那股爽劲是吃西餐吃海鲜的人永远没有的。直咥得满头大汗。这是一种何等旷达何等任诞的境界。其实，人活着不就是图个舒坦快活吗？一顿饭吃出酣畅淋漓，吃出精神狂欢，这种物我两忘的境界大概只有升斗小民和村氓野夫才有。

美食几道几多情

薄祥麟

1. 艾的味道，家的味道，爱的味道

艾叶是可以食用的，但那必须是在端午节前后。以前，我不知道艾叶为何物，也不知道蒸菜可以不用蒜蓉拌着吃。

子勇兄从永宁过节返校，大抵是会带一两饭盒艾回来的。我们一个宿舍的八个小伙子，从床上一窝蜂地跳下来，围在一起，没等隔壁宿舍的人闻到香味，三下五除二，一口气就吃光了。

那青青的艾叶裹在白面里，外面浸着红红的辣椒油，色泽鲜艳。还没来得及吃，口水就从喉管、口腔、齿间冒出来；一口下去，那感觉是柔软的，还有些糯糯的弹性；艾叶的清香、面的醇香、辣子的刺激、胡麻油的香，一下子充溢于满鼻、满口、满腹。

薄祥麟，高级教师，曾获"银川市优秀教师"称号。

吃完总是吧嗒吧嗒嘴，不住地说："真香，真香！"

那个年代，我们刚从饥饿里挺过来，艾不仅可以饱腹，更可用油水滋润一下辘辘饥肠。

记得小学时，在学校吃"忆苦思甜"饭，贫协主任组织我们挖来苦苦菜用米糠壳和在一起，团成团子吃。许多同学都咽不下去。我将他们不吃的菜团子收集起来，把书堆在课桌里，腾出书包装了满满一包。我知道，我能在外面填饱肚子，家里就可以省出一口粮。家里实在太缺粮了，母亲为了不让我们饿着，总是从地里捋些柳芽，挖些灰灰菜，将它们与玉米面和在一起，糊弄一下肚皮。那饥饿的感觉一回想起来，就让人想哭。

吃过苦，挨过饿，你就知道吃饱饭、拍着圆鼓鼓肚子的满足。更别说子勇兄家的艾蒸得那么好吃，那一片片嫩绿的艾叶是他母亲从地里亲手采摘来并用清水一一清洗过，又用白面精心蒸制的，那艾让久居在外的孩子品尝到了母亲的味道、家的味道、爱的味道。

2. 糖麻叶回忆"口口香甜"

许多许多年没有吃到过那么香甜的糖麻叶了。

那是三十多年前春节后的一天，大姐淑霞请我们几位同学到她家吃饭。饭前淑霞大姐端来了糖麻叶，那麻叶据说是用鸡蛋和蜂蜜和的，那种甜，不似红糖的鹇甜，也不是白糖的腻甜，而是柔和的沁人心脾的香甜；那颜色是亮黄的焦糖色，而口感则是酥软的，入口即化。

在那个年代，蜂蜜和鸡蛋属于奢侈品，不坐月子，没生大病，是吃不上的，而大姐在那样困苦的年代将这么奢侈的食物一股脑儿端到我们面前，真是盛情款待了。

记得她家住在一条巷子的深处，可能是家里人多的缘故，院子前后都是屋子。我们聚在她家的棚子里，屋里生着暖暖的炉子，平日里给男同学缝补被子、照顾我们的淑霞大姐跑前跑后，面带着暖暖的微笑，我们真的亲如一家。嘴里含着甜甜的麻叶，话音也甜甜的，那种感觉是我终生难以忘怀的，我真想再尝一尝那糖麻叶令人销魂的味道。淑霞大姐，您还会做这道美食吗？

3.炸羊排令人回味悠长的，是友谊

大概是二十多年前吧，同学们你拿来一把椅子，我送一个玩具，帮孙瑞雪将蒙特梭利幼儿园办起来后，在东环的一家美食城聚会。那儿的一道炸羊排令我印象深刻。

不说那羊排的酥脆令人垂涎三尺，也不说那蘸料的丰富与精致叫人叹为观止，单是那羊排的排列，就让人印象深刻了。

那羊排的骨头是细瘦的，似乎用两根手指就可以捏断，但它们是一根根整齐地排列在一起的，香酥的肉将它们紧紧连在一起，简直叫人不忍下口。

记得老方刚下飞机就直奔而来，久未谋面的同学亲如兄弟。老方结了账，兄弟们不忍分别，又下楼在红红火火的地摊前吃烧烤了。

那个时候许多人下岗再就业，人们多各奔前程，而我的同学们则一如既往地团结在一起。每每想起那段艰难的岁月，我就想把当时的情景再现出来，后来在三十年聚会时形成了下面这样的文字：

时常翻阅大学时的老照片，独自沉浸在幸福的回忆里；时常在外人面前夸耀自己的同学，自豪而骄傲；时常在同学小聚时，交流其他同学的信息。人海茫茫，天涯与海角，总有那么一群人在关注着你；世事沧桑，黑发变花白，总有那一份记忆是青春的激荡。

把握住今天吧，把握住我们已有的这份珍贵友谊。在我们的有生之年一起分享欢乐与忧愁，一起促成一些单靠自己做不了的事情……携手相聚，携手相依，携手看朝阳一次又一次升起……黄河滔滔，贺兰巍巍。我们的友情，如这黄沙质朴、深厚。我们的同学情，似这高墩湖水，虽经千年而不磨灭，虽历风吹沙埋而不湮没。

4.清蒸白菜，望君一切皆安

步入中年，生活安定了，张干（张立华的绰号）有一段时间也不能叫张干了，本来不算太胖的我也成了大胖子。我突然发现，我们聚会的食谱也发生了巨大的变化。

大鱼大肉少了，吸烟的人也只有为数不多的几个。这是在一次聚会中强烈感受到的。

天鹅湖小镇离城区有段距离，去那里就餐，许多同学是弃车步行而至的，说是为了锻炼，餐后还有几位同学要步行回去，养生的话题在聚会时也多了起来。

餐桌上的菜品也发生了很大的变化。几道青菜赫然在列，其中一道清蒸白菜口味不错，咸淡适中，清新爽口，菜心黄白柔嫩，汤色纯白，让我们久经油渍的肠胃得到了一次清洗。

红曼姐从海南回来，她容光焕发，依旧是女神的样子。我想，应该是海南的水土好，抑或她十分注意保养的缘故吧。在当下，人的生活节奏加快，生活没规律，缺乏锻炼。虽生活条件较之前改善许多，身体状况却随着年龄的增长每况愈下。同学老阚的逝世，似乎时刻提醒着我们这些上有老、下有小的同学：只有身体好，才会有更多的机会相聚。"我真的还想再活五百年"，这句歌词说出了我的心里话。

这就是我心中的几道美食，虽岁月沧桑，如果还有机会，将这几道美食凑在一起，不知可还合同学们的胃口。这几道美食背后的故事、社会的变化，一定可以让我们再三回味。

致青年

方　陆

　　"三个一"已经是我坚持多年的习惯了。每天读书一小时，吸收了养分；每天运动一小时，强健了体魄；每天写一段"微日记"，滋养了精神。"南非国父"纳尔逊·曼德拉著有一本《与自己对话》，记录了自己的所思所想，发人深省。对我来说，每日一博就是我与自己对话的"窗口"，它让我更坦诚地面对自己，让我变成更好的自己。此处摘录 2019 年以来的一些内容，希望与大家共享。

　　我喜欢那些具有理想主义气质的人，理想的意义并不在于立即去实现它，而在于它可以作为一个参照系，指明一个方向，促使人们向着那个目标去努力地靠近。

　　以前自己很努力地去攀登自然界的高山，最终也到达了珠穆

　　方陆，宁夏中房实业集团董事长。

朗玛峰的 8700 米处。后来才发现，人生最难攀登的，其实是自己生命这座山。将生命活得通透清澈，享有生命的美好，才会立于人生的高处。

今年网上流行一个很火的新词——"无龄感"，指的是不受年龄约束，让自己拥有并保持一份与年龄无关的青春追求的生活方式。它是一种心理状态和生活态度，"生命只有疲倦时，而没有衰老时"，只要秉持对美好的追求，无论任何年龄，都能让自己活得年轻而有乐趣。

与一位教师沟通：教育不应该是功利的。有的家长说：不能让孩子输在起跑线上，一定要赢在终点线上。其实，人生既不是短跑，也不是长跑，而是一场体验和感受生命的旅行。如果我们的教育是一个能够让学生不断与美好相遇的过程，那他们还会感觉到枯燥和焦虑吗？

一幅好的画作是需要留白的，教育也是如此。如今，我们的教育把学生的时间挤占得过满了，让学生少有独立自主的时间。这样，又怎会有学生更多的想象与思考呢？一个想象力和思考力匮乏的学生，又怎能有自己丰满的理想和追求？

现在，微信群和朋友圈成了窥探一个人价值观的窗口，你的转发和发言，能够让人看到你的内心和好恶。它在不知不觉中制造了有些人之间的裂痕，人们因缘分而结识，又因三观的不同而疏离。彼此虽很少见面，却有的渐行渐近，而有的渐行渐远。

不用羡慕别人在朋友圈所展示的各色多彩生活，那是给他人看的，已经 P 掉了那些黑白色的平淡与苦难，其中的酸涩辛辣，只有发照片的人才清楚。

　　看到一则关于我国某市初中生做引体向上体能测试的新闻报道，一个班级的学生竟然"全军覆没"。我们在教育孩子上的投入可谓是越来越大，可孩子们的身体素质却越来越差。不管这些孩子们的学习分数有多高，如果将来一个个都是手无缚鸡之力的"软蛋"，那国之未来怎不堪忧？

第六章　时光深处的绵延

镌刻移民记忆 读懂中国乡村
——读长篇报告文学《百万大移民》

张慈丽

长篇报告文学《百万大移民》近日由黄河出版传媒集团阳光出版社出版发行。这部著作记录了宁夏"百万移民"的搬迁和脱贫历程，见证了他们从中国"贫困样本"到中国特色"脱贫样板"的跃迁。

本书以清晰有力的观点、真挚饱满的情感、平实巧妙的手法，谱写出一曲脱贫攻坚的时代赞歌，描绘出一幅波澜壮阔的移民画卷，全景式展现宁夏123万移民的鲜活面孔及这一壮举的历史价值与现实意义。

曾经的西海固，苦瘠甲天下，一方水土养不活一方人；如今，荒漠变新城、沙丘起高楼，一代代移民在迁入地安居乐业，曾经

张慈丽，宁夏日报编辑、记者。

的濯濯童山渐渐变为绿水青山，正在成为金山银山……这个划时代的历史场景是如何转化的？本书以充满温情与理性的笔触，勾勒出这段历史的"前世今生"。

鲜活、立体、深度，是本书带给人最直观的感受。

鲜活在于人物与故事的真实和生动。全书从多个有血有肉的具体人物出发，讲述他们不同的精彩故事。这些故事，带着草根味儿，闪着露珠，折射出 123 万个个体曲折的命运；一个个鲜活的面孔，又汇集为一组"浮雕"群像，展现出百万大移民的奋进历程与感人形象。

123 万个普通移民的故事，如同 123 万条溪流，一路奔涌，直至百川归海；123 万个移民身影交织成 123 万种百感交集的动人音符，奏响百万移民的激情大合唱。

一个个真实的移民群众是这本书的主角，是作者精心挑选的具有特色而又有共性的"主人公"。而这些人物，又在宏观时代的衬托下，组成一幅由百万移民共同绘制的"脱贫攻坚图"，他们的身后，有无形的、强大的力量在提供支持——123 万个美好的理想变为活生生的现实，只有在中国共产党领导的社会主义中国才能得到真正实践。"共产党好，黄河水甜"，是百万移民掏心窝的肺腑之言，也是贯穿本书的主旋律。

本书的立体在于，它不是片面勾勒，而是全面解读；不是单点聚焦，而是多点审视。读者很容易在字里行间感受到丰沛而饱满的阅读体验。

作者记录了百万贫困农民辞别故土建设新家园、开启新生活的史实，以不同横截面的动态画卷，刻画出贫困农民如何以排除万难的勇气克服故土难离的纠结牵绊；随着走向"山外之天"的万千脚步，万马奔腾的黄河之水如何灌溉曾经焦渴的千年荒塬；一代代移民如何发挥改造自然的主观能动性，在他乡扎根、生长；移民搬迁后各行各业的"创业先锋"如何成为可学可复制的榜样；不断更新的住房与环境，如何映射出不断迭代的精神家园……

　　多视角、多层次的镜头语言，展现出在党中央的坚强领导下，在包括闽宁协作在内的全国各方面大力支持下，宁夏干部群众成功翻越脱贫路上的"六盘山"，脱贫攻坚的艰巨任务赢得了历史性胜利，宁夏百万移民与全国人民一道进入全面小康社会。

　　本书的深度体现在思考之深。很多时候，正如我们需要一个好答案，也需要一个好问题。作者在这方面进行了可贵而有价值的探索。

　　西海固之苦，西海固之困，曾是困扰千年的难题，"破局"的关键在哪里？

　　面对这个问题，多年来，宁夏在思考中探索，在践行中破解——西海固贫困的症结，在于"人"与"水""土"等自然资源的错配；移民的实质，则是对错配资源的重新组合、优化配置。在九曲黄河拐了一个神奇"大弯"的地方，百万西海固移民的命运轨迹，实现了奇迹般的转折，取得了石破天惊般的历史性功绩。

作者追踪近 40 年的移民实践，解析移民的 6 个阶段，展现出宁夏对贫困做"减法"，实现生态上的"加法"，破解"生存"与"生态"的双重困境，跳出"越穷越垦，越垦越穷"的恶性循环；移民们脱离了旧有的文化土壤，从"挪穷窝"到"换穷业"，从"富口袋"到"富脑袋"，从"割冰草"到"拔穷根"，贫困代际传递的惯性力量渐渐瓦解……

亘古荒塬的记忆被改写，历史不会忘记；百万移民的艰难跋涉被镌刻，历史不会忘记。

鞍马未歇再出征。脱贫摘帽不是终点，而是新生活、新奋斗的起点。脱贫后的百万移民，将如何开始新的生活，开启新的奋斗？百万移民搬迁的"后半篇"该如何书写？这是时代给予我们的新课题。

"不论是当下的乡村振兴，还是未来实现共同富裕，我将继续追踪百万移民，以期从他们的故事中，读出西北、西部乃至中国乡村的未来。"作者以写史修志的精神记录了百万移民的小康进程。"好日子还在后头"，移民们更精彩的生活也在后头，我们愿和作者一起，期待 123 万个故事的精彩续篇。

时光深处的绵延

杨凤军

当我一次次在季节的变换中站在战国秦长城高耸的烽火台上，远望如龙形一样逶迤的群山和白花花阳光下那无际的苍茫时，我就会被眼前用黄土夯筑起的墙体震撼。它的确是中华大地上的奇迹，这样的奇迹环绕固原，究其原因与固原所处地理位置有很大关系。资料中这样表述：固原，古称大原、高平、萧关、原州，简称"固"，位于宁夏回族自治区南部，公元前114年建城，丝绸之路必经之地，明代九边重镇之一。"左控五原，右带兰会，黄流绕北，崆峒阻南，据八郡之肩背，绾三镇之要膂"，"回中道路险，萧关烽候多"，是历代兵家必争之地。事实上，这里自古以来就是内接中原、西通西域、北连大漠，各民族南来北往交

杨凤军，中国作家协会会员，宁夏作家协会主席团成员，《六盘山》主编。出版散文集《封存的记忆》，小说集《杨凤军短篇小说选》。现就职于固原市文联。

会频繁的地区。从地表特征看，是由南部暖温带高原地带向中部中温带荒漠地带依次排列，从南向北表现出由流水地貌向风蚀地貌过渡的特征。这种地理上的差异也体现到了民族及其文化的差异中。宁夏南部是暖湿带高原和中温带半荒漠气候的交界，同时也是农耕文明和游牧文明的交界，是中原农耕文明的边缘，是农耕民族和游牧民族的必争之地。为了有效防御游牧民族的袭扰进犯，中原王朝在它划定的疆域内多次修筑长城，长城遂成为大漠边关的静谧守护者，成为各地边塞文化中最具特色的人文旅游资源。

我生活的宁夏，素有地上"中国长城博物馆"的美誉，境内现存长城遗迹分布范围广，几乎遍布全区各个市县；时间跨度长，始自战国，历经秦、汉、隋、宋、明等不同历史时期；种类繁多，长城的主墙体、敌台、烽燧、墩台、辅舍、关隘等一应俱全，还有"品"字形窖、壕堑、挡马塞等，因地制宜，采用黄土夯筑、砂石混筑、石块垒砌、劈山就险、自然山险、深沟高垒等多种建筑形式；遗存丰富，有战国秦长城、隋长城、宋壕堑、西长城、旧北长城、北长城、陶乐长堤、头道边、二道边、固原内边等，专家实地调查，可见墙体1000多公里，辅助设施2000多个。可以说，古代长城遗迹是宁夏境内体系最健全、规模最宏大的文化遗产。

在我无数次注视固原境内的战国秦长城的时候，时间忽然展示了它蚕食与雕刻的力度，沿着山势起伏腾跃的城墙，已经严重风化，到处是不堪重负的断裂、坍塌，以及烽燧与地面倾斜角度不等的碎石、泥土坡面。它的确早已成为岁月的遗迹。也许，残缺、颓败、荒废、倾圮、苍凉这样的存在会对人生有所启示，这样的形态才应该是它呈献给世人的样子。

一座穿越岁月的长城将留待时光进一步侵蚀、风化。它的命运无法预测，就像许多的古建筑一样，在人类的欲望中夷为平地，崛起的是用水泥构筑的高楼大厦。用手抚摸斑驳甚至表层酥软的黄土，仰望头顶上空自在漂浮的流云，我思维漫漶，心无所主。是啊，面对时间，任何事物都是一个逐渐消失的过程。时间划过，在岁月深处留下创口与遗迹。借助双脚，我行走于蜿蜒起伏之上，在完整与残缺、裸露与隐蔽、耸立与凹陷、奔腾与干涸间，进入时空的多维。仿佛看见"时慢尺缩"的"时间扭曲"（爱因斯坦），我想，如果把每一个烽燧看作生命史册的无数个组接点，那一眼望去的无数个重叠，无须借助任何词语复活，尤其站在高空下坍塌的烽燧上，会出现幻觉，许多过往一并浮现于脑海，就像阻断步道的那些蒿草，那些看似被淹没实际却铭记于心的痛楚，无数个瞬间，正翻飞着闪回。"往事乾坤在，荒基草木遮。"

对于战国秦长城，我只是以其为人生坐标，在它的面前，我的生命尺度呈现了从未有过的卑微和短小，连毫末都算不上。也许正因此，才令我不自觉地内视到被放大的不堪回忆。一个强大的王朝，没能用这样的墙体守住他的江山，这样看来任何有形的围堵都不会永存，都无法抵御时间的洪流与崩溃的命运。与之相比，倒是许多无形"堤坝"以文化积淀的方式留存下来，启迪无数代人的慢慢苏醒。

作家王川在他的散文中写道："尽管北方的长城被人更形象地喻作'时间的遗骨'，它却依然拥有更庞大、清晰乃至'壮硕'的'骨架'，足以隐藏更多历史故事。体量巨大的夯土书写成这部史书的页码，沉重而斑驳，无人能够翻动。那是数代人用血肉和生命堆砌的见证，用比战争更多的死亡圈起的一道保护安全的'堤坝'，可以保证帝王获得足够的安全感，还可以让寂寞的深宫响彻雷霆震怒或浪声淫笑。且不被觊觎的眼睛与耳朵看见、听到"……

当代西方学者丹尼尔·施瓦茨说："'墙'作为一种建筑要素已成为中华文明的一部分，这在世界上恐怕是绝无仅有的。"卡夫卡和阿尔巴尼亚的伊斯梅尔·卡达莱都写过长城，在他们眼里，浩大的空间距离转化为具体的物质间隔，长城的最初意义仅在于保护帝国安全；而巨大的空间扩展和永恒的时间延伸，则使之成为"人类雄心与野心、欲望与绝望、有限性与存在的无限性的象征"，"建造长城既是帝国绝望的表现，又是反抗绝望的表现，这是一个悖论。"（张德明：卡夫卡的中国想象——解读《中国长城建造时》）任何悖论都有荒诞参与其中，历代长城最终还是被抽空了，它所肩负的使命和帝国愿景，在蒿草攻占厚重的黄土后，被时光开始风化时就已经远去，只有长城内外的无数个村庄，仍繁衍着长城修建者的后人，那是长城建造者们活着的血脉。

对于固原境内的长城，我等享受着它的荣光。人生羁旅，时间可以忽略不计。几百年，甚至更长的时间过去，只有它依然以残破之躯蜿蜒在中国北方的大山之中，像一条腾起的龙脊，以坚硬的外壳抵抗着岁月的磨损，抵抗着风雨的侵蚀。它的身姿依然千变万化，在每一个接近它的人眼中呈现出不同的形象。它提供着无数条进入它的通道和无数个观察它的视角，但即便在一个高处俯视，心里的角度也是仰望，这是长城的奇特之处，因为它总是凌驾于群山之上。

在初秋一个周末的黄昏，我再次登临千年的逶迤之上，坐在被无数文人墨客和学者专家留下脚印的烽火台上，在寂静空阔的疆域把时光遗忘。悄然凋零的落叶恍然若梦，月光浸泡寂静，用自己的温情传递来自远方的问候。我沿着一种思绪飞翔。秋风拂过，清冽包裹着秋色。

季节在忧伤中遗忘归路，而远处群山耸立，寻梦的人正在路上。长城内外的景象沉浮在空蒙的秋色里，相互支撑，又在某个夜晚摧毁最后的美丽。

独处在时光深处的逶迤中，不经意的一瞥，仿佛远古烽燧上窸窸窣窣的是丝绸裹着的惊鸿回眸。喜欢战国秦长城的黄土在脚下富有弹性，风中凄凄野草摇曳出万种风情；喜欢风吹落叶蝴蝶般飞舞，月光如水一样浸泡村舍、高楼；喜欢在这样的黄昏的气场中，为灵魂的自我建设构筑长城，开辟通道。

审视这条用黄土夯筑起，穿越千年而风骨依然的长城，在经过复杂多诡的转变程序之后，它最终成为一个象征，一个标识，一段谶语；而它背后的那些风雪、疾雨，那些残暴、血腥，早已淡出人们的视野。然而，它留给后人的除了伟岸的风骨，还当有先哲的智慧，用中华优秀传统文化，夯筑起一座人类文明在时光中绵延的长城……

吟唱的游子

马克利

这些天，一直在宁夏平原黄河左岸的滨河城市中卫休假，我的心情十分放松，内心极为惬意。每天从房间出来，坐在朋友搭的紫藤架下，泡一壶生普，桌上放一包香烟，还有两张白纸，一支笔，想写什么就写些什么。盛夏的天气，早晨清凉，中午炎热，晚风一吹，藤叶籁籁作响，有时一天过去了，还是两张白纸，但我觉得，仿佛纸上已写得密密麻麻，那是只有我才能读懂的文字，是我的心迹，因这里毕竟是我的故乡，没有一点儿陌生，只有久违的亲切。

马克利，1958 年生于甘肃兰州。曾在宁夏中卫插队、任教，1980 年考入宁夏大学中文系。历任甘肃日报社社长、总编辑，甘肃省中华文化促进会副主席，甘肃省书法家协会理事。工作之余，坚持写作、习帖、画画，有《克利风景》等专著出版，书法作品参加多个展览，曾应邀在北航美术馆等地举办个人书画展。

我十来岁就随家人从兰州来到这里，先在农村，后又搬到县城里。一九七六年高中毕业时，我十八岁，正赶上最后一批插队的机遇，一九八〇年我考入大学，就此作别了这片故土。这一走就是四十多年。十几年在中卫的生活，积淀了我这一生对故乡的认知。今天，我坐在这片花园里，感觉每一棵树都跟自己有关，而我也是这块土地上的一棵树，土生土长，乡里乡亲，每枝每叶都散发着乡土的气息。

这让我又想起另一棵与我、与这片土地连根而生的树，他就是兴勇，写诗的刘兴勇。

兴勇的故乡也在这里，只不过他在高中毕业后就离开了，大学毕业后随石油大军去了陕西。从此，这棵树的根从中卫挖走了，娶妻生子，子又生子，他的根扎在了西安。兴勇是一位勤奋的创作者，他已经正式出版了八本书，其中，四本是法律专业的书，四本是诗集。在他即将出版自己的第九本书，即第五本诗集的时候，他邀请我为他的诗集作序。就在前几天，我们在中卫吃了一顿饭，然后他又回到了西安。紧接着，他给我寄来了一套他所有的诗集。我桌上铺放着的第一张白纸，已经写得密密麻麻，我愿将这篇写于故乡的文稿献给兴勇，作为他新集出版的祝福。

在插队的时候，我参加了一九七八年的全国高考。虽因其他原因未被录取，但因语文在全县考得第一名，县上派我到城郊的一所中学当了老师。我带的是初中毕业班，在班上结识了那时作为应届毕业生的刘兴勇，所以我们有了一段师生之谊；一九八一年大学新生入校，我去校门口迎接，接到的第一位新生是刘兴勇，从此我们又有了三年的校友之谊。我们的年龄相差五六岁，亦师亦友，相伴四十多年。如今，他便成了我唯一来往的学生，也因为他，我的履历上便始终保留着一个老师的称呼。

我大学毕业后去了兰州，在省报当记者。他毕业后去了油田，当过老师，做过管理，后又学了法律，并以此为职业。今年他也将退休了，可他现在还在到处跑，忙得不亦乐乎。这次，他就是利用出差之便，跑到中卫和我一聚。他是一位憨厚率真又极富热情的人，一年四季笔耕不辍，走到哪里便写到哪里，一年三百六十五天，他能写出三百六十六首诗来，的确算得上高产诗人。他的前四本诗集都是在上班工作比较繁忙的情况下出版的，今年他将退休，闲了下来，戒烟断酒，力争用节约出来的钱再出第五本诗集，可见他的恒心，且敢从自己身上下手：写诗出集意愿之强烈，已经达到了饿其体肤、在所不惜的程度。

二十世纪八十年代读大学的我们，一开始都是靠写诗歌抒情达意的。那是诗歌的年代，是激情的岁月，我们每一位学子的身上都流淌着诗歌的血液。大学毕业后，满怀激情的学子们都回归了现实，很多人都放下了诗笔。但仍有些人心不死、诗不绝，还在继续他们的蔷薇梦，最终在中国成就了一批成绩斐然的诗人。兴勇虽然不在其列，但他的执着，他对诗歌的热情有增无减。他怀揣着一颗缪斯之心，走遍大西北，一刻都没有放下写诗的情怀，这种死磕到底、九死不悔的执着，让我从心底里感动。

在兴勇的心里，世界是美好的，人心是善良的，山川河流永远都是美的宝藏，日月星辰永远都是启迪智慧的仰望，风土人情是民族繁衍不息的根脉，亲情友情爱情是亘古不变的情愫。他把一颗农民孩子的质朴心，融入石油工人的滚滚洪流，融入西北荒野的沧海桑田。所以，他的笔下没有芜杂的野草，只有挺拔的乔木；所以，他的诗歌的基调是甜美而悠扬的，他的诗歌的形式是单一而纯正的。他像一个农村的孩子，在春天折一段柳枝，做一支柳笛，用清纯而悠扬的笛声演绎着人间的大美，流淌着诗人的情怀。所以说，诗歌的真谛在他那里只用两个字就可以涵盖：真爱。就是这种单纯执着的真爱，让他坚守了四十多年而无怨无悔，其诗人的真诚和他的诗歌的质感让我无法忘怀。此时此刻，教我如何不想他！

想念吟唱的游子刘兴勇，想念你用柳笛吹出的乐章。

神 鸟

孙瑞雪

那天我正在跑步机上急速行走，突然一只小鸟，猛然悬停在我眼前的落地玻璃前，那一瞬间我感觉我们彼此都停止住了。接着它闪电般倒着飞走了。我大叫一声从跑步机上跳下，转身疾步跑到楼上，对着家人大叫："鸟、鸟，它停在了我的面前。像金色飞贼。"

金色飞贼是《哈利·波特》中魁地奇比赛当中的球。当金色翅膀像光一样地展开时，那情景是那样地驱动人心。而这只神鸟惊动了我的灵魂。但是我的家人看着无比激动的我，笑了笑。我只好收起我的激动，下楼继续走路，但激动依然在我的心中

孙瑞雪，1985 年毕业于宁夏大学中文系，儿童教育工作者。建立了宁夏科学启蒙研究会，在全国五个城市创办了 13 个儿童教育教学实践基地。出版了《爱和自由》《捕捉儿童敏感期》《完整的成长》三本儿童教育专著，出版诗集《我看见了你》。

荡漾……

第二天，儿子出门回来时，买了三个喂鸟器。我倍感温暖和惊喜。一个是给蜂鸟的喂鸟器，一个是给其他鸟类的挂式喂鸟器，一个是用很硬的铁丝做成的长方形的镂空式的喂鸟器。

蜂鸟喂鸟器是一个非常漂亮的容器，给容器里倒上蜂蜜水，蜂鸟吸蜜的地方是一朵朵红色的小花。蜂鸟喜欢红色。挂式喂鸟器里放上各类种子，种子放满溢出，正好在下面的托盘周围。铁丝的喂鸟器里面放着一块提炼过的黄白色的动物油和坚果的混合物。

一切准备就绪，现在要思考挂在哪里来吸引鸟了。儿子说蜂鸟喂鸟器要靠近花园，避阳光照射，以免蜜水发酵，还要防止食肉动物对蜂鸟的侵害，比如猫。最后我们把蜂鸟的喂鸟器高高地挂在了后院的屋檐上，铁丝的喂食器挂在了院子的木栅栏的顶部，装种子的喂食器挂在了外面走廊两个柱子中间的梁上。饶有兴趣地忙完，就等着鸟儿自"投"寻食了。

儿子拿来一个望远镜，放在窗台上，说："用望远镜观察鸟的特征。"

第二天早晨，一只蜂鸟光临了。我急切地调着望远镜，等调好，蜂鸟已经觅完食，飞走了。第二只蜂鸟到来，我看着它把长长尖尖的鸟喙插入喂鸟器花瓣形的开口，悬停在空中，吸食蜜水，然后瞬间消失。是一只绿色的蜂鸟。我把望远镜递给丈夫，他边调望远镜边问："在哪儿？在哪儿？"蜂鸟的时速可以达到100公里，早就没有了踪迹。

这样观察着各色的蜂鸟，那个铁丝编制的喂鸟器周围便热闹了起来。觅食最多的是雀鸟，拿着望远镜观察，有北美歌雀、黑冠山雀、短嘴长尾山雀，还有灰噪鸦……围绕在铁丝喂鸟器周围，但这个喂鸟器每次只能落一只鸟，鸟的爪紧紧抓住铁丝网，喂鸟器就会剧烈摇晃，鸟便从镂空处啄食里面的油块……这样的情景只持续了一两天，渡鸦来了。

儿子说渡鸦是鸟里最聪明的鸟，他比乌鸦小一些，是一种杂食鸟。看见渡鸦，我就不喜欢。从小学到的词汇里就有："天下乌鸦一般黑。"虽然它改名换姓，成为了加拿大的鸦，可我一见它，就觉得不吉利。而且渡鸦在温哥华到处都是。渡鸦的领地意识极强，它一出现，其他鸟便警觉地退出一米远，它便抓住铁丝喂鸟器，它的体积和雀相比，显得太大了，喂鸟器便在空中疯狂摇动，所以啄食就显得不那么容易了。

观察蜂鸟是一种享受，心境宁静。广阔的蓝天白云的背景，悬挂着一个漂亮的喂鸟器，一只绿色的小小的蜂鸟悬停在空中……我喜欢身体最小的吸蜜蜂鸟，羽毛的颜色无论是绿色还是蓝色都非常好看，这是这里最多见的蜂鸟。偶尔飞来一只朱红蜂鸟，红色的头部羽毛很是耀眼，也让人心中一阵惊喜。

那块油的喂鸟器周围依然在争食，渡鸦的到来使其他鸟只能望洋兴叹，但依然不愿离开。食物对鸟儿是多么重要。渡鸦好像不必用望远镜观察，体积很大，颜色漆黑，坐在椅子上观察外面悬在栅栏上的喂鸟器就已经非常清晰了。看着看着发现，渡鸦不像雀鸟，飞来的很多，常常有十几只。渡鸦每次只有一两只飞来。再仔细观察，发现渡鸦已经不再抓住晃动的铁丝喂鸟器啄食了，而是在啄喂鸟器上的门闩，这让我大吃一惊。它想打开喂鸟器的门闩，让整块油掉出来。果真验证了它是最聪明的鸟。

但是人类比它更聪明，一周的时间，门闩就是没有被打开。但是螳螂捕蝉黄雀在后。更聪明的松鼠出现了。松鼠大概是观察了这个高高悬挂在栅栏顶头、离地近3米高的栅栏，而且栅栏的顶部平伸出几十公分宽。观察表面，小动物无法爬上去。但是有一天，我观察到一只松鼠从屋顶上下来，跳到院墙上，顺着墙跳到栅栏上，然后跳到喂鸟器上，晃动，喂鸟器简直要飞了起来。它的体积比渡鸦大了许多，几下的晃动，喂食器便瞬间掉了下去……我惊得目瞪口呆，不知道松鼠是第一次出动，还是已经发生多次。但成功的这次是被我看到了。等我到院子的花丛里去寻找时，喂鸟器的门闩已经被打开了，那块拌着坚果的油块不见了。喂食器躺在泥土中。这个喂鸟器只悬挂了一周就结束了。

有种子的喂鸟器，在廊间依然挂着，各种雀落到喂鸟器上的底座圆盘上啄食，飞走。撒落在地上的种子，也引来许多不同种类的雀。整日里，叽叽喳喳不停。渡鸦对这些食物丝毫没有兴趣，他对食物含卡路里的多少有着准确的判断，所以从不光临卡路里低的食物。但是有一天，我发现地上撒满了种子，十几只雀在地上叽叽喳喳地啄食，不用飞到喂鸟器上啄食了。喂鸟器里的种子有一半撒在了地上。这里发生了生什么？

果然，有一天我看到一只黑色的松鼠从廊柱上爬了上来，然后一个飞跃，腾空而起，整个身体完全舒展，向远处的喂鸟器飞去，在空中掠过。由于距离太远，松鼠只能碰到喂鸟器的边缘，将喂鸟器猛然撞向一侧，喂食器倾斜摇晃。他再借荡回时的那一点点的支点，反身一跃，从空中飞向廊柱，扒住廊柱而下。我惊得一跃而起，如此激动人心的一瞬，如此瞬间的敏捷和飞跃。

　　喂鸟器里的种子，又有一半被撞到了地上。我除了沉浸在它完全舒展的美妙而敏捷的运动中，真是佩服它的求生的智慧。这个方法可能是松鼠可以得到种子的唯一办法，所以我不断往喂鸟器里装种子，松鼠就用这个办法不断往出撞，两个月后的一天，喂鸟器下面的盘子从中间断裂了，一半的盘子掉在地上，所有的种子也撒在地上，松鼠成功完成了他的狩猎。

　　我摘下了喂鸟器，它完全不能使用了。

　　现在就剩下那个喂蜂鸟的喂鸟器了。每天拿着望远镜观察，不几天发现，喂鸟器的蜜糖水点点滴滴滴落在下面的木板上，于是就在下面放了一个透明塑料盒接着。不几天院子里进来了一位客人——浣熊。浣熊爬上台阶，缓慢爬过阳台的矮门，然后爬上水池，慢慢舔着水龙头处的水。我们一家人都贴着玻璃门屏息观察。儿子说："不要靠近浣熊，它不怕人。"果然，它不急不慢，不慌不忙地从水池上下来，慢慢走到玻璃前看着我们，然后走到我面前，眼睛和我对视着。我的心一阵狂跳，就像恋爱了一样。它观察了我们一会儿，然后向阳台的中间走去，走到那个塑料盒前停了下来，然后抓起盒子开始舔了起来。显然糖对它有着巨大的吸引力，它完全投入到里面，翻来倒去，反复舔食。我在想几滴糖水，用这么久来舔，可见这是久违的食物。舔完之后，它转了一圈不紧不慢地走了。

第二天，这只浣熊带着孩子过来了。和昨天的途径一样，先带着孩子舔了水池里的水，然后下来巡视了我们这三个贴着玻璃观看他们的人，然后把孩子领到那个盒子前，孩子舔了一通。我在想：它昨天已经舔得如此彻底，难道这只小浣熊还有可舔的吗？但是小浣熊依然投入地舔了一通，然后和妈妈一起慢悠悠地走了。

秋天到了，温哥华的冬天寒冷，雨季很长。蜂鸟要飞过落基山脉，飞几千里，迁徙到温暖的墨西哥越冬。我拿来梯子，摘下了喂鸟器。它需要清洗干净。春天来的时候，这里真的是面朝大海，春暖花开。蜂鸟还会再来。

望远镜就一直放在窗台上。

月色无觉（三章）

戴凌云

1. 不要求事事有答案

二十世纪八十年代初，我认识了六盘山林场的知青老潘，就开始了这许多年里在六盘山的走动。

后来，潘兄成了六盘山林业局领导，和我的联系如同以往。二十世纪九十年代初，我带了美术系的学生去六盘山写生，在食宿方面老潘都给予照顾，让学生方便许多。那会儿老潘是晚上到我们住的地方来，坐一阵子，说些六盘山林场的护林点和好看的景点。学生爱听。我也爱听。

我觉得六盘山是简单而馥郁的，那是在春天里走过二龙河，

戴凌云，60后，祖籍甘肃。中国美术家协会会员，甘肃画院油画院画家，诗人。1987年毕业于上海师范大学美术系。曾任职于固原市文联，后任教于宁夏大学美术学院，现供职于甘肃日报报业集团。

朝山谷的深处眺望的时候；又觉得六盘山是孤独而芬芳的，那是在山顶上看落日的时候。许多年前，我在西双版纳，突然想起六盘山，便不由自主地仰了头，向了北方。似乎只有这个样子才使六盘山不被遮挡。北高南低，不仰头怎能看得到？

前几年，也是秋天，好些天的暴雨过后，我与退休了的老潘和几个朋友去鬼门关。哪知暴雨冲坏了路基，冲走了铺路的石板，溪水暴涨流急，桥垮路断。走了一小段，浑然不知下一脚该踩何处。危险随时可能降临。

鬼门关是六盘山国家森林公园尚未开放的景区，于世颇有神秘感。许多外地游客慕名而来，大都难谋一面，抱憾返回。我们总结那次的半途而废，后用景区本来关闭、道路毁坏、暮色将落、恐遇凶兽来解释，比较合理。

我知道六盘山里有多少不为人知的瑰丽风景，谁要能有幸拜谒尊容，就美了。老潘安慰大家说——别急、别急，来年再看！

我心中的六盘山是深厚和温情的，而贺兰山则寡言和冷峻。这两座性格不同的大山互相对视，又互相捍卫着高度。有一次，我坐在须弥山下的一个石阶上，问自己六盘山是如何一座山，另外一个声音立刻出现，说这样的问题无疑是幼稚的，因为你不了解它。于是，我不管离它是远是近，再不敢寻求答案。

六盘山，不管春夏秋冬，不管阴晴雨雪，我都愿意走近你。

2. 怎样的日子不是残酷的

周一新打来电话，说傅世文在 2 月 22 日不幸走了。

在银川的画家朋友，有几位已经离开了这个世界。二十几年前，王庭川先生英年早逝，离开了他的家人和朋友。现在，傅世文先生也走了，离开了我们。于我来说，庭川先生在大学任教时我尚未入学，因此可以讲既是前辈又是朋友。庭川的油画抒情性强烈，视觉温润怡人，色彩清新雅致，在宁夏美术界面貌独特。他培育了不少优秀学生，天南海北，遍地芬芳。

傅世文先生读大学时比我高一级。他大学毕业后先我几年在宁夏大学美术学院任教，可以说前后在一起"厮混"了许多年。那阵子，有空时大多在一起吃茶抽烟。世文喜茶好烟却滴酒不沾，而庭川却是那般好酒，饮酒时的气概，用"豪放"二字一点不为过。

三年前，世文和我等应朋友邀约去隆德老巷子停云美术馆，开展为期十余天的写生。大家白天画画，晚上饮茶、抽烟、聊天。周一新因画院事务缠身未到，老傅和我还打了电话催促一新。这次写生，参与者不仅有美术院校的老师，还有去南方创业二十多年刚回到银川的老朋友，以及宁夏的美术评论家等。

当午后的阳光照在停云美术馆的前厅时，就需要换新的模特。这个时候，老傅就点起一支烟，慢慢地取了新的画布，又慢慢地将油画箱挪了方向，免得阳光直接照在油画布上。

一次，世文先生和我通话，说今年可否再约去老巷子写生，准备约几个朋友办一个油画展，名字就叫"油彩宁夏"或者"油彩六盘"什么。他还说，"油彩"不就是"有财"的谐音嘛！

准确来说，我和老傅在一起画画没有几次，平时到对方的画室里，只是为了聊天。今天，我常想到的是：他拿了一个大碗进了上师大的东部食堂；捏了一把洗干净的油画笔进了宁大美术楼的油画教室；带了刚外出风景写生归来的学生，进了学校大门。

此时，罗家庄路边的沙枣花开得正盛。

3. 月色无觉

冬夜的窗外，月色铺天盖地而下，灰暗中的光斑冰凌一般，将五泉山裹挟在身下。五泉山没有半点白日里的突兀和不安，而有了少有的温情，像一位上了年岁的老人，任孙儿在膝前任意翻阅。我看到的只是老人斜靠的侧影和紧闭着的双唇。

此时，月在半空挂着。它呼吸的样子有些吃力，在月下的城市和原野上，建筑和树木都被月色浸得发白，让人感觉到一种正在消失中的虚幻。在五泉山公园的北边，许多高楼都被月色泡得发软，还放了黄色的光，没了白日里的冰冷坚硬，倒觉得有些暖意。我知道往东去300公里，就是固原市北郊的白马山，它是否也有同样的月色笼罩，也有这般透了一丝黄色微光的温暖。如果此时正飘着雪花，让我如何看得清白马山那一面向阳的斜坡呢？

月不在手边。月在五泉山的顶上挂着，孤高冷漠。我眼看着五泉山正被一点一点地冻进月色的冰幕中。这半透明的冰幕是暗绿色的，或者是蓝色的，有的地方是黑色的。这黑色背后闪烁的光亮，就是一个故事即将结束时欲言又止的犹豫。假如五泉山此时也忽降大雪，五泉山的轮廓消弭，和远方的白马山一样变得单薄如纸，又如何承受得了人间的一声叹息？

我觉得自己飞出了窗，在这无边的月色之下，在五泉山之上盘桓，眼睛却望了白马山的方向。人如果会飞行的确是一件妙事，它不仅仅是脱离了束缚，更是增加了力量，仿佛得了神通。

几年前的深秋，阳光很好，我独自到了白马山。朝北的背阴处已有积雪，寒意逼人。朝南的一个大斜坡上，虽然草木枯黄，却能感受出阳光在草尖上微微作响，一片金黄，温暖如春。我看着对面的远山，东岳庙在云雾中闪烁扭动。这是一块安稳的地方。去年深秋，寒冬来得太快，我的父亲就长眠在这块坡地里了。

夜深了。冰冷肆虐。微闭了眼的月，知道有人对了窗外站着，说了藏在心里的话。我想，如老庄在窗外，会问：月在何等的高度，才能够感觉不到世间万物的距离？

人在春境难舍离

邹慧萍

1

北方的雨贵如眼泪，即使数日不下一滴雨，春汛依旧到来，女儿依旧长大。

"桃之夭夭，灼灼其华。之子于归，宜其室家。"在北方，最先开放的总是桃花。桃花粉嫩洁白，如水如霞，却总是接地气之暖，最先开放。其瓣如薄翼，色如粉面，形如鹅卵，五瓣成朵，萼托朱红，花蕊淡黄。最喜欢单层山桃花，花朵未谢，绿叶即生，

邹慧萍，宁夏幼儿师范高等专科学校教授。宁夏作家协会会员，中华诗词学会会员，宁夏诗词学会理事，宁夏评论家协会会员，银川市评论家协会理事。出版《最美古典诗词100首诵读指导》《轻抚丝弦唱素秋——邹慧萍古典诗词集》《行走的阳光——邹慧萍散文自选集》等。有诗词及散文发表于《朔方》《黄河文学》《六盘山》等刊物。

淡粉略紫的五瓣桃形花瓣簇拥成朵，掩映在褐色枝干和嫩绿如雀舌一般的叶芽之间，娇嫩、欢喜，别有一种风情。人们常用"粉面桃花"来形容女子之美。最美的女子才配得"粉面桃花"之说。反之，最美的花才可以用女子来形容。

民间有"红颜薄命"之说，此说常用于形容桃花。我想并非人家"命薄"，而是见到这样的桃花，容易让人心生怜惜之情。因为它太娇嫩，太娇艳，太娇小，太娇贵了。一阵寒风，几场清霜，便会把桃花吹落。那纷纷落下的花瓣如雪如泪，不由人不感叹唏嘘。也许人们感叹的不仅仅是花，是物，更是对人之命运的联想。

"天生尤物"的桃花便有天生的娇贵，连谢落也与众不同。桃花的谢落绝不是年老色衰的无奈，而是色艳如初的飘然离去，让人联想到青春的陨落，华年的夭折，美人的猝然离世。因此往往把"红颜薄命"的谶语加在它的头上，殊不知于它只是完成了一次华丽的转身。在花瓣落尽之后，那朱红的托萼之上嫩黄的花蕊便孕育着一个新的生命安然成长。它们一天天长大，便有了果实。桃之果也以美色著称，人们形容貌美的女子总是离不开"桃"字，面若红桃，面有桃色，面如夭桃，面如桃花……

"桃之夭夭，有蕡其实。之子于归，宜其家室。""桃之夭夭，其叶蓁蓁。之子于归，宜其家人。"古老的《诗经》里歌咏的不仅有桃花之灼灼，还有"肥厚结实"的果实，也有"繁华茂盛"的枝叶。并以桃为喻，歌颂宜室宜家之女子美德。可见，以桃花喻女子古已成风。

老百姓对桃的钟爱，反映在日常的生活细节里。

阳光很好的正午，奶奶煮了桃叶水，给我们姊妹们洗头发。据说，用桃叶煮水洗头，会让头发繁密油黑。桃叶水微微泛着朱红色，热气升腾中有股浓浓的木头的涩香，我们伸了头在水盆里，奶奶一边说着有关桃叶桃木桃花的故事，一边轻轻搓洗着我们的头发。太阳温热，桃叶水于温热中带着清新香甜的味道，直扑鼻孔。心里就氤氲着关于美的憧憬，恨不能一下子变成发如黑漆，面若桃花的小美人儿。一把朱红色的桃木梳子，在奶奶的手里拿着，轻轻地划过我的头皮，那种温柔敦厚的抚摸直到今天还留在记忆里。

桃木的东西，在奶奶的老家似乎随处可见。母亲结婚用的箱子是桃木的，奶奶擀面用的大案板也是桃木的，还有奶奶家的木大门也是桃木的。桃木不仅有淡淡的香味，有越用越鲜红的颜色，还有"一身正气"的辟邪作用。因此，人们喜欢桃木的东西犹如玉石。奶奶的许多小玩意儿都是桃木做成的。她用来簪头发的簪子，挖耳朵的勺勺，连大襟衣服上的纽扣也是用桃核做的。

那时候的男人喜欢用一串桃核做手串，送给自己心仪的女子。女子也会用桃核串成的链子，缀在送给男人的绣花烟袋上。栽种在我家院子里的桃树有好几棵。有开着淡淡粉色花的樱桃树，也有开粉红色碎花的毛桃树，还有大接桃。大接桃是父亲从南里买来的树秧，嫁接在我家的毛桃树上，结出的果子就又红又大，南里人把这种桃子叫水蜜桃，我们都叫"大接桃"。大接桃的花比毛桃大而艳，一看就让人想到"桃之夭夭"的句子，不过那时候我们还不知道这是《诗经》里的句子，以为是一句民间俗语，而且在小孩子的心里，"夭夭"不是"夭夭"，而是"妖妖"，妖娆的妖，妖怪的妖。觉得那么艳丽的花朵一定是具有妖媚和蛊惑力量的。

桃花不论是什么品种，都是独具风韵的。比如樱桃花，它的色稍淡，花瓣小，花朵分布疏朗，却更有一种楚楚可人的风韵。去年清明，回到老家，桃花已过。唯墙角一株小樱桃树，疏疏朗朗开着一树粉白的小花，衬着灰砖白墙，有一种明清画家画出来的文人画的感觉。

2

杏花和清明的关系因为一首诗而闻名：清明时节雨纷纷，路上行人欲断魂。借问酒家何处有，牧童遥指杏花村。

可见，清明时节，杏花正盛。俗语有"桃花开，杏花绽，急得梨花把脚绊"表明杏花和桃花、梨花的次序关系。小时候总是分不清桃花和杏花，因为桃树和杏树长得很像，都是褐色的干，干上结疤，枝干遒曲，后来才知道桃杏之区别。杏花多粉红色，瓣圆而大，朵有多层，朵与朵之间密实紧挨，可谓花团锦簇，相比色艳单层的桃花似乎多了丰饶，少了风韵，多了热闹，少了雅致。人们对于杏花的物语大约有褒贬两种。一是把它看作幸运之花，也许是"杏"和"幸"同音的缘故吧。在唐朝，杏花又被叫作"及第花"。

唐代诗人郑谷有《曲江红杏》写道："女郎折得殷勤看，道是春风及第花。"杏花之所以被称为"及第花"是因为它正好盛开在三月份，而三月份正是唐代进士及第放榜的时候。因此我们有理由相信，杏花常被作为"幸运之花"看待。唐代另一位诗人写过名为《登科后》的诗，其中两句妇孺皆知："春风得意马蹄疾，一日看尽长安花。"他所看尽的应该也是被称为"及第花"的杏花吧，因为三月登科之时，正是长安杏花盛开之时。杏花也因杏林闻名。相传孔子讲学的地方是种满了杏树的。因此后人把讲学之地，称为"杏林"。想想，白发长须的夫子坐在满园崔嵬之中娓娓而谈的情景，眼前便一片繁华。

杏花也常常被文人们赋予一些不羁或放荡的贬义，这也许与杏花形如团锦、状如绣球有关系。或许，从某种意义上说，诗人们借用杏花表达了对于女子的渴望，或者说是替女子们表达了青春的欲望。"红杏枝头春意闹""一枝红杏出墙来"本来是状物之语，却被好多人解读为以物喻人。"放荡不羁""越轨逾矩"就被戴在了杏花的头上。

唐代有位叫吴融的诗人，他也有一首写杏花的诗，虽不如"红杏尚书"宋祁的"红杏枝头春意闹"那么有名，也还写得情真意切："春物竞相妒，杏花应最娇。红轻欲愁杀，粉薄似啼销。愿作南华蝶，翩翩绕此条。"直白地表达了自己对于杏花的热爱。

不过，不论是真爱杏花还是以花喻人，都有占为己有的私欲在里面。

对于北方的普通老百姓来说，不论是杏树还是桃树，都是生活里最密切的植物罢了。和桃树一样，杏树和老百姓的关系也甚为紧密。"桃木家具杏木腿儿，桃儿杏儿为了个嘴儿"说的就是桃杏和老百姓的关系。桃木多被打了家具，因为桃木有好看的颜色和瓷实的木质，而且有越擦越亮的特点。杏木做腿的原因是杏木虽然不大能长成做家具的料，但它木质坚硬，适合打家具的腿，比如拐杖和擀面杖之类的东西就常常用杏木来做。除了木头的用处，桃杏的果实和果核也大有用处，桃仁杏仁是一味很好的中药，桃儿杏儿能够鲜食，晒干了的桃肉杏肉不仅解渴生津，肉质鲜美，还有多种药用价值，并且产量高，是老百姓颇为可靠的经济作物。

初春季节，清明前后，如果你到北方的山区，就随处可见如霞如云的桃花杏花，它们开得如痴如醉，开得恣意欢畅，开得密密扎扎，开得瓷瓷实实，正如这里的风土人情，朴实憨厚，又浪漫粗犷，如诗如画。

3

梨花之色白中有清，清中有白。"清"是清风，亦是清气，更是清色。白即雪白，霜白，月白，冰白，玉白。因此以清白为色之梨花就被文人骚客赋予"玉雨""晴雪""淡客"之名，可谓说尽了梨花之色、之质、之格。

奶奶的后院多树。春天的时候会有大小不等的树开花，争着抢着开。这里的桃花开了，那边的杏花也开了，还有一些叫也叫不上名字的也开着花儿，急赤白脸的，闹哄哄的，引得蜂儿蝶儿嘤嘤嗡嗡地闹，不小心就被蜂儿蜇了，额头上立马起个包，针扎一样疼。奶奶先用舌头舔，再用口水哑，说是每个人的舌头都是有毒的，这便是以毒攻毒了。桃花是俊俏的女子，俊得能掐出水来；杏花是美艳的少妇，花团锦簇，芳香扑鼻。只有梨花，似乎是不食人间烟火的仙女。雪白清芬，开得有点寒冷，也有点高冷，不让人接近。

在有月亮的晚上看盛开着鲜花的梨树是需要胆量的。似乎是被月光付了灵魂，梨花静悄悄地簇拥着，静悄悄地等待着，似乎要等待一个重要的时刻。我常常会被自己的想象给吓着了，害怕云集的梨花里会突然走出一位灵魂来，迷惑了自己。

有时候，看着梨花在月光里亮晶晶地洁白着，心里会生出一些哀愁来，那些说也说不清的哀愁萦绕在心里，也萦绕在那些白得发凉的梨花上，让人不由得悲从中来。

按照中国人的审美标准，白色是象征着薄凉和哀愁。因此梨花总被赋予或多或少的愁绪。"梨花带雨"是标准的美人泪。唐代诗人杜牧《初冬夜饮》："淮阳多病偶求欢，客袖侵霜与烛盘。砌下梨花一堆雪，明年谁此凭阑干？"拿雪和梨花比，给人一种凄冷的境况。也是唐代的诗人，刘方平写了一首《闺怨》诗："纱窗日落渐黄昏，金屋无人见泪痕。寂寞空庭春欲晚，梨花满地不开门。"也是以梨花衬托凄凉之景的。

"雨打梨花深闭门"，"一树梨花一溪月"，美则美矣，却有一种难以拂去的薄凉和哀愁浸润其中。尤其让人觉得亵渎梨花的是"一枝梨花压海棠"的文人段子。简直粗鄙之极。只有晏殊的"燕子来时新社，梨花落后清明"从节奏到音韵都是快乐的，给人明快清新的美感。

无论是桃花，还是杏花、梨花，都是物象，又都是富有中国诗意的意象，反映了中国人独特的人文思想和诗意诗境。

半途不废

王漫曦

　　一年多没有远行，安静的日子，倒也能放得虚幻，捞得真实，偶尔还能起点微澜。不过到了七月，银川的高温升到全国气温的高点。

　　于是专程到固原，寻闫固林先生号脉，我们有三十多年没有见面。当初我们钻得熟。虎西山、张嵩我们是棋友，手谈地点"太阳雨书店"，谈得无趣了，就去中医院。就是把闫固林先生的推拿室，当作我们的茶话所。闫固林先生煮一壶"正气饮"，我们就着药茶，有话则说，无话静坐。两处地方都是过日子的乐居。

　　那个冬天，我父亲患了流感，老人家认为自己得了老病，让我速送他回老家。我到中医院请闫固林出诊，他听了我的口述，

王漫曦，发表中短篇小说《包红指甲的女人》《蓝色舌头》《火飞翔》《长子的愤怒》《来生要做一条鱼》《陪读时代》《百年心语》等。出版《三遇集》《租借生命》《尕西姆·马和福》等作品。

开了一服草药，他说熬好分三顿口服。我问吃一服草药能管用？他说吃两服就能见效。父亲吃了一服，立竿见影，病情好转。老人家惊奇地说，这是传说中的一把抓先生吧？

我找到新建的固原市中医院，要求挂闫大夫的号，收款员说不用挂号，随便去。纳闷之余，问了一句，就诊都不挂号吗？就闫大夫不挂号。找到闫大夫办公室，门牌上写着他的电话号码。仅此两点，我感到了闫固林先生"悬壶济世"的医德。

走出中医院，在回宾馆的路上，遇到姚旭忠先生，也是分手三十多年的兄弟。他后来成立了自己的公司，靠绿化荒山赚钱。本想当个有钱汉，今年西海固却遭遇大旱，种在黄土高坡上的树生死难料，一天租十多辆卡车拉水搭救，还把自己"旱"进医院打点滴。

刚送姚旭忠兄弟上车，手心余温还存，又握住了虎西山先生的手。虎西山刚退休。他是当年和左侧统、张嵩等多个文朋诗友一同发起"西海固文学"的实践者，大家合力推出1998年第六期《六盘山》"我与西海固"征文……

固原的凉爽抓住了我的心，打算租个房子过夏，偏偏接受了姚旭忠兄弟一句话，西藏那是人活着时不得不去的地方。他曾开着"大眼睛"浪了一回西藏，他说啥反应都没有。

西藏有多高，不知其详。高原反应有多恐怖，耳熟能详。回到庄里，跑大车进藏的表弟对我说，青藏线不难走，呕吐起来才难受。师傅让他带上家乡的黄土，遇到呕吐，用冰山水化土，喝上一碗泥浆，啥事就没了。表弟说，高原反应就是个水土不服的症状。

如此不就是从一个低的高原爬上一个高的高原，经历的一次身心活动吗？虽说我们仰望的喜马拉雅山是世界屋脊，她的高度是由中国呈现的，她送来的风雨霜雪、大江大河、春夏秋冬，不在我们的泥土，就在我们的呼吸。

我确定沿 G318 进藏。到了成都，见识了成都师傅驾车耍盘子的准确与潇洒，不得不赞叹他们玩的是艺术。

《星星》诗刊发行部从眼前慢慢移开，动心的一瞬，四川省文联的门匾刷过右侧车门，四川省作协的门匾又从左侧刷来，阿来先生不就在这里吗？导航小团团叫道："信号延时，你已偏航，重新给你规划路线，沿主路往前走到下一个红绿灯左转……这不是我的失误，不要训我哟……"小团团推卸了责任。

2011 年我来过成都，米家山导演邀我作电影剧本。一共侃了七天，米导请我吃了两次火锅。头一次是他家里人陪我，除 93 岁母亲未参与，全家人都到齐了。开始我有点把作，他尽量向家里人解说他在银川做电视剧时，我们的真实交往。他专门介绍了我给他亲手酿的蜜酒。话音未落，我连续喝下几杯敬酒。从头至尾，我的感受是没吃过这么有宗派的火锅，辣不死辣，香不贼香，辣香混合的厚道。二次他约了几个朋友一起吃火锅，我们一起吃手抓羊肉、一起吃羊肉泡馍、一起吃羊杂碎，当然少不了给朋友多敬几壶银川"大缸酒"。两次火锅，同一种体验，吃火锅既在乎手艺，也在乎谈艺，更美奇的是隔夜的味觉，火锅的麻从嘴唇渗出了。

我们把东西塞填到旅舍，此刻做任何事都是浪费情感。大家想法一样，前后跟出，在旅舍附近吃了一顿"船上"火锅。劲道不在话下，不足的是我们吃到了火锅的美味，没有吃出摆龙门阵的风味。早晨醒来，期待麻味登上嘴唇。

奔上318国道，漆着"318此生必驾"的小车，不时超前。钻过二郎山隧道，路见徒步进藏的，独走的多。过了康定，到达折多山海拔4298米的立石，结伴的也能见着。折多给进藏者的第一个敬告：转折没有暂停键，绕慢一点，领上离舍的灵魂。等盘过"天路十八弯"，日常的焦虑走上了平静，所见已归平常。

骑行者一路连续，虽没有进藏轿车密集，怕也是不到拉萨不见尾。那些大气不喘的骑者，离天三尺三的时候，那眼界，看哪里都是自己的天下。

从徒步者、骑行者身边超过，敬佩他们亦如敬佩英雄。

对面山坡，"康定情歌"四个巨字，修在跑马溜溜的云朵下面。我们突发奇想，打算到字下宿营，唱上一唱那首情歌。我们带着米面锅灶，带着"电小二"。可是，公路没有转到"修字"的山坡，就这么一搁搅，人的懒性、惰性，比高原反应来得更快。我们以不是房车、没带帐篷等理由，推来揉去，打消了验证水沸点的念头。习惯养成的自然性，应该是自己战胜不了自己的恶习。在房子里吃住惯了，就想到房子里吃住，看到藏族群众的帐篷，脑袋探进去也只当稀罕看，连猫腰钻进去的好奇心也没有，山民的生活，离我们是那么遥远。

小团团导出一条捷径，撇开 G318，走上一辙宽、九千米长的一条新铺的柏油路。行至半道，我们似乎已进入迷途，那感觉就是走失的孩子找不着娘，脑袋发胀。对小团团产生怀疑后，小团团还是坚定不移地导入 G318。停车回望，这段路也挺好的，没有随车流渲染心思，倒是一段有情景的清净路。只要不偏离主线，捷路可以走。我对小团团说。

夜宿新都桥唐古特酒店，经营者一色的四川妹子、四川汉子，川味十足，高原的情怀也没少啥。进到房间，看到窗外的山坡，顺山坡流下的小溪，心里那种亲近感用"陶醉"都没法表达。随后我便笑话自己，一旦真让住在那山那水的边上，用心慌、害怕这些词也恐怕形容不了。自己把自己送上青藏高原，且行、且验，自己会渐渐识得自己是个什么样的果子。

吃得还好，住得不错。临睡前，把进藏的经验当作耳旁风，非洗澡不可，好像青藏高原没水了。睡到半夜，我被呼吸憋醒。猛然担忧，自己还能挺到天亮吗？早晨确定，那是高原反应。没有洗澡的，没有这症状，也没有头疼。不听知者言，吃亏在眼前。

G318 用力抬举人们走得平缓一些，平缓是回旋，也是曲折。最高的山，不以眼见。走不通的路，可以转行。

一连几天，没有遇到"天上挂云，地上落雨"的高原气候。好天气给我们明媚的阳光、湛蓝的天空、翠绿的青山、遍野的牦牛、烧茶的炊烟，还有无尽头的进藏者的车队……依我心头比，原住者和游历者，都在寻找真我，都在等待灵魂。

世界上最深的鸿沟，不是山壑的阻断，而是看到做不到。最直的路到达不了心头，途径必须曲折。该做的事它就藏在不该做的事中间，想做的事它就是拿不到手里的事，该做想做做不成的事它就是带有"瘾"的事。戒不掉"瘾"，那必定战胜不了自己。不做带"瘾"的事，那就是战胜了自己。

路上遇到过几次堵车。观景台听同行者说，是弯道强行超车造成的。我们在路边险要的垭口，看到过几次撞毁的车貌，惊心地摆在那里告诫人们，行路不可冒进，亦不可激进，弯道超车使不得，奉行规律是为人的法要。

转过卡子拉山，三面环山的毛垭大草原，让我惊奇。在山里上上下下、翻来覆去、盘来绕去，怎么就出现了这么大的草原呢？世间之物，在喜马拉雅的怀抱，原来藏得这么安详、深沉。看不见山，山就在眼前；看不见水，水就在眼前；看不见草原，草原就在眼前。

我们顺坡而下，进入"天空之城"迎宾牌坊，到理塘县城，找好住处，夜来了。我们找到一家卖面的饭馆，见识了高原煮面条得用高压锅的事实。这也是高原反应的物理现象，因为水的沸点达不到 100℃。

一夜无话，晨起溜达，在"中华高城 草原明珠"纪念碑的基座，读到理塘此处海拔为 4014.187 米。理塘比拉萨还高约 300 米。

这便是确定"天空之城"的高程。

又知，理塘县城，东西各建一座"迎宾牌坊"楼，G318与G217在县城切换，走四川、西藏、云南、青海四省区的方向互通，东西南北在这个十字中转。

再知，县城附近的毛垭温泉为大型地热温泉。当然，没有错过仓央嘉措的绝笔情诗："洁白的仙鹤，请把双翅借给我；不飞遥远的地方，到理塘转一转就飞回"，也联想到仓央嘉措和阿拉善南寺的传说。

走出"天空之城"西门，在毛垭温泉的路口，遇到回返的车辆突然增多。顺路打听，凡是经成都去拉萨的车，在巴塘要做核酸检测并健康监测48小时，到芒康、到林芝亦如此。连问几个旅行者，回答同样。

我们掉转方向，从理塘的西门进东门出，经过毛垭大草原，在一个站口自己动手洗了车，不带进污染，不带出泥土，只带一心平静出入，这才觉得自己也是个简单的人。